クイン博士の危険な追跡

インディゴ・ブルーム
山田 蘭 訳

ベルベット文庫

クイン博士の危険な追跡

クイン博士の危険な追跡　関連地図
スロベニア
クラーニ
リュブリャナ
クロアチア

オーストリア
フィラッハ
ブレッド
イタリア
トリエステ
オーストリア
ハンガリー
スロベニア
トリエステ
ベネチア
クロアチア
ボローニャ
ボスニア
ヘルツェゴビナ
フィレンツェ
スプリト
イタリア
ドゥブロヴニク
アドリア海
ローマ
ナポリ

夫に捧ぐ
この波乱の冒険が始まって以来、あなたのめざましい奮闘に
どれほど支えられてきたことか

「プレイする運命に生まれついたと感じたことは？」

「夢の中でなら……」

PLAY：人間または動物が、真剣な、あるいは実際的な目的のためというより、むしろ楽しみや気晴らしのためにとる行動。

FEEL：触覚による刺激を受けとり、その感覚を吟味すること。自分の感じている刺激に意識を向けること。視覚、聴覚、味覚、嗅覚以外で何かを感じとること。

はじめに

もしも最初から知っていたなら、話は変わっていたのだろうか？

いったいなぜ、どうやってわたしの人生がこんなにも劇的に変化してしまったのかは、自分でもいまだによくわからない。そして、まるで何も変化していないかのように、その流れはいまも続いている。そもそものきっかけは、とある週末の出来事だった。後から考えてみれば、踏み出してはならない一歩だったのかもしれない。でも、わたしの魂の奥底では、そんなことの起きる予感がずっとうずきつづけていたのだ……

結果として、わたしはいきなり身も心も暴風雨に巻きこまれることとなった。警告も、前ぶれもなしに——それとも、わたしが見落としただけだったのだろうか？　どちらにせよ、起きたことは起きたことだし、これから先のことも、なるようにしかならない。結末がどうなるか、すべてを終えて無事に生きのびることができるのか、それはわたしにもわからないままだ。

第一部

他者の思惑にとらわれることは、すなわち他者の囚われびととなることである。

——老子

アレクサ

ファースト・クラスのラウンジに腰をおちつけたわたしは、無料で提供されるテタンジェのシャンパンと、ライムを搾ったイカのフリットを味わいながら、この体験に胸を躍らせていた。柔らかなベルベットのソファに背中を預け、思いつくかぎりのありとあらゆる便利なものをとりそろえたモダンで清潔なインテリアが、抑えた照明に浮かびあがっているのを眺める。

人生って悪くない。それどころか、信じられないくらいすばらしい。結局のところ、何もかもがどれほどうまく運んだかをふりかえると、いまでもどこか狐につままれたような気分になる。

ついに夫のロバートともお互いの気持ちを率直にうちあけあったいま、夫婦仲はこれまでにないほど良好だ。親としての役割に専念するようになったことは、子どもたちのためにも正しい選択だったのはまちがいない。いまや、子どもたちはコマーシャルの子役も顔負けの、いかにも幸せそうな表情を浮かべるようになったし、それを思うとわたしまで口もとがほころんでしまう。

女友だちの面々も同じように受け入れてくれればよかったのだけれど、こちらはわたしの生きかたがいきなり激変したことを、なかなか受け入れられずにひどく気をもんでいるようだ。たしかに、出張で新たな（というより、かつての）恋人と行動をともにし、帰ってきたとたんに夫婦関係に終止符を打ったにもかかわらず、いまだ同じ屋根の下で仲よく暮らしているばかりか、変わらずタスマニアに住みながらもいきなり国際的な研究に参加するようになったのだから、奇妙に見えても仕方がない。人々が密接にかかわりあっているこの地域社会では、こんなにもいかがわしげな一連の出来事が、口さがない人たちの噂《うわさ》の的になるのも仕方がないことなのだろう。

とはいえ、わたしの〝道に外れた〟あの週末について、とげのある皮肉な言葉を投げかけられて、平気でいられるわけではなかった。エリザベスとジョーダンを学校へ送っていくとき、やはり見送りにきていた保護者たちが眉をひそめてみせたり、ひそひそささやいていたりするのは、さらにこたえる。わたしをいちばん傷つけるのは、面と向かって投げかけられることのない言葉だった。率直に自分の信念にしたがって意見を述べるか、さもなければ口をつぐんで何も言わずにいることができず、誰も彼もが校門あたりにたむろして、意地の悪い噂話を集めにかかるのは、いったいどうしてなのだろう？ 元をただせば、これは自業自得なのかもしれない。わたしさえ、すべてを胸のうちに納め、誰にも何ひとつうちあけずにいたら――でも、わたしはうちあけたことを後悔しているのだろうか？ 実をいうと、そうでもない……ごく近しい何人かの女友だちに、詳細については省くとしても、自分がこの数ヵ月間に味わった興奮、驚き、そしてジェットコースターさながらの感情の起伏のあれこれを聞いてもらえたのは、どれほどありがたかったことだろう。

正直なところ、誰かに話したおかげで正気を保っていられたようなものだし、それだけでも女友だちには感謝するばかりだ。母親になるということは、地球上でもっとも批判がましい種族――ほかの母親たち――とのつきあいを強いられることにほかならない。母乳、離乳食、トイレ・トレーニング、しつけ、どんなことに関しても、誰もが自分なりの意見を持っている。いったん母親になってしまえば、さらに後輩の未熟な母親が自分の尽きせぬ知識の泉を必死に求めているらしき姿を見たとたん、これまでの体験談をとうとうと話してきかせる天与の権利を得たと信じこんでしまう——わたし自身も身におぼえがないわけではない。そんなふうに、わたしたち母親はさまざまな局面において賢明な忠告をお互いに分かちあうことで、自尊心に磨きをかけ（そして、自分が親として正しい道を歩んでいるのだと確認し）つつ、それぞれが抱えている苦労や、ともすれば陥りがちな危険について慰めあう。そんな内情を知っているからこそ、困ったときに無条件で手を差しのべてくれる集団など存在しない、助けの手は、うんざりするほどの口出しといっしょにやってくると覚悟しなくてはならないと、わたしには身にしみてわかっていた。

心理学者からの助言を求めてわたしのオフィスを訪れ、母親どうしのつきあいで思いもかけない意地悪をされたと訴えてくる傷ついた母親たちの姿が、次々と脳裏によみがえる。そしていまやわたし自身が、ひそかに漏れ聞こえてくるささやきによって、母親としてまともかどうかを品定めされているのだ。あの一週間をすごす前なら、自信を持ってまともだと答えられたのだろうけれど、はたしていまは？　そのうえ、わたしはさらに事態を悪化させようとしている。今度はロンドンへ二週間も出かけるなんて——しかも、その〝噂の男性〟と！　こんなことをしてしまって、わたしは自分を許せるのだろうか？　たとえ仕事のためだとはいえ、さすがにこれは、母親落第の決定打とされてしまっても仕方がない。これがもし、日々の母親業に身も心も疲れはて、がんばりのご褒美《ほうび》として、女友だちと十日間のヨガの研修に出かけるのだとしたら、世間の冷たい目もいくらかは和らいでいたのだろうか。心の奥底では、何があろうと自分がわが子を愛するまっとうな母親だということが、わたしにはちゃんとわかっている。子どもたちが毎日のように〝母さんってすっごい！〟と言ってくれるのは、けっして口先だけではないはずだ。

いっぽう、父親たちのほうはみなロバートに進んで手を貸してくれているけれど、自らの同性愛指向を追求してみたいという本人の欲望については知っているのかどうか。これが知れてしまったら、やっぱり事態は変わってしまうのではないだろうか。今回の出張が終わったら、ロバートにも自分のための時間をとらせてあげたい。人生の次の段階に足を踏み出すためには、それが何よりも必要だろうから。ロバートによって、さらに別の男性がこの関係図に登場したりしようものなら、世間はどれほど騒ぎたてることだろう……とんでもないスキャンダルだもの！　想像すると、つい忍び笑いが漏れてしまう。どちらにしろ、それはロバートの個人的な問題であり、たとえ別の誰かと人生を歩みはじめるつもりだとしても、わたしが口をはさむことではない。

頭を振り、堂々めぐりばかりの考えごとを頭から追いはらう――他人の思惑を気に病んで時間を無駄にすることはない。誰にだって、自分なりの意見を持つ権利はあるのだし、わたしがかちんときたのも、その内容ではなく、広まりかたにすぎなかったのだから。

あと数分で、飛行機への搭乗が始まる。乗りこんでしまったら、シンガポールでの短い降機時間をのぞいて、ロンドンに到着するまでは誰とも連絡がとれなくなるというわけだ。わたしは目の前の贅沢《ぜいたく》な光景を撮り、その画像にキスとハグの絵文字をどっさりつけて、ジェレミーに〝新しい人生をありがとう〟というメッセージとして送信した。

シャンパンを幾口か味わったところで、携帯が鳴る。ジェレミーからだ。

「電話をくれるなんて、嬉《うれ》しいわ」

「もう、きみに会うのが待ちきれないよ」その深い声を聞くだけで、身体に心地よい震えが走る。

「わたしもよ」あの手がわたしの肌に最後に触れてから、もう何年もすぎてしまったかのように感じてしまう。

「ファースト・クラスのラウンジを喜んでもらえてよかった」

「もちろんよ。でも、あなたといっしょだったら、もっとずっと楽しかったでしょうに」

「待つのもあと少しだよ。きみの到着の十二時間後に、ぼくもロンドンに着くからね。こちらはサムといっしょだ」

「あら、そうなの？　よかったじゃない」わたしとしては、あの実験の後、初めてサミユエル・ウェブスター教授と顔を合わせることに、いくらか戸惑いをおぼえずにはいられなかった。教授はわたしの博士論文を指導してくれた人であり、わたしにとってはただの師というよりも、もはや学問の世界における父に近い存在だ。この一年あまり、教授の研究チームは神経科学という分野で女性の性科学に焦点を当てており、だからこそジェレミー、そしてかの国際研究フォーラムとも接点が生まれたのだ。わたしが自分自身の身体を使ってどんな役割をはたしたかを、教授も知っているかと思うと、思わず身じろぎせずにはいられない。とはいえ、わたしはできるかぎり専門家らしい冷静な態度を崩さずにいるほかはないし、きっとウェブスター教授もわたしに対して同じ態度をとってくれるだろうことを、心の奥底ではわかっている。ほかの誰かが実験台になって出した結果なら、わたしは冷静に分析できるだろう。その姿勢を、自分に対しても堅持しなくては。

「きみに報告しなくてはならないことが山ほどあるんだ、アレクサ。先月は研究にめざましい進展があってね、きみも興奮せずにはいられないだろうな」

「あなたがすでに興奮しているものね」思わずにっこりする。「わたしももう待ちきれないわ。あなたに訊《き》きたいこともいくつかあるし」

「待ちきれないのも当然だよ、アレクサ」ジェレミーの声が耳もとで響き、その言葉の含みに、わたしはあそこがじんじんするのを感じた。ああ、もう、たかが電話でこんなことになっちゃうなんて、いったいどういうことなのかしら？　どっとよみがえった記憶に身体が反応し、またしても公衆の面前で動けなくなってしまう前に、何か別のことを考えて気をまぎらせなくては。

「わたし、まだ何の資料も受けとっていないのよ、ジェレミー。それでいいのかしら？ロンドンに到着するまでに、できるだけ準備をしておきたかったのに」

「ああ、それでいいんだ。きみには、ぼくが直接すべてを説明したいからね。いまはただ、のんびりと旅を楽しんでくれればいい。到着したら、どうせいやというほど忙しくなるんだから」

飛行機の搭乗案内が聞こえてきた。

「もう切らなくちゃ。そろそろ搭乗が始まるんですって」

「何も心配はいらないよ、ＡＢ。きみの声が聞けて嬉しかった」

「ほんと、あなたに早く会いたいわ、ジェレミー。あれから、おそろしく長い時間が経《た》ってしまったみたいに感じるの」脚の間に、じわっと温かい感覚が広がる。

「ああ、わかるよ、アレクサ……だが、もうすぐ会える。あのブレスレット、まだつけているかい？」

「もちろんよ」そもそも、これ、外せないのに。ＧＰＳを埋めこみ、ピンク・ダイアモンドをちりばめた銀色のブレスレットに、わたしはちらりと視線をやった。

「よかった。きみがどこにいるのか、つねにわかるのは嬉しいね」その言葉に、思わず目玉をぐるりと回してみせたけれど、ジェレミーに見えるはずもない。

「あなたも同じブレスレットを作らせるべきじゃないかしら。そうしたら、わたしもあなたがどんなに世界を股にかけているか、じっくり観察できるのに」

「その発想はなかったな。考えておくよ」笑みを含んだ声で答えたジェレミーは、ふいに真剣な口調になった。「だが、きみが無事で、安全なところにいると確認できるのは、ぼくにとってははるかに大切なことなんだ」わたしを守る役割を自任しているような響きを感じとって、ふとなつかしさに心が温かくなる。

「愛してる。さあ、もう行かなくちゃ。搭乗の最終案内が始まったわ」

「そうか」わたしと同じくらい、ジェレミーも電話を切りたくなさそうだ。「明日の夜、ぼくと会うまでは、ひとりで面倒に首を突っこんだりしないと約束してくれ」

「わたしが面倒に首を突っこむのって、いつもあなたといっしょにいるときじゃなかった？」

「アレックス！」怖い声を出してみせ、それから早口でつけくわえる。「ぼくも愛しているよ」一万数千キロの彼方でジェレミーがほほえむ気配が伝わってきた。「また後で。気をつけて」電話が切れる。携帯を見つめ、しばしぼうっとしていたわたしは、搭乗最終案内の、まさに最後の呼びかけではっとわれに返った。残念ながら、愛する人に呼びさまされたこの熱くたぎる欲望とははるかな時差のせいで、明日の夜はまだまだ遠い先のことに思える。

＊　＊　＊

乗りこんだ飛行機は、いまや滑走路で離陸を待つばかりだ。こんなことが自分の身に起きるなんて、とうてい現実とは思えない。でも、ずっとこうなりたいと願っていた人物像に向かって、自分が着実に変わりつつあるような気がする。またジェレミーに会えるという興奮にいてもたってもいられなくなり、わたしは自分を包みこむファースト・クラスの座席の周りをきょろきょろと見まわした。こんな気分になるのは、七歳のころ、ドナルドダックとデイジーに会いにディズニーランドへ向かう飛行機に乗りこんだとき以来だろうか——もちろん、あのときとは興奮の理由がまったくちがうけれど。今回は、いわば〝大人向け〟の奔放《ほんぽう》な期待感だ。前回、シドニーでジェレミーと会う前と同じく、胸の奥では蝶がはばたいているけれど、今回の蝶ははるかに大きく色鮮やかな羽を持っているばかりか、もう何年も憶えがないほど鮮烈に生きている実感を味わわせてくれるその感覚を、いまはわたし自身も喜んで受け入れている。やがて、はるか彼方の地に向かって飛行機が飛び立つころ、わたしはようやくおちついて座席に身を預けることができた。

経由地のシンガポールに到着し、子どもたちに取り急ぎメールを送ろうと携帯の電源を入れると、先にもうふたりから画像つきのメールが届いていた。パジャマを着こみ、すっかり寝る準備ができた子どもたちが、おやすみのキスを投げてよこしている。ふたりへの愛情で胸がいっぱいになり、思わず携帯の画面にキスしたくなるほどだった。いまのうちに脚を動かしておこうと、清潔で管理のゆきとどいたチャンギ空港をたっぷり歩きまわった後、ここのファースト・クラスのラウンジにもちょっと立ち寄って身なりを整える。大ぶりなシャワーヘッドのついた、なめらかな曲線を描くシャワーにも、ついうっとりした視線を投げてしまうけれど、そこまでゆっくりしている余裕はない。次の機内でもきちんとして見えるよう、鏡をのぞきこんでいたとき、わたしはふと、隣の鏡の前に立っている女性がこちらをまじまじと見つめているのに気づいた。あれこれと妄想をふくらませすぎて、何でも意味ありげに見えてしまうのだろうかと思ったそのとき、その女性がふいに口を開き、フランス語訛《なま》りのある礼儀正しい口調で話しかけてきた。

「見つめてしまったりしてごめんなさい。もしかして、アレクサンドラ・ブレイク博士でいらっしゃいますか？」

その熱心な口調にいくらか圧倒されながらも、わたしは答えた。「ええ、そうですが」

「ああ、なんて素敵なのかしら」女性の表情が、目に見えて和らいだ。「よかったら、自己紹介をさせてくださいな。わたし、ローラン・ベルトランです」

いかにもフランス人らしく、一筋の乱れもなくセットされた髪、洗練されたスーツにぴったりのパンプスとハンドバッグ。はっと人目を惹《ひ》きつける、エネルギーにあふれた女性だ。

「あら、初めまして」握手をしながら、その名前をどこで耳にしたのだろうかと必死に記憶を探るうち、ジェレミーの研究フォーラムに参加している学者だと思いあたる。そうだわ、ローラン・ベルトラン博士。記憶が正しければ、たしか化学が専門のはず。

「クイン博士と研究チームでごいっしょしています。お目にかかれて嬉しいですわ。研究チームにようこそ」親しげでありながら、仕事上のけじめを崩さない笑み。

「こちらこそ、お会いできて嬉しいわ。ありがとう」

「これから、ロンドンへ？」

「ええ、まもなく出発する飛行機で。あなたは？」

「わたしはブリュッセルで会議があって。終わったらパリに二、三日帰って、それからロンドンのチームに合流する予定なんです。つい先日ジェレミーから送られてきた研究結果は、各方面で注目されているんですよ。わたしもフォーラムに合流して、あなたとさらに近しく研究に参加できるのを、本当に楽しみにしています。あんなに驚くべき、すばらしい結果が出たなんて……」女性はわたしの身体に視線を走らせながら、ふと考えに沈んだ。わたしはその賛辞に顔を赤らめ、いったいどんな結果に対してこんなにも驚かれているのか、思いをめぐらさずにはいられなかった。そもそも、この人はフォーラムの一員として研究結果を受けとっているのに、どうしてわたしには何も届いていないの？　恥ずかしさだけではなく、ひとりだけ対岸に置き去りにされたかのような失望に頬が赤らむ。

女性の熱っぽい視線にどうにもいたたまれずにいたわたしは、搭乗案内のアナウンスが流れてほっとした。

「ああ、わたしの乗る便だわ。あなたも気をつけて、いいご旅行を。すぐにまた会えるでしょうけれど」

「ええ、もちろん。とっても楽しみです。ブレイク博士もくれぐれもお気をつけて。こんなところでお会いできるなんて、どんなに嬉しかったか」

「わたしのことは、アレクサって呼んで」

「ありがとう、アレクサ。ではまた、すぐにお目にかかりましょうね」ふたたびわたしの手をとり、今度は両手で包みこむ。親しみを示しているのか、馴《な》れ馴れしくこちらに踏みこんできているのか、どちらとも判断がつかずに、奇妙な感覚だけが残った。きびすを返して歩きはじめると、女性の携帯が鳴りはじめた。興奮した口調で、てきぱきと電話の相手に話しかける声が聞こえてくる。「わたし、いま、すごい人にたまたま会っちゃったのよ、誰だかわかる？……そうなの……シンガポールからロンドンへ向かうところなんですって……」ラウンジを出ようとするわたしに小さく手を振ってみせると、女性はまたこちらに背を向け、電話の相手と話しつづけた。

ふたたび飛行機に乗りこみ、空高く舞いあがると、わたしはケープ・メンテルのソーヴィニヨン・ブラン・セミヨンをおかわりして美味しく味わった。西オーストラリアのマーガレット・リヴァーで造られるこのワインが、わたしは大好きだ。機内食のハーブをまぶして焼いた魚料理にも、サラダにもぴったり合う。さらに、パッションフルーツ風味のチーズケーキのデザートも、誘惑に勝てずに平らげた。ここがいちばん長いフライト区間だし、シンガポールまではまったく寝ていないので、わたしはわくわくしながらファースト・クラスで提供される、あまりセクシーとはいえないパジャマとソックスに身を包んだ。

座席の背を平らに倒し、ふかふかな枕に気持ちよく頭を預けて、温かい毛布にくるまる。こうしていると、わたし自身これまで何度も乗ってきたエコノミー・クラスの座席に思いを馳せずにはいられない。どうか、これから何時間も続く旅の間、あの狭い座席で身体を起こしたままでも、誰もが少しでも睡眠をとれますように。耳栓をはめると、思わず手が汗ばむのがわかる。いっしょに配られたアイマスクは、さすがにつけるのを躊躇《ちゅうちょ》してしまう。目が覆われ、視覚が失われる自分を想像するだけで、身体が欲望に震え、硬くなった乳首が綿のパジャマを押しあげるのだ。何度か深い呼吸をついて、身体の奥からあふれてくる熱いものをこらえ、両脚をしっかりと閉じて、いつ襲ってくるかもしれない欲望の昂《たかぶ》りに備える。アイマスクは平らにした座席の足もとへすばやく放り投げ、自分から遠ざけた。あんな究極の体験を味わった後、また目を布で覆うなんて、心の準備ができているはずもない。あのときの目隠しのなめらかな手ざわり、レースの感触を思い出すと……ジェレミーがわたしの身体じゅうに這《は》わせた羽根、あの執拗《しつよう》さ、わたしのもどかしさ……生々しすぎる記憶が、一気によみがえってしまう。ここがファースト・クラスの座席でよかった。わたしの手がふとどこに伸びてしまったか、誰にも見られずにすんだのだから。ああ、もう、冗談じゃないわ——飛行機の上で、周りにはいろんな人がいるのに！　あの目隠しはどうなったのだろう。いまだにジェレミーが持っているのだろうか。

とりあえず、いまは睡眠をとらなくては。こんなにも濃厚で官能的な欲望は、二十四時間後に心ゆくまで発散すればいい。それまで待つだけの価値はあると欲望のほうも納得してくれたのか、まもなくわたしは安らかな眠りに落ちていった。

わたしは自宅の寝室の窓ぎわに立っている。ネグリジェ姿でふりかえると、ジェレミーが日焼けしたたくましい身体をわたしのベッドに横たえ、ぐっすり眠っているのが見えた。力強い背中や寝乱れた髪が、ついさっきの親密な交わりを思い出させる。ひとしきり幸せを噛《か》みしめた後、バルコニーに出てみると、エリザベスとジョーダンが庭で遊んでいた。金切り声をあげながら柳の木の周りを走りまわっている子どもたちに、にっこり笑って手を振る。寝室に戻ってみると、もうベッドにジェレミーの姿はなかった。いましがた、あんなにもすやすやと眠りこんでいたのに。寝室を出て、ジェレミーの名を呼びながら階段を下りる。いったいどこに行ってしまったのだろう。

キッチンに足を踏み入れると、そこは奇妙にがらんとして冷たく、背中に寒気が走った。さらに階段を下りようとしてつまずいたわたしは、どこまでも、どこまでもとめどなく転がり落ちていく。いちばん下に倒れ伏したときには、ネグリジェは汚れて破れ、脚はほとんど動かせなかった。まるでシロップの中を泳いでいるかのように、身体が重い。頭上に延びる階段ははるか彼方の高みにまで続いているように見え、この鉛のような脚で上れるようには思えなかった。まるで匍匐《ほふく》前進する特殊部隊員のようにあたりを這いずりながらも、自分がどこへ向かおうとしているのかわからない。そのとき、何かが身体の脇を這っているのがわかり、わたしは恐怖に凍りついた。ようやく薄闇に慣れた目に、太く長い蛇の胴体が見えてくる。こちらの存在に気づいたかのように、蛇はふと動きを止めた。胸の奥で、心臓が早鐘を打つ。二股に分かれた舌をちろちろと口から出していた蛇は、やがて頭をもたげると、なめらかな動きで音もなく、腰の上に這いのぼってきた。わたしはもう、息をすることさえできない。ずっしりとした重みが、身体の曲線に沿って移動していく。その黒ずんだ太い胴体は、身じろぎもできないわたしをよそに、ゆるゆるとお尻の間を這いあがり、破れた白い絹のネグリジェの上を滑る。あまりにも不気味な感触に、麻痺《まひ》したかのように身体が動かない。

やがて、ついに蛇の重みがわたしの身体から離れ、尾の先がわたしのつま先を撫でていく。そして、蛇は男根のような形をした杖《つえ》を上りはじめた。いまやどこか高いところから射しこんでくる光に照らされて、明るい緑と金色に彩られた蛇が、医術と癒しの象徴であるアスクレピオスの杖に巻きついている姿がはっきりと見える。目の前の光景に何か神秘的なものを感じ、いつしかわたしは蛇に畏敬のまなざしを向けていた――さっきまでの恐怖はたちまち消え去り、静寂と平安が心を満たす。

視線をそらそうとしたそのとき、ふと気がつくと、わたしのへそには何の痛みもないのに血がたまり、いまにも流れ落ちようとしていた。奇妙なことに、わたしは力が満ちてくるのを感じ、この光が射してくるほうへ向かわなくてはならないのだと悟る。アーチをくぐろうとしてふとふりむくと、わたしのたどってきた道には、自分の脱ぎ捨てた皮が落ちていた。角を曲がり、射しこんでくる光の中に踏み出すと、いつのまにかわたしの腕は翼に、鼻はくちばしに変わっている。おずおずとくちばしを宙に向かって突き出し、堂々たる翼を広げると、みるみる身体に力がみなぎってくるのを感じながらわたしは飛んだ。高く、高く舞いあがり、荘厳な大木に向かって。

ふと気がつくと、別の枝にはフクロウがとまっている。こちらに向かってうなずいてみせたフクロウに向かい、わたしもお返しに軽く頭を下げた。鳥となったわたしの視界に、空はこれまでにないほど高く、世界ははるか遠くまで広がっている。翼をたたむと、太い枝の上に載っていた卵でいっぱいの巣に触れてしまい、卵がひとつ、まるでスローモーションのように巣の縁でゆらゆらと落ちかけた。それを押さえようとしてバランスを崩したわたしは、枝から落ちまいと翼を広げる……

身体が落ちていく感覚に大きくあえぎ、はっと目をさましたわたしは、いったいここがどこなのか、しばらく思い出せなかった。なんて奇妙な夢なのだろう。これまで、動物の夢など見た記憶はないのに。その夢は、心にほんのかすかな不安と、そして未来をふとかいま見てしまったような予感を残した――自分がこれからたどるべき運命は、さしあたって痛みをともなうけれど、最後に得るものは大きい、とでもいうような。目に焼きついている夢の中の光景を忘れてしまおうと、わたしは頭を振った。夢判断の本を持ってくればよかったと思わずにはいられない。着陸したら、あんなにも色鮮やかで生々しい夢を解析してくれるアプリを探してみよう。もう照明が点《とも》り、朝食が配られている。けっこう長く眠っていたようだ。パジャマを脱ぎ、旅行用の服装に戻る。到着が楽しみでたまらない。ジェレミーと再会し、あの人が今週はどんな計画を立ててくれているのか、それもまもなく知ることができる。ついにこの日が来て、愛する人の――これまでずっと愛してきた人の腕に、もうすぐ抱かれるのだ。抑えようとしても、口もとがほころんでしまう。

＊　＊　＊

やがて、飛行機は定刻どおりロンドンに到着した。

ヒースロー空港のスイングドアを抜けると、わたしの名前のプラカードを掲げる運転手が目に入った。こんなにも気配りがゆきとどいているなんて、なんと快適な旅行なのだろう。運転手に挨拶して、荷物を運んでもらう。

ドアの開いた贅沢な黒いセダンに歩みよると、かたわらにもうひとり、運転手と同じような服装をした男が立っていた。

「おはようございます、ブレイク博士。ロンドンへようこそ」

「おはよう。ありがとう、ここに来られて嬉しいわ」

わたしはにっこりして、男が開けてくれたドアから車に乗りこんだ。運転手がわたしの荷物を車に積みこむ。黒い座席に腰をおろして、何も忘れものはないかと確認していたそのとき、はるか後ろのほうで、誰かがわたしの名前を呼んだ。肩ごしにふりかえると、ジェレミーとウェブスター教授が車に向かって走ってくるではないか。いったい、あのふたりはここで何をしているのだろう？　予定では、ふたりとも今夜遅くロンドンに着くと聞いていたのに。驚いて手を振るのと同時に、ふたりめの男がふいにドアをばたんと閉め、助手席に乗りこんできた。ジェレミーと教授は狼狽《ろうばい》した表情で、いっそう必死に走ってくる。あのふたりを待ってと運転手に言おうとした瞬間、車は勢いよく発進して、わたしは座席に倒れこんだ。停めて、あのふたりは知りあいなの、と必死でふたりに訴える。いまやジェレミーは車のすぐ後ろを走り、リアガラスをばんばん叩《たた》いていた。その目には恐怖の色が浮かんでいる。明らかに、何か怖ろしいことが起きつつあるのだ。窓を開けてジェレミーと話したいけれど、開閉ボタンが見つからない。やがて、ガラスはふいに黒みを帯び、ジェレミーの顔は見えなくなってしまった。ドアにもロックがかかっている。

ふりかえって運転手を見やると、黒みがかったガラスが上がってきて、前後の座席を隔ててしまった。わたしは悲鳴をあげ、ドアを、そして座席の間のガラスを叩いた。車はさらに速度を上げる。いまやしっかりと脳裏に刻まれた、苦痛にゆがむジェレミーの表情を思い、わたしはがたがたと震えはじめた。ハンドバッグを探って携帯を取り出したものの、ここはまったく電波が届いていないらしい。いったいどういうことなのか、わたしには何ひとつ理解できなかった。黒いガラスで閉ざされた車に乗せられ、電話は通じない。この男たちは、いったい何ものなのだろう？　何が起きているのかを知ろうとして、窓や仕切りのガラスを叩き、男たちに向かって叫ぶ。ドアを開けようと左右とも試してみたし、手のひらが痛くなるまで黒みがかったガラスにさんざん打ちつけてもみた。いったい、何が起きているの？　そのとき、ふいに頭がくらくらし、意識がかすみはじめる。そして、わたしは何もわからなくなった……

ジェレミー

目の前の信じられない光景に、世界がスローモーションで終わりを迎えてしまったような気がした。胸がつぶれそうに痛み、息ができない。文字どおりあと数センチの差で、伸ばした手も触れることのできないまま、アレクサはぼくの目の前から消えてしまったのだ。

「サム、そのタクシーに乗りましょう。やつらを追わなくては。ほら、急いで」ロンドンの黒いタクシーが列をなして待機しているのに気づき、先頭の車の後部座席に飛び乗る。

「前を走るあの黒いセダンを追いかけてくれ」ぼくは運転手にどなった。「見失うわけにいかないんだ」

そのタクシーは、あまりにのろのろと発進した。「ここはハリウッドじゃないんでね、お客さん。言っとくが、あんたのジェームズ・ボンドごっこのために、免許を取りあげられるわけにはいかねえんだ」

思わず、こぶしで座席を殴りつける。悪夢だ！

そのとたん、運転手は縁石に寄せてタクシーを停めた。「さっさと降りてくれ。あんたたちのようなろくでもない客に、車を壊されるのはまっぴらなんでね。さあ、さっさと降りるんだ」

くそっ。ここまでどうしようもない状況は、生まれて初めてだ。

ぼくたちが乗っているかぎり、この運転手は車を出す気はないのだと悟り、タクシーを降りる。サムは衝撃のあまり、黙りこくったまま呆然《ぼうぜん》と立ちつくすばかりだ。こんなふうに道ばたにとりのこされて、いったいこれからどうしたらいいのか、ぼくたちは途方に暮れていた。

＊　＊　＊

昨晩遅く、ぼくたちがもうヒースロー空港に到着していたのは、予定していた会議が中止になり、早い便でロンドンに向かうことができたからだ。アレクサがさぞ驚くだろうと思うと、その瞬間が待ちきれなかった。この腕に抱きしめ、どれほど会いたかったか、きみがどんなに大切かを告げるのだ。その一日をどうすごすかは、すでにきっちりと計画してある。ふたりでいっしょに使えるよう、ホテルは思いきっていつもより広いスイートルームを予約しておいたが、念のため、アレクサの名前で小さな部屋を別にひとつとってある——研究者としての体面について、あいつはかなり堅苦しい考えかたをしているのだ。これが国際研究フォーラムにおける初めての活動となるわけだから、きっとそれなりの体裁を保っておきたい気持ちもあるだろうし、それを無視してむりやりふたりだけの時間を性急に作ろうとはしたくない。スイートルームですごすよう説得することくらい、さほど難しくないのはわかっているが、もしも自分の名前で予約した部屋が別に確保されていることで、アレクサが安心できるのなら、ぼくは喜んでそうするつもりだった。なにしろ、前回はあれだけたいへんな思いをさせてしまったのだ。ああ、それを思うと感嘆せずにはいられない。あいつはぼくのために、いったいどれだけのことに同意してくれたか。まったく、なんという女性なのだろう。

これまでも、ぼくは何かにつけてアレクサに感嘆させられてきた。あいつのことを考えると、まさにペニスがじんじんしてくる——快感に身もだえしそうなのを必死にこらえ、感じていることを認めまいと、いかにも気どった声で平然と受け答えしているときのあいつは、おそろしく魅力的だ。そんなときは、ぼくもできるだけ超然とした態度をとる。さんざんじらしておいてから、平気なふりをしていても意味がないのだとわからせてやるのだ――あるいは、もう何の小細工もなしに、愛撫を始めることもある。どちらのやりかたも、これまですばらしい成功を収めてきた。到着してすぐあいつを抱くべきか、それとも夜まで待つか、ぼくはまだ決めかねていた。待たされるのもまたそそる演出ではあるが、あれから一ヵ月以上も会っていないことを考えると、ぼくが自分を抑えきれないかもしれない、などと考えて。

そのあげく、アレクサの姿を目にしたのはたった二秒、目の前からあんなふうに連れ去られてしまったのは、ぼくの痛恨の過ちだった。くそっ！　アレクサが自宅のあるタスマニアのホバートに帰って以来、行動のひとつひとつを、ぼくはすべて見まもってきた。自宅の玄関にカメラをとりつけ、出入りする人間をすべてこちらで確認してさえいたのだ。おびえさせたくはなかったし、そんなことを電話で伝えるのもいやだったから、アレクサには話していない。知らせれば、なぜそこまで厳重な警戒態勢をとらなくてはならないかについて、あいつはロバートにまで説明しなくてはならなくなるし、そこまでことを大きくする必要はないと判断したのだ。まず決断をして、結果として何が起きようと、それはそのつど対処する。それが、いつものぼくのやりかただった。

ぼくのコンピュータが何ものかに侵入されたことも、アレクサには話していなかった。いくつかのファイルにアクセスされた形跡があったものの、幸いなことに、特別な防護措置をしかけておいた重要なファイルは盗まれていなかったのだ。とはいえ、アレクサがこの実験にどうかかわっているか、ぼくたちの研究が何をめざしているかなど、表に出したくない部分まで知られてしまったことはまちがいない。いまや、あの実験の成果を、連中は手に入れたがっている。詳しい結果をアレクサに送らずにおいたのは、不幸中の幸いだった。何も知らずにおくほうが、あいつにとっては安全だと考えたのだ。だが、まさか誘拐などという非常手段に出るとは。これほどの危険もいとわないとは、背後にいったいどんな連中がいるのだろう？　やつらがもしアレクサに指一本でも触れようものなら……だめだ、そんな不吉なことを考えてはいけない。ここに突っ立ったまま最悪の展開を思いめぐらすより、いまはもっと先にすべきことがあるはずだ。あれこれと言葉を連ねるよりも、まず動かなくては。この事態を打開するために！

そんなさまざまな思いが、一瞬のうちに頭を駆けめぐった。かたわらでは、サムが目を見はり、口をぽかんと開いたまま、アレクサを乗せた車が走り去った方向を見つめている。人生そのものよりも大切な存在だとぼくがようやく自覚した、世界でただひとりの女性が連れ去られてしまったのだ――ぼくたちふたりを、あっけなく置き去りにして。そんな馬鹿な！　ジャケットの内ポケットから携帯をつかみ出し、待たせておいた運転手を呼び出す。ぼくたちがアレクサの到着を待っている間、運転手はずっとヒースロー空港を周回して時間をつぶしていたのだ。ようやく車に乗りこんだころには、ぼくの頭脳もどうにかやっと動きはじめていた。

「サラ、レオを呼び出してくれ。緊急事態だ」ぼくの助手に電話をし、いらいらしながら待つ。やがてレオの秘書、ニューヨークにいるモイラに電話がつながった。レオは世界各地を転々としているので、この十年、ぼくとモイラはしばしば連絡をとりあっている。

「モイラ、ジェレミーだ。レオはそっちか？　じゃ、いまどこにいるんだ？　なんてことだ、アマゾンだって？」モイラの説明によると、現在レオはアマゾン川の北部流域で先住民と寝食をともにし、村のまじない師が魂を飛行させる様子を研究しているので、少なくともこれから三週間は連絡がとれないという。冗談じゃない、と言いたかったが、レオというのはそういう男なのだ。「こちらは非常事態でね。アレクサが誘拐されてしまった。ああ、さっき……ついいましがた、ぼくの目の前で。そう、サムもいっしょに現場を目撃している。お抱え運転手のふりをした、ふたり組の男たちだ。ぼくたちが走ってくるのを見て、あわててアレクサを車に乗せたようだ……いや、連中の顔に見おぼえはなかった」そう答えながら、サムに向かって問いかけるように眉を上げてみせる。

「サムも心当たりがないそうだ。ああ、見失ってしまったんだ。くそっ。いまごろは、もう遠くまで逃げていても不思議はない」

レオにも負けない呑みこみの早さで、モイラの頭脳がすばやく回転しはじめたのがわかった。これまでわれわれのコンピュータに侵入したり、脅迫を試みたりした犯人をつきとめるのに、モイラもずっと密接に協力してきたので、事情はすべて理解している。さらに、われわれのひとりが裏切りものだった場合に備え、フォーラムに参加している研究者全員についての詳しい情報をまとめあげた資料も、レオはモイラに渡していた。そんな可能性を考えるだけで頭に血が上るが、絶対にありえないとは言いきれない。そのことを、ぼくはサムにも、ほかの誰にも話していなかった。誰もが予想すらしなかったこんな非常事態においても、モイラならレオの代わりに必要な資料を調べることができる。電話ごしに聞こえてくる声は、いかにも冷静できぱきしていたが、ぼくのほうは狼狽のあまり、声を荒らげることでこの事態の深刻さを伝えようとしているかのようだ。深く息を吸いこみ、ふくれあがるばかりの恐怖に立ちむかう。

「そうだな……マーティンは手が空いているか？」マーティン・スマイスは、レオの下で保安部門を担当している。かつてＣＩＡに所属していただけあり、頭の回転が速く、きわめて有能な人物で、こんなときに頼りにできるのはありがたかった。何か予想もつかない事件が起きたときに備え、レオはマーティンをアヴァロンに配置しておいたのだ。

「よかった。この件を担当させるチームを組んでくれと、マーティンに伝えてくれ。スコットランド・ヤードにも、そのチームのほうから連絡してもらえるかな？　ロンドンの防犯システムを使って監視する必要が出てくるはずだ」ああ、何百万人が群がるこの大都市で、アレクサを無事に見つけ出せるのだろうか。手が震えはじめる。しっかりするんだと、ぼくは自分に言いきかせた。

「コンピュータに侵入した連中について、きみの集めた最新の情報を送ってくれ。製薬業界の上位五社が今後五年間に売り出そうとしている薬の種類についても、できるだけ早く。念のために、その下の五社で働いている人間とも、連絡がつくようにしておいてほしい。こんな手段に出るほど必死な連中の正体を、どうしてもつきとめなくては――われわれが見すごしている手がかりが、どこかにあるはずなんだ！　わかった、ああ、そうするよ……ありがとう、モイラ、きみには本当に感謝している。何があろうと、ぼくはアレクサを助け出すつもりだ」

震える手で、通話を切る。携帯を内ポケットに押しこむと、ぼくはこの絶望的な状況に、あらためて髪をかきむしらずにはいられなかった。かたわらに目をやると、サムはいまだに押し黙ったままでいる。こんなにも怒りと恐怖にさいなまれているいまは、そのほうがありがたかった。

無言のまま、車はコヴェント・ガーデンへ向かう。ぼんやりと窓の外に目をやりながら、ぼくはもう何年も前、レオと知りあうきっかけとなったあの事故のことを、天に感謝していた——レオと出会ってまもなく、ぼくの人生は明らかに上向いた。結局のところ、ハーヴァードで奨学金を受けられるようにして、その後の順調な経歴の基礎を築いてくれたのも、ほかならぬレオだったのだから。

レオの本名は、リロイ・エドワード・オーウェル——ぼくの研究をここ十年以上にわたって後援してくれている慈善家だ。ぼくの研究や発見はすべて、その支援の上に成り立っている。もともと途方もない大富豪の家系に生まれた人物で、世界各地に信じられないほど多くの有力者とのコネや資産を抱えているのだ。

初めて出会ったのは、ぼくがオーストラリアの《空飛ぶ医師団》に所属していたときのこと。ノーザン・テリトリーのキングス・キャニオンで、ザイルを使って断崖を降りていたレオは、岩に打ちこんであったアンカーが外れ、ひどい滑落事故を起こした。脚を折ってしまったため、ヘリコプターで救助するしかなかったのだ。その傷が癒えるまでの間に、ぼくたちはすっかり親しくなり、お互いの野心や志についても深く理解するようになった。レオはぼくよりも十歳年長で、いかにも遊び人タイプに見えたが、看護師たちにはよく兄弟みたいだとからかわれたものだ。どちらにせよ、年齢を重ねるにつれてレオはますます魅力的になっていくばかりか、驚くほど鍛えられて引き締まった体型を維持している。ぼくたちはよく、お互いの身体の鍛えぶりを競いあってきた。中年太りだけはごめんだというのが、ふたりの共通認識だったのだ。

レオが情熱を注いでいるのは人類学であり、より専門的には生体医学人類学に興味を抱いている。西洋の科学と医学に、東洋の哲学と精神主義を融合させた世界こそが理想郷だと考えているのだそうだ。ものごとを深く掘りさげて考える人間で、学んだ分野は多岐にわたる。その人並み外れた知性に、畏敬を感じたことがないといったら嘘《うそ》になるだろう。世界のありとあらゆる現象に興味を惹かれるレオにとって、ぼくの研究は、支援という形で間接的にかかわっている無数の計画のひとつにすぎない。その人間離れした鋭い第六感のおかげで投資も成功を重ね、もともと莫大《ばくだい》だった資産はこの何年かで四倍にふくれあがったという。レオがぼくに求める条件はただひとつ、自分の正体を公表しないこと。実際に顔を合わせる機会はそう多くはないが、充実した時間をともにすごせる相手だ。私生活を大切にし、まるで世捨て人のような暮らしを好むレオの生きかたをぼくは尊重していたし、そんなちがいがあったとしても、ぼくたちには共通する点が数多くあり、会話ははずんで尽きることがなかった。

ある種の精神疾患と血液型を結びつけて考察したぼくの理論と仮説に興味を示したレオは、わざわざシドニーに飛んできて、ぼくといっしょにアレクサの講演を聴くという、めったにない行動を見せた。それが単にぼくたちが進めている研究のためなのか、それともぼくとアレクサとの再会が、何かきわめて重要な意味を持つかもしれないと感じとったためなのか、今日にいたるまでぼくにはどちらとも確信できずにいる。何につけてもおそろしく鋭い第六感の持ち主だから、その勘もきっと当たっているのだろう。アレクサはいつも、レオのことをチャーリーと呼んでいる——『チャーリーズ・エンジェル』の黒幕だ——実際に会ったことはなく、噂だけ聞かされている存在だから。

実のところ、ぼくとアレクサがシドニーのインターコンチネンタルで週末をすごしたあのとき、ボーイ長のふりをして、ぼくたちにマティーニを運んできたのがレオだ。アレクサは目隠しをしていたから、当然ながらその姿を見てはいないし、レオのほうも正体を明かすことは望んでいなかった。ぼくに言われてアレクサに手錠をかけるはめになり、レオはいささか衝撃を受けたらしい。アレクサの最初の論文が本能と性行動の抑圧を主題にしていたこと、本来の欲望を自覚し受け入れるためには、まずこの体験を経なくてはならないことを、後からぼくが説明しなくてはならなかったほどだ。

実はその直前、ぼくはホテルで、アレクサを実験に参加させるなという脅迫状を受けとっていた。本気の脅しなのかどうか判断はつかなかったし、あの週末に手紙の背景を調べる余裕などなかったが、そのせいでいくぶん神経をとがらせていたことは確かだ。脅迫状の示唆する危険だけでなく、ほかにもさまざまな理由から、アレクサが協力を拒否して帰ることだけは避けたくて、あんな強引な手段に出るしかなかったのだ。

どちらにせよ、あの手錠はわくわくする恐怖を演出したばかりか、何よりの興奮剤となってもくれた（アレクサの身体はいつだって、本人よりも正直に欲望のおもむく先を教えてくれる）。後になってアレクサ自身も、あれには本当に胸がときめいたとうちあけたほどだ。その論文が読みたいと希望したレオに、アレクサは気前よく、ぼくを通して写しを送りとどけた。ぼくは当時、原本を読ませてもらったにすぎないが、ありがたいことに、記憶力には自信がある。あれだけの経験を味わった後、かつて自分が書いたあの論文を読みかえし——ひょっとしたら、書きなおしさえするのは、さぞかし興味ぶかいにちがいない。

ともあれ、レオは豊富な資金にまかせて世界各地に土地を買い、そこを過去から現在につながる文化にとって重要となる、神秘的かつ神聖な拠点にしようと考えている——アヴァロンとは、それらの土地の呼び名だ。レオにとってはわが子ともいえる大切な構想で、その中のひとつ、タスマン海に浮かぶロードハウ島の豪奢《ごうしゃ》なツリーハウスを、例の週末の後、アレクサの安全を守り、健康を回復するためにぼくたちに提供してくれたのだ。条件はただひとつ、アレクサにここがどこなのかを知られないこと。なぜかと訊きたかったが、物腰はあくまで柔らかく穏やかなレオの顔に浮かんだ表情を見て、ぼくは口をつぐんだ。レオとは長年のつきあいだから、質問をしてもいいとき、議論をふっかけてもいいときはわきまえている。たいていのときは喜んで応じてくれるが、いまはそのときではないと判断して、ただその約束を守ることにしたのだ。ぼくにけっして過大な要求をしたことはないのに、つねにさまざまなものを惜しみなく与えてくれるレオに対して、それが最低限の誠意というものだろう。

思いかえせば、あの週末の実験に自ら参加し、その後はアヴァロンへ移動するようレオが強く勧めたのは、ぼくたちが想定していた以上の危険がアレクサに降りかかることを予知したためだったのか、それともあの仮説を検証してみる前から、アレクサが特異な体質の持ち主だと感じとっていたのだろうか。脳裏をよぎるそんな思いにため息をつくうち、ぼくたちを乗せた車はバッキンガム宮殿の前を通りすぎ、ペルメル街に向かおうとしていた。アレクサの安全を守ろうとしたそんな記憶も、いまは虚しい……。

＊　＊　＊

ぼくとサムは、ワン・アルドウィッチ・ホテルにチェックインした。あんなにも期待に胸をふくらませて予約したスイートの室内を、力なく見まわす。アレクサがいないだけで、何もかもが空虚に感じられるばかりか、いったいどこに連れていかれたのか想像をめぐらすだけで、どうしようもないほど不安が広がる。アレクサの居場所が何かの奇跡によって目の前に現れないかと期待しているかのように、ぼくはぼんやりとラップトップの画面を見つめていた。モイラからはまだ連絡がなく、それもまた苛立ちの種だったが、あの女性の人並み外れた有能さはぼくもよく知っているし、忙しく調べているところを邪魔したくはない。

一秒一秒がじれったく、まるでアレクサへの思いにがんじがらめに縛られて、どうにも身動きがとれないかのようだ。いっそ、スコットランド・ヤードにぼくから連絡をとり、この事態を打開してもらおうかとさえ考える。このまま実験を強行したらアレクサの子どもたちの安全を保証しないとほのめかす、あの週末に届いた脅迫状のことが頭から離れない。今回のことも、きっと同じ連中のしわざなのだろう。くそっ。時間を巻きもどすことができたら、こんなへまはしないのだが。そうなったら、今度はアレクサの家族全員をアヴァロンにかくまってぼくが付き添う。こんなごたごたがすべて収まって、脅迫状の背後にいる連中も探りあて、物騒なものが届かなくなっても、念のためにアレクサとロバートの家の警備や防護体制はいまより厳重にしなくては。

だが、アレクサが誘拐されてしまったいま――こんな暴挙に出るような連中を相手にして、事態が収束する日など来るのだろうか？　ぼくは苛立ちをこめてラップトップ・コンピュータをばたんと閉じた――こんなにも必死なときに、何の答えも与えてくれない機械。こんなときは、せめて何か強い飲みものでも流しこまなくては、頭がどうにかなりそうだ。サムの部屋の前を通りかかったついでに、軽くノックしてドアを開く。サムもまた、ラップトップをのぞきこんでいた。ぼくと同じように、見つからない答えを虚しく探していたのだろう。

「バーに行くんですが、何か飲みものを持ってきましょうか？」

「三十分か一時間ほどしたら、わしも後から行くよ。シドニーにいるわしの研究チームが、モイラから情報が送られてきたら調査を始めようと待機しておるのでな、すべきことの優先順位を指示しておきたいと思ってね。それから、アレクサンドラのブレスレットについても、より精密な追跡ができる受信機をマーティンに提供できるよう、力を尽くすつもりだ。やってみなければわからないさ、うちの研究チームが何か有力な手がかりを発見するかもしれん。見こみが薄いのはわかってはいるが……」その口調に力はなく、画面から顔をあげたサムの目には、ぼくと同じ悲嘆の色があった。

「ありがとう、サム。どれも非常に助かりますし、なかなか頼りになりそうじゃないですか。ぼくはマッキノンにフォーラムの無期延期を伝えて、ほかのメンバーに連絡してもらいます」

「そうだった、わしが先に思いつくべきだったよ。結局のところ、あの男が会長なのだしな。先にバーに行っていてくれ。モイラから連絡があるまでは、わしらにできることはさほど多くないからな」

　ぼくは部屋を出てドアを閉め、重い足どりでエレベーターに向かった。自分が何もできないなど、そんな状態にぼくは慣れていないのだ。何か行動を起こしたい、誘拐犯どもを追いつめたい。ただ、電話をかけるしかできないなんてまっぴらだ。くそっ。待つしかない、そのこと自体が耐えがたかった。

ロビーのバーで、ぼんやりと枝つき燭台《しょくだい》の炎を見つめながら、グレンモーレンジのダブルのグラスを揺すってスコッチに浮かぶ氷のぶつかる音を聞く。どこからか着飾った若い女が近づいてきて、今夜つきあわないかと尋ねてきたが、ぼくは手を振って追いはらった。まさか、こんなときにアレクサ以外の女のことなど考えられるはずがない。これから先も、ずっと――ぼくのペニスだって、これには同意するはずだ。気がつくと、ふたりですごしたときの記憶がよみがえる。あいつとつきあっていて、がっかりさせられたことは一度もない。いつだって、ぼくといっしょに何か新しいことに挑戦し、未知の世界に足を踏み入れ、自分の限界を広げようとしていた。

この何年もの間、つきあった女性はけっこうな数に上るが、くりかえし会いたいと思うのはアレクサだけだ。カリフォルニアでふたりの豊満なブロンドに奉仕されていたときも、すばらしい舌づかいの赤毛の美女にフェラチオされていたときも、あいつのことを考えずにはいられなかった。アレクサの身体、頭脳、心――どんな女とどんな楽しみをむさぼっていても、そんな記憶が脳裏によみがえり、ぼくはほかの女とそれ以上の深い関係に進むのを避けてきた。もちろん、アレクサのことは誰にも話していない。他人にうちあける必要のないことだからだ。

そんなわけで、ぼくはどうしても、アレクサにとって自分はどんな存在なのか、それをはっきりさせたかった。あいつが結婚し、二児の母であることはよくわかっている。現実にはさほど影響力のない存在とはいえ、これでもぼくはジョーダンの名付け親なのだ。だからこそ、あの週末の計画は、ぼくにとって何ものにも代えがたいほど重大だった。いっしょに週末をすごすことにアレクサが同意してくれた瞬間、ようやくふたりの運命のときがきたこと、戯れの恋の時代は終わったのだということを、ぼくは悟った。これこそが、ぼくの結ぶべき関係なのだ。アレクサの手を、もう二度と離してはならない、と。そのうえ、あの週末はすべてが完璧に運んだ。計画を立てるときの細かい気配りが、何から何まで最高に功を奏したのだ。

この週末を契機に、ふたりの人生がずっとからみあっていくよう——仕事において、セックスにおいて、あるいは精神面において——ぼくは念入りに考えぬいた。どれが優先となってもかまわないが、正直に言うなら、この三つの的をすべて射抜くことができたらと願っていたのだ。アレクサが自らの限界を押しひろげ、長年にわたって築きあげてきた心の殻を打ちやぶり、進んで実験に協力する姿を目のあたりにして、ぼくはあらためて恋に落ちた。ぼくの研究も、おかげで大きく進捗《しんちょく》したわけだ。すべての面において、想像以上にすばらしい結果が得られたが、しかし、くそっ、そのためにいったいどんな犠牲を払うはめになるのだろうか？　アレクサが実験への協力を断っていたとしたら、この現実も変わっていたのかもしれない。ぼくはいやがることを無理強いするつもりはなかったし、結局のところ、あいつは自ら進んで実験に協力してくれた。だが、アレクサの子どもたちの安全を保証しないという、金曜の夜に受けとった脅迫状のことが、片時も頭から離れなかったのも確かだ……そんな危険を冒すわけにはいかなかった。タスマニアの原生地域では、事故に見せかけてどんなことが起きるかもわからない。アレクサをおびえさせたくはなかったし、ぼくの仕事のために子どもたちを危険にさらすなど、けっしてあってはならないことだ。アレクサにとって、子どもたちは世界のすべてなのだから。

結果的には、そんなことをあいつに告げて怖い思いをさせなくてよかったと、ぼくは安堵《あんど》していた。これで、すべてが無事に終わったのだ、と。だが、あの脅迫状の後、コンピュータに侵入され、そして今度は誘拐事件となると、いまやパズルのすべてのピースがぴたりとはまり、怖ろしい絵が浮かびあがってくる――だが、その背後には、いったいどんな人間がいるのだろう？　こんな卑劣なことを、いったい誰が？　アレクサの身を危険にさらすのは、その人物にとっても危険なことだろうに。よっぽど見返りが大きいか、それとも、思っていたよりもぼくには敵が多いということか……さまざまな可能性を考えていくうちに、頭がずきずきと痛みはじめる。

だが、アレクサは強い。本人が自覚しているよりもはるかに強い人間なのだと、ぼくは自分に言いきかせた。考えてもみるんだ、ぼくのために、いったいどれだけのことをしてくれたか！　誘拐した連中も、アレクサを殺したくはないはずだ。死んでしまっては誘拐した意味がないのだから、必死に安全を守ろうとはするだろう。だが、ぼくたちの研究チームの出したような結果が、連中にはまず得られないであろうこともわかっていた。連中がアレクサにどんなことをさせようとしているのか、あいつの身体に喜んで触れたがる様子を想像するだけで、吐き気がこみあげてくる。考えるだにおぞましい。アレクサが快感を与えられるとしたら、それはぼくの指示のもとでなくてはならないのだ。あいつの身体のことを、ぼくほど知りつくしている人間はいない。

そう思うと、わずかながらも吐き気が治まった。がんばるんだ、アレクサ、ぼくたちがきっと見つけ出してやる。燭台の炎は、依然としてちらちらと揺れ続けていた。やけどをしないように指で炎をもてあそび、熱の感触を楽しむうち、楽しかったころの記憶がふとよみがえる。

＊　＊　＊

ぼくとアレクサは、友人たちといっしょに五泊の予定で、フランスのヴァル＝ディゼールへスキーを楽しみに出かけていた。とびきりのリゾート地で、雪も、天気も、泊まっていた山小屋風ホテルも非のうちどころなくすばらしい。腕利きのシェフが作る料理、ワインやシャンパンも、どれひとつとして外れがなかった。そんな場所で、ぼくたちは昼間はせっせとスキーに励み、夜はのんびりとすごしていたのだ。

　最初の二日間で、アレクサは斜面を滑るのがみるみる上手になっていた。これまで、まだ一度しかスキーをしたことがなかったのだという。そんなあいつの粘り強さが、ぼくは誇らしくてならなかった。三日めのその日は、ふたりでなかなかきつい斜面も滑って、あいつのすばらしい進歩を目のあたりにしたものだ。途中で、アレクサは一度だけ転んだ。どこかの馬鹿な男が腕前を見せびらかそうとして飛ばしすぎ、バランスを崩してアレクサを巻きこんだのだ。コースを外れて吹っ飛んだあいつを、どこへ行ったのかと探したぼくは、背丈より深い雪の中からストックが突き出しているのをようやく見つけた。けががないのを確かめた後は、ふたりともしばらく笑いが止まらなくなり、この窮地からアレクサを助け出そうにも力が入らずにたいへんだったのを憶えている。

「わざとやろうとしても、こんなに雪をかぶれるもんじゃないな」どうにか笑いをこらえながら、ぼくは全身の力をこめてアレクサを引っぱった。髪にもまつげにも雪がからみつき、こんなに可愛らしくセクシーな雪のおばけもほかにはいまい。今夜はほかの友人たちのところへアレクサを連れ出すのはもったいない、ふたりで部屋に閉じこもろうと、ぼくは決心した。こんなに派手に転んだことも、恰好《かっこう》の口実になってくれそうだ。

「だって、わざとじゃないもの、ジェレミー。さっきの人、だいじょうぶだった？」雪の下からくぐもった返事が聞こえる。自分自身よりもあんな馬鹿男のことを心配してやるなんて、いかにもアレクサらしい。最後にもう一度、勢いをつけて引っぱると、あいつはすぽんと雪から抜け出し、ぼくの上に倒れこんできた——こちらとしては、望むところだ。

「きみを転ばせたあのとんまのことかい？　あいつはもうとっくに、どこかへ滑っていってしまったよ。それより、きみは本当にだいじょうぶなのか？」

「ええ、何ともないわ。ただ、そこらじゅう、ウェアの内側まで雪だらけだけど！」

「ちょうどいい、きょうはこれで終わりにしようか。きみの冷えた身体を温める、素敵な思いつきがあるんだ」

よし、アレクサの瞳にいたずらっぽい光がきらめいた。うまく興味を惹けたようだ。

「何をたくらんでいるの、クイン博士？」

「とりあえずホテルに戻って、きみの雪を払ってあげるよ。今夜は部屋ですごすことにしよう」

反論はなかった。

その夜はシェフが休みをとっていたので、友人たちはみな、派手に騒ごうと外にくり出していった——きっと、朝の四時くらいまでは帰ってこないにちがいない。今夜のために大切な計画を温めているいま、ホテルにぼくたちふたりしか残っていないのはありがたかった。一日よく身体を動かした後、ようやくスキーウェアを脱ぐと、締めつけから解放されたペニスが嬉しそうにぴくぴく動いているのがわかる。

浴室の前を通りかかると、ドアがわずかに開いていて、鏡に映ったアレクサの姿がかいま見えた……シャワーを浴びているあいつの裸体を見て、素通りできるはずがない。それ以上の誘いは必要なかった。すぐさまボクサーショーツとTシャツを脱ぎ捨て、もう限界まで勃起したペニスを隠そうともせずに、浴室へ入る。アレクサの笑みを見れば、ぼくは歓迎されているらしい。あいつの手から石鹸《せっけん》を受けとり、代わりに身体を洗ってやることにする。いつものことだから、あいつも抗《あらが》おうとはしない。ぼくが楽しむだけではなく、アレクサもこうされるのが好きなのだ。まずは、ぼくの大きな手のひらにも収まりきらない乳房の感触をゆっくりと楽しむ。石鹸を塗った手のひらを身体じゅうの曲線に走らせて、その様子をじっくりと視界に収めるのだ。ぼくの手がどんな反応を引き起こすか、それを眺めるのは何よりの楽しみだし、いきりたっているペニスも少しは気が紛れる。太股《ふともも》をマッサージしてやると、アレクサは唇を開き、吐息を漏らした。そう、次に何が起きるかわかっているのだ。その柔らかく豊かな唇に唇を重ね、あいつのぼくに対する欲望をたっぷりと味わいながら、手の動きをゆるめる。あいつはすぐに、壁かぼくの身体にしがみつかずにはいられなくなるはずだ。

こんな悠長な戦略にペニスが苛立ちはじめたので、いくらか先を急ぐことにして、あいつの身体の向きを変えさせ、壁に向かって立たせる。手は依然として豊かな乳房をまさぐり、張りつめた乳首をもてあそびながら。アレクサはもう目を閉じている。狙いどおり、もう後戻りできない地点まで到達したということだ。尻の割れ目にペニスを押しあてながら、指で入口を探りあて、ゆっくりと開かせていく。アレクサは頭をのけぞらせ、無防備な首があらわになったが、いまはぼくの欲望が高まりすぎていて、寄り道をしている余裕がない。どんどん荒い息づかいになりながら、あいつは身体を壁に押しつける。ぼくはその脚を開かせ、尻の肉を押しひろげて、誘いかけ、包みこんでくる柔らかな肉に深々とペニスを突き立てた。

さらに深く、さらに激しく、飢えたペニスに貫かれて、アレクサは恍惚《こうこつ》のうめき声を漏らした。その声に励まされて、ぼくはさらに速さを増す。あいつのよく反応する身体からすばらしいエネルギーを受けとるうち、やがて柔らかな至福のトンネルの奥で爆発が起きた。世界のうちで、ぼくがもっとも愛する場所。お互いのために作られたふたりの身体が合わさるとき、アレクサはけっしてぼくの期待を裏切らない。そう、けっして。鬱積《うっせき》していた欲望が解放されたいま、いくらかおちついた気分になって、まずは音楽を流し、部屋のそこここにロウソクを何本か――かなりたくさん――点して回る。もともとロウソクの炎が好きなうえ、アレクサの身体を温めるという今夜の主題にもってこいの計画を思いついたのだ。なかなか浴室から出てこないあいつにしびれを切らし、コアントローと氷、きみの好きな臭うチーズやとろとろのブリーチーズ、ぱりっと焼けたパンを用意してあると誘いをかける。ようやく出てきたアレクサは、紅潮してつやつやと輝く肌をしていた。

「乾杯《サンテ》」

「乾杯」

「クイン博士ったら、まさかわたしのために、こんないかにもロマンティックな舞台装置を用意してくれたの？　プレイボーイとしてのプライドは？」

「きみのためさ、アレクサンドラ。きみがぼくの想像力をかきたてるんだ」

「想像力？　それにしては、ロウソクを立ててコアントローとチーズだなんて、ちょっと陳腐じゃない？」からかうような口調だ……そう、たしかに、ぼくはもっと独創的な演出だってできる。とはいえ、いまはただ無言のまま、〝この部屋をよく見てごらん〟という顔をしてみせた。だが、アレクサはそれに気づかず、いかにも居心地よさそうにソファに収まっている。これから何が始まるか、そのときになって驚くなよ！

「さあ、早くグラスを空けるんだ。暖炉の前の床に、裸でくつろぐきみが見たい」

本気かどうかを確かめるように、アレクサはこちらを見やり、それからコアントローをもう一口、ゆっくりと喉に流しこんだ。言うとおりにするつもりだろうか、それとも？　ぼくはじっと見まもっていた。あいつの自由意思にまかせたからには、せかすわけにはいかない。早く、いますぐにでも思いどおりにさせたい気持ちを押し殺し、ぼくもコアントローを口に含んだ。ふたりの視線がからみあい、猫とネズミのような心理の駆け引きが続く。そうしたいというのなら、しばらくはもったいぶった小芝居をさせておいてやろう。アレクサはいかにも挑戦的な表情で、さらに一口コアントローを味わうと、グラスをサイドテーブルに置いた。わざと時間をかけているのはわかっている。後でたっぷりとお仕置きしてやらなくては。やがて、ソファから立ちあがったあいつがローブをゆっくりと肩から滑り落とすと、息を呑むほど美しい、一糸まとわぬ裸体が現れた。ああ、きみが好きだ、アレクサ、こんな女性はほかに世界のどこにもいない。

つやつやと光る肌に視線が吸いつけられ、またしても欲望が激しくかきたてられる。アレクサはくつろいだ様子でゆったりと皿に歩みより、チーズとパンを手にとった。無造作にそれをほおばり、音楽に合わせて乳房を揺らしながら無言のまま部屋を横切ると、今度は冷えたグラスを思いきりよく傾けて、唇の両端から柑橘《かんきつ》系の香りのする液体がしたたるのもかまわず喉に流しこむ。その一挙手一投足が、ぼくにとってはたまらなく魅力的だ。やがて、アレクサは問いかけるように眉をあげてみせ、それに応えてぼくが片手を差し出すと、ようやく嬉しそうにその手をとった。たとえこれからぼくに征服されようとしていても、ぼくに対する力が自分に備わっていると感じていたいのだ。ぼくは心の中で自分の忍耐力を褒めたたえながら（アレクサが相手なら、いつだって待たされただけの価値はある)、ずっと望んでいたとおり、暖炉の前の敷きものの上にアレクサを坐《すわ》らせた。

「さあ、ここでいいのね。わたしに何をしてくれるの？」

その言葉に刺激され、ぼくの脳裏に広がった生々しい欲望の図から、どうにか気をそらしたぼくは、あえてその問いに答えず、指をアレクサの身体に走らせはじめた。足の親指の先からじっくり時間をかけて、足のほかの指に移り、小指から足の側面を伝ってふくらはぎへ、そして太股《ふともも》の外側へ手を伸ばす。尻の丸みをなぞり、ウエストのくびれをたどり、乳房の上を通りすぎるときに小指で何気なく乳首に触れつつも、まだ本気の愛撫には移らない。いまはアレクサの身体も心も、ぼくだけに注意を向けさせておくことが重要なのだ。この肌の柔らかさには、触れるたびに感嘆せずにはいられない。指で触れ、視線でなぞり、なめらかな肌理《きめ》に耽溺《たんでき》する。

いままでつきあったことのあるどんな女性の肌も、こんなに柔らかくぼくの指を受けとめたことはない。腕をなぞっていく途中、ふとそれをつかんで頭の上に挙げさせると、それにつれて乳房もわずかに上を向いた。唇を近づけてその乳首をはさみ、吸いたいという欲望を抑えるのに、どれほどの意志の力が必要だったことか。そんなことをすれば、あいつはその瞬間に背中をのけぞらし、ヴァギナを濡らすだろう。ペニスに口があったなら、きっとうめき声をあげていただろうが、ぼくはまだどうにか欲望を制御できていた。アレクサと視線をしっかりとからみあわせながら、その顔に指を這わせる。いまはあいつの肌に触れ、あいつがどう感じているかに神経を集中させなくては。もう片方の腕も挙げさせると、このすばらしい乳房が完全にむき出しになり、好きなだけもてあそぶことができてちょうどいい。アレクサの呼吸がしだいに浅くなってくる。これは、あのめくるめくひとときがすぐ目前に迫っているしるしであり、あいつにもそれはよくわかっているはずだ。ぼくはいま集中すべきことから気をそらさずに、指でこの魅力的な曲線をなぞりつづけた。ああ、早く太股のつけねにたどりつけたら。いつしか、ぼくの呼吸も浅くなっている。だが、まだまだ、待つだけの価値はあるはずだ。やがて、ついに指を柔らかい肉の内側に滑りこませる。太股の間に顔を埋《うず》め、その裂け目に舌を這わせたくてたまらなかったが、ここはあえて深入りせずに、あっさりと通りすぎてまた出発点のつま先に戻った。そう、これでいい！

「さあ、準備はできたかな？」

「もう、ジェレミーったら、そんなにじらさないで」懇願するかのようなアレクサの声は、ぼくにとって何よりのご褒美だ。これでこそ、じっくりと時間をかけて身体じゅうをめぐった甲斐《かい》がある。

「その姿勢を最後まで、意思の力で維持するのは難しいだろうからな、アレクサンドラ、頭の上できみの手首を縛らせてもらう」女性というものは、してもいいかと尋ねるよりもこちらから断定してしまったほうがいいのだと、ぼくはとっくに学んでいた。こんなふうに強引に進めたほうが、女性にとっては自分の言葉で許可するよりも楽なのだ（少なくとも、アレクサにとっては）。返事がなくても、これから何が起きるかはちゃんと説明してある。本当にいやならいつでもそう言えるはずだが、ぼくの経験からは、一度も断られたことはない。ぼくはアレクサが脱いだローブの帯紐《おびひも》をつかみ、頭の上でしっかりと両手首を縛った。本気でいやだと言えばぼくがすぐにやめることは、あいつにもわかっている。だが、そのいたずらっぽい目つきとわざとらしい恐怖の表情を見れば、ぼくを止める気はなさそうだ。それどころか、ぼくと同じくらい、次に起きることを心待ちにしている。ぼくが次に何をするつもりか、期待に胸を躍らせているのだ。

「今夜はずいぶん大胆なことをするつもりみたいね、ジェレミー」そう言いながらも、抗おうとはしていない。

「きみに刺激されてね、そうせずにはいられないんだ、アレクサンドラ」

よし、あとひと仕事だ。

ぼくは椅子をひとつ運んできて、その脚にアレクサの手首を縛りつけた。これから何をされるかを知ったら、さぞかし驚くことだろうが、慣れてくればきっと気に入るはずだ。ハーヴァードのセックスフレンドのひとりが、ぼくにこれを仕掛けてきたことがある。おかげでめくるめく感覚を味わったが、相手が主導権を握っている状態では、ぼくはどうしてもその快感を満喫できなかった。これをアレクサにしてやったらどんな反応を見せるだろうと、そればかりが楽しみだったものだ。そしていま、ついにその機会がやってきた。

「こんなことまでしなくちゃいけないの？　椅子の脚に縛りつけるなんて。もし、みんなが早く戻ってきちゃったら？」

「戻ってこないさ」誰かひとりでも早く戻るようなら電話をくれと、友人にはちゃんと頼んである。ぼくにしてみれば、その程度の気配りは当然だ。しばし間をとり、あいつの縛られた身体をたっぷりと観賞する。その光景に反応し、ぼくのペニスがボクサーショーツの合わせ目からむっくりと顔を出した。

アレクサが声をあげて笑った。「この筋書きに興奮してるのはどっちかしらね？」そんなことを言うとき、あいつはいつも下唇をぎゅっと歯で噛みしめるのを、自分では気づいていないのだろうか。やめられてしまってはつまらないので、指摘するつもりはないが。

動物めいた本能に駆られて頭をアレクサの股間に埋め、ヴァギナの匂いを嗅ぐ。胸のときめく匂いが、準備はもうできていると知らせてくれる。柔らかい肉の間に舌を差しこみ、熱く濡れたひだの周りをなぞると、あいつはうめき声をあげて背中をのけぞらせたが、頭上に縛られた手のせいで身動きがとれない。そこに唇を当て、さらに吸い、充血したクリトリスをなぶってから顔をあげると、呆然としているアレクサに向かい、甘い蜜に濡れたままの唇でほほえみかけた。

「どちらが興奮しているかといったら、いまのところ互角かな。だが、まだまだこれで終わりじゃない」ぼくは腰をかがめ、アレクサの唇のすぐそばにペニスを突き出した。手を縛られたままでは、あいつは頭をそれ以上もたげることができず、ぼくをしっかりと唇でとらえることができない。ああ、これはおもしろい――満たされない欲望に身をよじりながらも、平静なふりをしようと必死なアレクサ。たまらない眺めだ！　ぼくは暖炉のそばに立ててあったロウソクの一本を手にとり、また敷きものの上に戻った。

「ジェレミー……何をするつもり？　まさか、本気でそんなものを使う気じゃないでしょうね？」いまや、その声にはどこか不安げな響きが混じりはじめている。

「前に試してみたことはあるかい？」

アレクサはかぶりを振った。口をつぐんだまま、どうしたものか迷っているようだ。心の中の葛藤が聞こえてくるような気さえした。こういうときは、あいつが出した結論を口にするより早く、こちらが先手を打ってしまうにかぎる。

「ぼくは前にやってみたことがあってね。きみはきっと気に入るはずだよ、アレクサ。信じてくれ。ぼくはけっしてきみを傷つけはしない」

アレクサは目を閉じた。うまくいきそうだ。心の中で自分自身の欲望に負け、ぼくに屈しつつあるしるしなのだから。

「ゆっくりやるよ。まずはどこか感覚の鈍そうなところを、きみが選ぶといい。そうすれば、この快感に慣れることができるからね」自分には選択権がある、この場を動かす力を握っていると感じさせることが重要なのだ。

「どこか、お勧めの場所はある？」そうすれば、その力はこんなふうに、またぼくの手もとに戻ってくる……

「じゃ、足から始めて、だんだん上に移動していこう。用意はいいね？」

後ろに置いてあったリモコンに手を伸ばし、音量を上げる。ぼくたちふたりとも大好きなシケインのトランスミュージックは、きっとあいつの緊張を解いてくれるだろう。

アレクサはうなずいた。ぼくといっしょに新たな官能の世界に踏み出すことをいとわないその心意気、ぼくに対する完璧な信頼に、心打たれずにはいられない。この世のどこにも、アレクサほどぼくと足並みをそろえてくれる女性はいないだろうと思うと、胸がときめく。目を閉じ、呼吸を整えて待ちかまえるアレクサの足の甲に、ぼくはロウの小さなしずくをぽたりと落とし、反応を待った。あいつは吐息を漏らし、緊張をゆるめた。思っていたよりも快い感覚だったようだ。これで、さらに先に進むことができる。ゆっくりと脚を上っていくにしたがい、その感覚に反応してあいつの身体に鳥肌が立った。

「目は開けておくんだ、アレクサ、きみの瞳を見ていたいからね」いつしか、ぼくはあいつの見せる反応に夢中になっていた。腹部に近づくにつれ、あいつの瞳が欲望に煙《けぶ》る。ぼくはロウソクの上のくぼみにたっぷりと溶けたロウを溜めておいて、それをアレクサのへそに流しこんだ。

「ああ……もう……神さま……」アレクサは背中をのけぞらせ、それでも手首を縛られて起きあがることはできずに、唇からうめき声を漏らした。これを終わらせるまでは、ぼくが達してしまうわけにはいかない。だが、夢に現れるアレクサよりもさらに色っぽいこの姿を目にしているいま、ぼくはもう自制が効かなくなりそうだ！　手首を縛っておかなかったら、きっとあいつは自分の身体を腕で隠してしまったにちがいない。こうして先手を打っておいてよかった。とはいえ、ぼくはまたアレクサの意思を確かめることにした。たとえそんなつもりがなくても、うっかり傷つけてしまいたくはなかったからだ。

「だいじょうぶかい？　驚いただろう？」

「そうね、本当に驚いた。とっても熱いけど、でも焼けつく痛みじゃなくて、後からふわっと温かくなるの……おへそは、すごく奇妙な感じだったわ。まるで、身体の芯に何かを打ちこまれたみたいな」すばらしい。あそこまで勇ましく身を投げ出しながら、こんなにも冷静な分析ができるとは。へそに溜まったロウが栓のような形に固まるのを眺め、そこに手のひらを置いて、温かみが伝わってくるのを感じる。誘うようなアレクサの唇に思わず唇を重ね、ぼくの身体の下に横たわるあいつの肉体を感じながら、舌を深々と突き入れずにはいられない。そんなぼくの情熱のほとばしりにアレクサもすぐに応え、しばしの後にはふたりとも息を切らしていた。予定にはなかったが、こんな寄り道もいい。全身の毛穴からどれだけの欲情が、まるで悲鳴のように噴き出しているか、アレクサは自覚しているのだろうか。ぼくさえも、はっとするほどの反応だ。いまやあいつの乳首はぼくが望んでいたとおり、硬く張りつめ、さらなる刺激を恋い焦がれている。ぼくはアレクサの身体にまたがり、動けないように両脚も押さえつけた。急がないと、熱いロウの代わりに、ぼくの熱い液体を乳首にぶちまけてしまいそうだ。

「ああ、ジェレミー……そんなこと、本気でするつもり？」

「もちろん本気さ。きみも、きっと気に入るよ。ここに着いたときから、ずっとこれがしたかったんだ。この素敵な乳首の型をとりたくてね。さあ、動かないで。狙いを外したくないからな」アレクサは深く息を吸いこみ、不安や緊張を抑えこもうとしている。そして、次の展開を待っているのだ。「ぼくのために、目を開けてくれ」

ぼくの指示にしたがうアレクサを見るのは、たまらなく好きだ。これだからこそ、ぼくにとって誰よりも完璧な存在といえる。最初は乳首を片方ずつ責めるつもりだったが、こちらももう余裕がない。もう片方の手にもロウソクをつかむと、二本のロウソクに同じくらいロウがたまっているのを確認した。医者ならではの手先の器用さで、両方の乳首に同じ瞬間にロウが垂れるよう傾けてやればいい。あいつの顔に浮かんだ表情といったら――期待、好奇心、そして興奮がないまぜになっている。

「信用してくれ、ぼくは医者だからね」そう言いながら片目をつぶってみせると、ぼくはロウソクを握った両手をそれぞれ乳首の上に掲げた。不安と期待にいまにも押しつぶされそうなアレクサを眺めるのが楽しくて、わざと時間をとり、曲がコーラス部分に入るのを待つ。あまりに呼吸が荒すぎて、上下する乳房に狙いが定まらない。もっと呼吸を整えて、と声をかけたものの、そんなことが無理なのは初めからわかっていた。興奮にじれたアレクサの唇から、抑えようともしないうめき声が漏れる。手が自由に動かせたら、きっとぼくを引っぱたきたいくらいの気分にちがいない。さあ、時は来た。熱くなめらかなロウを両方の乳首に垂らすと、アレクサは身をよじり、大きな声で叫んだ。ぼくのよりも敏感なあいつの乳首がどんなふうに感じたか、それは想像するしかない。だが、最初の衝撃に続いて、それに見あうすばらしい快感が押しよせてくることも、ぼくはちゃんと知っている。あいつはいま、それを味わっているのだ。きっと気に入るにちがいない。

「あああああ、だめ、ジェレミーったら。熱い、熱いじゃないの。あああ、もう、ちくしょう！」

こんな乱暴な言葉を叫ぶなんて、いつものアレクサらしくない。縛られた両腕がこわばり、押さえつけているぼくをはねのけようとするかのように、腰が波打つ。そのころには、繊細なピンクのつぼみにまとわりついたロウも、ゆっくりと固まりはじめていた。睾丸《こうがん》から押しよせてくる高波を受け流そうとして、ぼくはロウソクを注意深く床に置いた。一本は、すぐ手の届くところに。そして、乳首からあいつを刺し貫いた熱さが、ぼくに対する熱い欲望に変わるのを待つ。

「ああ、ジェレミー、早くやってよ。早く、早く入ってきてったら!」

こんなにも繊細で礼儀正しい頼みを断るなんて、それは失礼というものだ。

ぼくは急いで起きあがると、アレクサの身体をそっと腹ばいにし、そのすばらしい尻を引きよせて、ひじと膝を床につく姿勢をとらせた。ペニスの狙いを定めると、濡れたヴァギナにゆっくりと沈めていき、柔らかい肉にきつくしっかりと包まれる感触を味わう。ぼくのペニスがここよりも居心地よく収まる場所は、世界のどこにも存在しない。

「ジェレミー!」アレクサの自制心は、もうどこかに吹き飛んでしまっている。這いつくばった姿勢で床に向かって荒い息をつくと、隆起しロウに覆われた乳首が、敷きものすれすれの位置で揺れるのが見えた。この角度から眺めると、よりいっそう煽情《せんじょう》的な肉体だ。ぼくはかたわらに置いたロウソクを手にとると、尻の割れ目を伝って下に流れるようにロウを注いだ。衝撃に、アレクサの尻が勢いよく跳ねあがり、口からすさまじい叫び声があがる。ヴァギナがぎゅっと締まり、極上の快感に包まれた瞬間、ついにぼくはあいつの中で爆発した。まるで魔法のようにつながりあったふたりの身体をオーガズムのさざなみが走り、やがてぼくの下で、アレクサの身体が崩れおちた。

初めて出会った瞬間から、アレクサこそは運命の女性なのだ、ふたりの心と魂はしっかり結びついているのだと、ぼくは確信していた。だが、まだふたりとも若く、世界をもっと知りたいという思いが強すぎたのだ。まるで自分の限界を試すかのように、ぼくはアレクサから遠ざかり、そしてようやく、自分にとってあいつがどれほど大切な存在かを思い知ることとなった。あっという間にすぎ去ったこの年月のうちに、アレクサへの感情も、ぼくたちの絆も、いまや熱帯雨林の肥沃《ひよく》な大地にそびえる大木のように、深く強く根を張るにいたったのだ。

第二部

感情が生まれるのは、どんな理由であれ、まさに適応が阻害されたそのときである。

――E・クラパレード

アレクサ

意識が戻ってみると、頭が痛み、身体はひどく重たかった。腰をおろした姿勢のまま手足を縛られ、まったく身動きができない。それなのに、あちらこちらへ行き交う人々の中を、わたしもまた滑るように動いている。せわしなく動く人々の足や身体は見えるけれど、顔を見あげようとすると頭がくらくらした。

自分が車椅子に縛りつけられていることに、遅まきながら気づく。悪夢のような現実がまざまざと浮かびあがって、あふれるアドレナリンが恐怖をかきたてた。叫ぼうとしても、声が出ない。口をテープでふさがれているのだ。視線を落とすと、全身は黒いローブのようなものに包まれている。頭を振ってみると、髪も、鼻や口も、同じ材質の布に覆われているようだ。ただ目だけが外界に向かって開かれ、話すことも叫ぶこともできないまま、いつもと同じ日常を送っている外界を、凍りついたように緑の瞳で見つめているのだ。全身を覆っているのはムスリムの女性の着用するブルカであることに気づき、わたしはぞっとした。こんな使いかたは、冒瀆《ぼうとく》ではなかろうか。この衣服に隠れ、わたしが拘束されていることには誰も気づいてくれない。忙しく行き交う人々は、わたしの存在に目をとめようともしないのだ。視線の高さがちがいすぎるせいで、わたしの目に浮かぶ恐怖に気づくものはいない。みな、自分のことで頭がいっぱいなのだ。

わたしたちはゲートをくぐり抜けたけれど、退屈そうな顔をした女の警備員はこちらを見ようともしなかった。わたしは必死に警備員を見つめ、どうかこちらを見て、何かおかしいと感じとってと、心の中で懇願していたのに。ごたごたが起きて仕事が増えるよりも、効率を優先したということなのだろう。笑みのない顔がそっけなくうなずき、障害者用通路をあごで示す。必死にもがこうとしてもほとんど身動きのとれないまま、わたしはまたしてもなめらかに通路を移動し、電車の待つホームに出た。まもなく電車が発車すると、英語とフランス語のアナウンスが告げている。ああ、どうしよう、わたしをこの国から連れ出すつもりなんだわ。ジェレミーの恐怖にゆがんだ顔がくりかえしよみがえり、吐き気の波が押しよせてきた。吐いたりなどするものかと自分に言いきかせ、気持ちを奮いたたせて、どうにか吐き気を押しもどす。

現実は鋭い刃のように、わたしの心を切り裂いた。これは遊びなどではない。アヴァロンの砂浜で、ジェレミーがあれほど危惧《きぐ》していたことが、ついに起きてしまったのだ。何百万の人々が住むロンドンのただなかで誘拐されてしまうなんて。わたしを空港で車に乗せ、車椅子に坐らせて特急列車のユーロスターで英国を出る。誘拐犯たちにとっては、いかにも簡単な作戦ではないか。誰ひとり不審の目を向けるものもなく、質問さえ受けることはなかった。単純にして、実に効果的だ。

車椅子のまま列車に乗りこみ、個室に入る。車椅子を押していた人物がわたしの上にかがみこみ、マジックテープで留めてあったブルカの前を開いて、腰に巻きつけてあったシートベルトを外し、両手首と両足の拘束を解くと、わたしを立ちあがらせてソファのようなゆったりした座席にかけさせた。誘拐犯の顔を見てやりたかったのに、その人物はさっさと車椅子を押して個室を出ていき、後ろ手にドアを閉めてしまったため、わたしはひとり、こぢんまりしたきれいな個室に残された。ありがたいことに、ブルカの下は自分の服のままだ。座席の前には窓の下にとりつけられた折りたたみ式テーブルに、食べものと水のボトルを載せたトレイが置かれ、個室の片隅には小さなトイレと洗面台も備えつけてある。すぐに窓を調べてみたけれど、思ったとおり、ブラインドは固定されていて動かない。外の景色が見えないように、そして誰もこの個室の中をのぞかないように閉めてあるのだろう。ドアにも手を伸ばしてみたものの、もちろんこちらも鍵がかかっている。つのる苛立ちと不安に、わたしはばんばんとドアを叩いた。列車が駅を出発したらしく、思わずよろける。震える指先を止められずにいるうち、やがて全身ががたがたと震え出して、わたしは座席に倒れこんだ。いったい、次は何が起きるのだろう。

無意識のうちに手首のブレスレットを握り、指先でピンク・ダイアモンドの粒と、なめらかな表面に刻まれた文字を探る。アナム・カラ――魂の友。わたしは無言の祈りをジェレミーに、世界に捧げた。

お願い、どうかお願いだから、このブレスレットがあなたの言葉どおりに働いてくれますように。どうかあなたが、わたしを見つけてくれますように。これからどこへ連れていかれるのか、誘拐犯たちがわたしをどうするつもりなのかはわからない、あなたは何も話してくれなかったから。どうか気をしっかりと持ってこの事態を切り抜け、またあなたと会うことができますように。わたしには、どうしてもあなたが必要なの。

一日二十四時間、一週間に七日、このブレスレットが発する信号からつねにわたしの居場所を把握できるというあの人の言葉が真実であることを、いまは願うしかない。さもなければ、どうやってわたしを見つけられるというの？　ジェレミーとつながる唯一の絆を握りしめる指に、思わず力がこもる。こみあげる恐怖を懸命に抑えようとして、わたしは深く息を吸いこみながら、アヴァロンですごした最後の夜の記憶をたどった。わたしたちの愛の営みが新たなる高みに達し、まるでふたりの魂の航路が重なりあって、この世界もそれを寿《ことほ》いでいるかのような。そう、わたしはあの夜のことをそんなふうにとらえていた……その愛おしい記憶が不安をなだめてくれようとするのを感じながら、ブレスレットをそっと撫でる。

＊　＊　＊

インターコンチネンタル・ホテルでジェレミーと再会してから、さまざまな体験をくぐり抜けてきたいま、わたしはこれまでの人生になかったほど活力にあふれ、性的に満ち足りていると感じていた。ジェレミーが点してくれた炎はいまや魂の奥底で美しく光り輝き、これから先、けっして消えることはないだろう。このたゆまず燃えさかる炎を点すことが、わたしにとって人生の目的であったかのような気さえする。ジェレミーが点した炎により、これまでにないほどあの人と一体になったわたしは、セックスも、お互いへの愛さえも超越した高みに、ふたりでともに到達したような気がしていた。いまはもう実験も、アルコール綿も、血液検査も、大人の玩具も拘束具もいらない。ホルモンの量を計測する必要もない。いまはあの人とただ自然に、情熱のおもむくまま――ひとりの男とひとりの女として結びつきたいだけ。まるで別の人格が宿っているかのように、いまのわたしは欲望につきうごかされている。どうしようもない衝動に駆られ、手綱をとられることが嫌いな男の手綱に、わたしはこの手を伸ばそうとしているのだ。

　無言のままジェレミーの手をとり、ベッドの上に導く。言葉はこの欲望の熱を冷ましてしまうだけだと、本能がわたしに告げていた。何もかも円形にデザインされていることのツリーハウスが、この身体の内に湧く情熱をそのまま受けとめ、実行に移す勇気を与えてくれているような気がする。ローブを脱がせようとするわたしに許可を与えるかのように、ジェレミーが片方の眉をあげてみせた。わたしが何をするつもりなのか、好奇心に駆られているようだ。脇におろした手の指がぴくりと動いたのは、身じろぎもすまいという努力の表れだろう。

　大いなる欲望につきうごかされるまま、わたしはこの場の主導権を握り、自分も一糸まとわぬ姿になると、ふたりのローブを磨きあげられた床に落とした。あの人は目に見えて緊張をゆるめ、わたしの身体にじっくりと見入っている。ふたりの間の熱は高まっていくばかりだ。わたしに導かれるまま、あの人は巨大な円形のベッドの上に四肢を広げて横たわった。その雄々しさといったら、いくら眺めても飽きたらず、せっかく握った主導権を手放しそうになる。わたしは何度か深く息をつき、心をおちつけた。それから、あの人の柔らかい唇にそっと唇を重ね、うっかりよけいなところに触れてしまわないよう、気をつけながらその身体の上に乗る。そして、ジェレミーの唇に優しく人さし指で触れ、声を出さないよう身ぶりで告げた。瞳に浮かんだ表情を見れば、ジェレミーがわたしに手綱を渡してくれたことがわかる。あの人にとっては、けっしてたやすいことではなかったはずなのに。それに力づけられて、静かに横たわるあの人のがっしりした美しい身体に、わたしは手を這わせていった。

白と金色のシーツの真ん中にダ・ヴィンチの人体図のように四肢を広げ、ただただこちらに身をまかせている、わたしの完璧な男。その身体に馬乗りになったまま、わたしはジェレミーへの愛が胸にあふれるのを感じていた。身じろぎもせず、わたしに触れようともせず、こうして横たわっているのは、何もかもわたしのためなのだ。身体の向きを変えさせるのも、好きなだけ時間をかけて、上から下まで好きなところにキスし、触れ、吸うのも、何もかもわたしの思うまま。こんなにも強い絆で結ばれた相手がジェレミーだったということ、そのジェレミーが長いこと呼びさまそうとしていた欲望がこうして目ざめ、いまや心ゆくまで味わえることが嬉しくてならない。

ふたりの身体から、感情から発散されるこの官能的なエネルギーに、そして自らの肉体を無防備に差し出しているジェレミーの姿に、わたしは心打たれていた。さまざまに趣向を変えながら続く愛撫に、ともすれば高まりそうになるうめき声を、懸命にこらえているその姿。わたしの太股の間も、欲望に熱く燃えはじめる。時おり走る抑えきれない身ぶるいをのぞけば、ジェレミーの身体でただひとつ動いているのは、しだいに猛々しさを増すそのペニスだけ——やがてわたしの手に、唇に、舌に愛撫されるのを、ただひたすらに待ちわびているのだ。みなぎる力が、忍耐が頂点に達したころ、身体をかがめ、わたしだけのそれを口に含む。うめき声を抑えることは、もはやジェレミーにもできなかった。

じっくりと時間をかけて、舌を這わせる。できるだけゆっくりと、坂道を上っていくように。わたしの下であの人の身体が震えはじめ、もう限界が近いことを告げる——それは、わたしも同じだった。ほかの誰にも満たせない、下腹部の飢えはもう痛いほどにつのっている。注意ぶかく狙いを定めると、わたしは太股を開いて腰を沈め、その美しいペニスを深々と受け入れていった。

ジェレミーの額には、汗の粒が浮きあがっている。身じろぎすまいとこらえていたせいか、身体のうちに燃えあがる欲望のせいか……それでも、あの人はわたしの身体に触れようとはしなかった。わたしにとって、ふたりにとって、この行為がなぜ必要なのかを理解しているかのように。しっくりくるリズムを見つけて動きはじめるわたしに、手を出さずにじっと見まもっている。ジェレミーのたくましいものに身体を貫かれながら、自分がこの人を思うままにしているという感覚に、わたしはたとえようもない幸福を味わっていた。主導権を渡されるのは、まるで本来ジェレミーが持っている力、雄々しさ、生命の泉を分かちあっているような気がする。一定のリズムで腰を動かしつづけるわたしの視線を、ジェレミーがとらえた。頭を軽くもたげ、顔を寄せあったまま、無言で懇願するような問いかけ。愛する男性の頼みをむげに断って引きのばすことなど、わたしにはできない。頭をのけぞらせ、あの人の腰をぐいとはさみつける。ジェレミーはすぐに達し、わたしは魔法めいた幸福感に包まれながら、あの人の身体の上に崩れおちた。ゆっくりと高まっていった熱が融けた溶岩となって流れ出し、ふたりの愛をさらに燃えあがらせるのを感じつつ、飢えたようにお互いの唇を、舌を求めあう。情熱のこもった、声のない会話を交わしながら、身体も心も満たされて、わたしたちはしばし寄りそっていた。

「わたしのために、ありがとう。あなたにとっては簡単なことではなかったでしょうに」満ち足りた笑みを、ジェレミーに向ける。

「ぼくこそ、貴重な経験をありがとう。こんなことを実際に体験するのは初めてだったんだ」

「主導権を手放すこと？」

「そうだね、きみに手綱を握らせることかな。知ってのとおり、ぼくはそういうのが苦手なんだが、これは本当にすばらしかったよ」

「苦手なのに、そうさせてくれたのね」

しばしの沈黙。「きみにとっては、大切なことだと思ったから。それに、きみが体験したい、する必要があると感じるセックスを、ぼくはけっして拒みはしないよ。きみの心の奥底に眠る欲求を探るために、ぼくは全力で後押しするつもりだ。ぼくたちふたりのセックスに関することなら、なおさらね。それに、この一週間の出来事をふりかえってみると、きみにとってこれは重要な区切りではないかと感じていたんだ」ジェレミーは問いかけるような視線を投げてきた。「ちがうかい？」

「そうね、あなたの言うとおりよ。まるで、自分の中にあふれ出してくる力につきうごかされるように、わたしは主導権を握らずにはいられなかった。こんなにも激しい性衝動を感じたのは初めてだったから、わたしはそれにしたがったの」

「性衝動がきみ自身の大きな部分を占めていることを、ようやく理解してくれて嬉しいよ、アレクサ。それはほんのここ数年、きみの中に埋もれて忘れられていたにすぎないんだからな」くすくす笑いながらつけくわえる。

「あなたのおかげね、クイン博士。あの週末を体験するまで、わたしは本当に自分を理解していたのかどうか、なんだか自信がなくなってきたわ」

ジェレミーはわたしを抱きよせた。「どんな気分？」

「ちょっとぼうっとしているけれど、とっても幸せで、安心できて、満ち足りて……」

「きみの気持ちを確かめたいま、ぼくの人生もやっと満ち足りて感じられるようになったよ」つぶやくような口調。

そう、そのおかげで、わたしもどんなに幸せか……後ろからぎゅっと抱きすくめられ、四肢をお互いにからませて。

「愛してる、ジェレミー」

「ぼくもだ、アレクサンドラ、きみが思っているのよりずっとね」

この会話を最後に、わたしはジェレミーの温かい抱擁に包まれて、麗しい眠りのうちをふわふわとただよいはじめた。

そんな記憶に、そしていまのこの怖ろしい現実に、気がつくとわたしの目には涙があふれていた。ジェレミーとも子どもたちとも引き離されて、これから自分の身にどんなことが起きるのか、想像しただけで理性を失ってしまいそうになる。とうてい食べる気になれなかった食べもののトレイを、わたしは壁に投げつけた。まさに悪夢だわ！　いったい、わたしに何をさせようというの？　よろよろと座席から立ちあがり、列車の速度を感じながら小さな洗面所に入り、冷たい水で顔を濡らす。いまベッドに倒れこんで、目がさめたらジェレミーの腕の中、すべては怖い夢だったということにできるなら、何を差し出しても惜しくはないのに。結局のところ、いまはただこの孤立した客室におとなしくこもり、次に何が起きるのか想像をめぐらせては不安におののいているしかなさそうだ。

　やがて、列車は速度を落とした。ふいにドアが開き、わたしは恐怖にすくみあがった。神さま、どうかお助けください。入ってきたふたりの男はかなり大柄で、個室はもういっぱいだ。ふたりとも、わたしと目を合わせようとはしない。座席にかけたまま震えていると、ひとりが近づいてきた。怖ろしさのあまり、声が出ない。立つよう身ぶりで指示されたけれど、恐怖のあまり身体が凍りつき、わたしは動けなかった。どうして指示にしたがわないのか、男には理解できなかったにちがいない。乱暴にぐいと立たされ、両手首に荒っぽく手錠をかけられる。さらに、ガスマスクのようなものを鼻と口にしっかりとあてがわれた。もう意識を失いたくはないと、懸命に呼吸を止めようとしたけれど、やがては息が続かずに、その得体の知れないものを吸いこんでしまう。ひとりがわたしをそのまま押さえつけ、もうひとりは小型酸素ボンベのような容器をわたしに背負わせると、注意ぶかく肩と腰に留め具を巻きつけた――わたし専用の呼吸器具らしい。さらに、両足首と膝の二ヵ所を、手際よくテープで縛りつける。いつのまにか、わたしの身体には力が入らなくなりつつあった。温かく柔らかいものが四肢に流れこんでくる。その温かさは心地よく、身体の緊張が解けていくのがわかった。この感覚は、歯医者で体験したことがある。亜酸化窒素、いわゆる笑気ガスだ――痛みを和らげ、幸せな気分にさせられる。

　男のひとりが個室を出ていき、すぐにかなり大きなスーツケースを転がしながら戻ってきた。それを見たとたん、わたしはくすくす笑い出してしまった。まるで、パリコレに出す服を詰めて持ち歩くような大きさだと思って――でも、それどころではなかった。男はスーツケースを開けると、わたしを抱えあげ、文字どおり折りたたんでその中に詰めこんだのだ。内側にはスポンジのようなものが張りめぐらされている。

　わたしはどこか他人ごとのように、これはまずいなと思ったけれど、なにしろ気分はけっして悪くないので、この状況をどう感じているのかが自分でもよくわからない。せめて頭がまともに働くようにしなくてはと、ガスマスクをスポンジにぐいぐい押しつけてみたけれど、顔から外れてはくれなかった。わたしはまるで胎児のような恰好で、スーツケースに収まっている。そうすべきと判断し、叫んだりもがいたりしようとしたけれど、そうしたいという欲求が心から湧いてこないので、それだけのエネルギーも出てこない。身体はぽかぽかと温かく、いくらかけだるくはあるけれど、こんな姿勢をとらされているにしては驚くほど快適だ。どちらにしろ、いまは身動きがとれないし、声を出したところでマスクの外に漏れはしない。まさか、このわたしがスーツケースに納まるほど小柄だったなんて。誘拐されたのがジェレミーだったらこうはいかない、オーダーメイドのスーツケースでも用意しないと！

蓋が閉められて、世界はふたたび真っ暗になった。もしもガスでくつろいだ気分にさせられていなかったら、きっと恐怖でがたがた震えていたにちがいない。ファスナーが閉められる音がして、横に寝かせていたスーツケースを立たせたのがわかった。これからの旅程を考えると、内張りに気前よくスポンジを奮発してくれてありがたい。さもなければ、きっと青あざだらけになっていただろうから。キャスターを転がして動きはじめたのはわかったけれど、どこへ向かっているのかはまったく見当がつかない。周囲は見えず、音も聞こえず、話すことも、味わうことも、匂いを嗅ぐこともできないのだ。感じることができるのは、くつろいではいるけれど動けない自分の身体だけ。こうなっては、いまはただ呼吸をしつづけるしかない。

ジェレミー

ぼくはバーにぐずぐずと残り、皿の上のものを食べるでもなくつつきまわしていた。周囲で起きていることなど、何も目に入ってこない。ただただアレクサのことで、どうしようもなく不安だったのだ。何か危害を加えられるのではという心配をさておいても、あいつに対する気持ちをきちんと言葉にできなかった、これまでその機会を逃してしまってきたことを悔やまずにはいられない――しかも、くそっ、埋めあわせをする機会は二度とふたたびめぐってこないかもしれないのに。ぼくがずっとアレクサに対して抱いてきた、この複雑な感情に気がついていたか、それさえもわからない。この気持ちを自覚するのにもしばらく時間がかかったし、いったん自覚してからは、おびえさせてしまうのが怖くて、ふたりの関係をつねに気軽で陽気なものにとどめていた。本当は、あいつのためならすべてを捧げたいと思っていたし、あいつの世界の中心にいたいと願っていたというのに。だが、ふたりの未来が重なることはないという思いに駆られていたあのころ、ぼくにはそうするしかなかったのだ。

　ぼくの弟は、これといった理由もなく長いことふさぎこんでいた。わが家の車庫で、父の車を内側からロックして排気ガスを引きこみ、自ら生命を絶ってしまったマイケルを発見したのは、ぼくが二十五歳の誕生日を迎える直前のことだ。その瞬間から、ぼくの人生の目標は変わった。弟があんなにも必死に求めていた助けを与えることができなかった、自分の無力さに対する痛みが、ぼくの野心に火を点《つ》けることになったのだ。両親は、下の息子を失うという途方もない痛手を、ぼくよりは穏やかに受けとめていた……少なくとも、そんなふうに思えた。

　ぼくの傷はあまりに深く、あまりに生々しく、とうてい乗り越えることはできそうになかった。どんなに自分を責めたことか。もっと状況が見えていたら、もっと知識があったら、もっと弟のことを理解し、そばにいてやっていたら……。弟を失ってしまったことを、ぼくはどうにも受け入れられずにいたのだ。考えるべきこと、理解すべきことはあまりに多すぎた。なぜ弟だったのだろうか、このぼくではなく？　どうして、うちの家族がこんな目に？　家族も友人たちも、なんとかぼくを支えようと手を差しのべていたが、ぼくにはその手をとれるだけの余裕がなかった。同情などされたくはなかったから、アレクサにも、ほかのみなにも背を向けて、自分だけで解決しようとしたのだ。

ぼくは都市のにぎやかで休まらない生活を離れ、あらためてこの状況を見つめなおさなくてはならないと考えた。教科書や理論、講義ばかりの生活を離れ、実践の場に身を置くことで痛みを忘れたかったのだ。二十歳という若さで生命を絶ったマイケルとちがい、自分は確かに生きているという実感がほしかったのかもしれない。《空飛ぶ医師団》という組織、そしてオーストラリアの奥地という環境は、そんなぼくに必要だった空間を、聖域を、これまでの自分をとりまくすべての人々からの距離を与えてくれるものだった。幸い、組織はまだまだ医師の数が足りない状態だったので、パイロットの免許を取得し、飛行機の操縦と患者の治療のどちらも可能になるやいなや、ぼくは採用となった。オーストラリア南部の広大にして過酷な地において、男手にはいつだって仕事が山ほどある。そうこうしているうちに、ぼくはレオに出会うべくして出会った。レオもまた、自殺によっていいとこを失っていたのだ。ぼくたちは何時間にもわたり、いったいなぜ自ら生命を絶つ人がいるのかについて議論を戦わせたが、それが心理的、あるいは化学的な要因によるものか、それとも環境が原因なのか、それらのすべてがからみあっての結果なのか、結論が出ることはなかった。あらためて人生をたてなおす方向へ、レオはそうしてぼくを導いてくれたのだ。

いま、こんなにもぼくがアレクサを必要としているように、あのときのぼくにはそんな時間が必要だった。あのときは、どうしてもアレクサから離れ、それぞれ別々に未来を模索しなくてはならなかったのだ。あいつは家庭を持ちたいと願っていたが、ぼくはまだその準備ができていなかったし、心を病む人々を救う方法を見つけるという使命に、脇目もふらずひたすら邁進《まいしん》したかった。ぼくの家族がマイケルを失ったときのような思いを、これ以上ほかの家族に味わわせてはならないと誓っていたのだ。だが、アレクサこそが自分をこの世界につなぎとめてくれている存在だと、いまとなってはぼくも悟った。こんなにもあいつを愛しているのに、またしてもこの指から滑りおちていってしまうのは耐えられない。アレクサこそは、ぼくが生きていくために必要な酸素なのだ。

エーゲ海のサントリーニ島であいつと交わした、それから十年の別離を決定づける会話を、ぼくはいまでも憶えている。これからの人生を語りあう意義深い会話は、やがてふたりの道の分岐点に行きつき、蛇の舌のように分かれてしまったその結論は、心に深い傷を残した。少なくとも、ぼくにとっては……

＊　＊　＊

「わたし、もっと意味のあることを始めようと思っているの、ジェレミー。いまの仕事は、どうもわくわくしないのよ。同じことのくりかえしで、単調に思えてしまって。すべてはお金のため、って世界なのよ。ただお金を稼ぐだけじゃなくて、人のためになっていると実感できる仕事がしたいの。それに、わたしはもともとあなたほど仕事にうちこんではいなかったし。わたしにとっては、仕事よりもっと夢中になれることがあるはず……」

「それで、何を始めるつもりなんだ？」

エーゲ海の温かい波が打ちよせる岩の上で陽光を浴びながら、ぼくはアレクサの背中に日焼け止めを塗りこむ任務を遂行しているところだった。なかなか、人生も楽じゃない！

「わたし、いまの仕事をやめて、心理学の世界に戻ろうと思っているの」

「なるほど、たしかにそれは大きな転機だな。もう、すっかり心は決まっているんだね？」

「ええ。でも、それだけじゃないの。わたし、そろそろ身をおちつけようと思っているのよ」アレクサのなめらかな背中を、ぼくは思わせぶりに撫でつづけていた。

「身をおちつける、か。具体的に言うと？」かすかな予感が、背筋を走りぬける。身をおちつけるって、まさか……まさか、アレクサにかぎって！

「わかってるでしょ、そろそろ家庭を持ちたいの。たぶん、オーストラリアに帰ったほうがいいでしょうね。ロンドンのあんなごみごみした街なかで、子育てなんかしたくないもの」

「本気なのか？」ぼくはうっかり多すぎる日焼け止めをアレクサの肩にこぼしてしまい、動揺を隠そうとして、あわててそれを塗りひろげはじめた。

「もちろん、本気に決まってるでしょ。こんなことで、どうして冗談なんか？　わたしが母親になれる年齢は刻々とすぎていくし、クラブで騒ぐのにも、ロンドンの気ぜわしい生活にも、もう飽きちゃったのよ」

「だが、きみは三十にだってまだまだ余裕があるじゃないか。母親になれる年齢なんて、気にするのは早すぎるよ」くそっ、何か説得力のある理屈を考え出さなくては、アレクサがぼくの手をすり抜け、遠ざかっていってしまう。家庭を持つことも、〝身をおちつける〟ことも、自分にはまだ早いことはわかっていた。ぼくはいま、やっと目標へのスタートを切ったところなのだ。ハーヴァード大学での研究で、自分の進む道がまちがっていないことは確認できたものの、脳内物質がバランスを崩したときにどう対処するか、画期的な治療法の発見にはいまだ至っていない。マイケルを失ったときの痛みをほかの家族が味わわなくてすむように、これからようやく具体的に役立てる、その瀬戸際に立ったところなのだ。いまは仕事に集中すべきときであって、家庭にかまってはいられない。研究や調査にあてるべき時間が、いったいどれだけ減ってしまうことか。とはいえ、自分の子どもに目もくれない夫を、このアレクサが大目に見てくれるはずもなかった。

「ええ、たしかにね」動揺し、あれこれと思い悩んでいるぼくをよそに、あいつは穏やかな声で答えた。「でもね、時間なんてあっという間にすぎていくものよ。それに、子どもがすぐにできるともかぎらないでしょう。まだ三十をちょっと越えたばかりの友だちがいるけれど、もう二年も努力しているのに、いまだにできないんですって。そんなことになったら、わたしはいったいどうしたらいいか。だからこそ、もうぐずぐずしてはいられないの。街なかで赤ちゃんを見かけるたびに……なんていうのかしら、まるで胸がぎゅっと締めつけられるような気持ちになるのよ。どうしても自分の血を分けた子どもを育てたいという、こんな切望はいままで感じたことがなかった。お腹の大きな女性を見ると、ついにっこりほほえみかけて、それから自分の目に涙があふれてくるのを感じるのよ。そんな気持ちが、日一日と強くなってきて。ほかの何もかもが、いまは色あせて見えつつあるの」

研究への使命感をかたわらに押しやり、アレクサの言葉にじっと耳を傾ける。ぼくの恋人……親友……刻々とすぎていく時間……ひょっとして、ぼくに父親となってほしいのだろうか？　もしも、すでにアレクサが妊娠していたらどうする？　勘弁してくれ。ぼくにはまだ、そんな心の準備はできていない。腹ばいになっていたあいつは、ふと身体を起こして坐りなおし、ぼくの目をじっとのぞきこんだ。いったいこの話はどこへ続くのだろうかとおののく、ぼくの恐怖を感じとったかのように。

「だいじょうぶよ、ジェレミー」いつものほがらかな笑い声。「そんなにおびえた顔をしなくても！　あなたにとっては仕事がすべてなのはわかってる、これまでずっとそうだったでしょ——それに、わたしたち、別に一対一の関係を結んでいたわけでもないしね。ただ、いっしょにいるときはすばらしいセックスを楽しめたってだけ。あなたの結婚観は、もう何年も前から聞かされているもの」

「ああ、そうだな、話したことはあったよな」アレクサがこちらに向けた瞳はきらきらと輝き、ほほえんだ顔にはえくぼが浮かんでいる。ぼくはとりあえず安堵の吐息をつき、緊張を解いた。とはいえ、ぼくたちの関係はすばらしいセックスを楽しむだけのものではなかったはずだが……アレクサはそう思っていなかったのだろうか？　それに、ぼくの結婚観については……そう、ぼくたちはこの数年間、ずっと地球の反対側に分かれて暮らしていたから、その結婚観があいつと会えない間に関係を持ったほかの女たちに対して形づくられたものだということを、うっかり話しそびれていたようだ。

「わたしね、ある人に出会ったの」なんてことだ。まさか、こんな話を聞かされるなんて。衝撃に、思考がぴたりと止まってしまう。心臓が、胸の奥で大きく鼓動を打った。

「いま、ちょっと真剣になりつつあるのよ」

呼吸が止まった。ややあって、ようやくアレクサが返事を待っていることに気づく。

「なるほど。そいつの名前は？」思うように声が出ないのは、咳《せき》をしてごまかした。

「ロバート。英国人なんだけれど、わたしといっしょにオーストラリアに移住したいらしいの。それに、すごく子ども好きで。友だちの子どもの洗礼式で、数ヵ月前に知りあって……」ぼくはアレクサの唇が動くのをぼんやりと見つめていたが、耳ががんがん鳴り、胸が締めつけられるように痛むおかげで、その声を聞かずにすんだ。そういうことか。ぼくはアレクサを失うのだ。出会ったときからきみはぼくのものだったのに、きみは気がついていなかったのか？　それなのに、いまやアレクサは身をおちつけ、子どもを産んで、オーストラリアに帰ろうとしている。その三つはどれも、いまのぼくには不可能なことばかりだ。こんなにも愛していることを、アレクサだって気づいていないはずはない。だが、もしも気づいていないのなら、いまさら何を言えるのだろう？　いまや、こんなにも幸せそうに、ロバートとかいう男とこれから築く新生活のことを生き生きと語っているアレクサに。ちくしょう！　どうしてこんな話になってしまったのだろう？　頭を振ると、ようやくまた話の続きが耳に届きはじめた。

「ともかく、あなたには話しておきたかったの。だって、計画どおりロバートと、その、夫婦としてオーストラリアに戻ることになったら、ほら、もうこんなふうにあなたと週末の旅行に出かけることはできなくなるでしょ。それって……やっぱり、してはいけないことだもの、ね？」

アレクサは子犬のような目に諦めと願いをこめ、こちらをじっと見あげている。そういうことか。陽気で好奇心旺盛なぼくのアレクサは、求めているものをぼくがいま与えられないという理由で、こうして離れていこうとしている。たしかに、その判断は正しい。ぼくには与えられない――あるいは、与えるという道を選ばないからだ。どちらにせよ、これはあまりにも早すぎる、ぼくたちはまだこんなにも若いのに。だが、それでも、アレクサの口ぶりからは、まるで本当にその男を愛しているようにも聞こえる。だとしたら、自分がまだ心の準備ができていないからといって、どうしてその幸せを奪うことができるだろう？　くそっ、吐き気がこみあげてきた。いまは、これ以上つきつめて考えられそうにない。ぼくは、努めて穏やかな声を出そうとした。

「そうだね、アレクサ、それはいけない。きみが幸せなら、ぼくも嬉しいよ。話してくれてありがとう。だが、これだけは憶えておいてくれ。もしもその男がきみを傷つけたり、悲しませたり、きみの嫌がることをしたり、きみをちゃんと女神のようにあつかわなかったりしたら、そいつはぼくと一戦交えることになる。そんなとき、ぼくがどれほど手強《てごわ》いかは、きみも知っているだろう」

アレクサにいつもの魅力的な笑みを向けられて、ぼくも笑みを浮かべようとせずにはいられなかった。「ジェレミーったら、ずいぶん芝居がかったことを言うのね。ええ、あなたの手強さはよく知ってるわ」いかにも楽しげに、愛情をこめた手つきでぼくの二の腕をばしんと叩く。「いつだって、あなたはわたしを守ってくれるものね」

「いつだって、ぼくはきみのもとへ駆けつけるよ、アレクサンドラ。それだけは憶えておいてほしい」気がつくと、どんどん厳粛な口調になっていて、このままではアレクサにぎょっとされてしまいそうだ――ぼくではなくその男を愛しているのなら、なおさら。アレクサの決心を応援するほうにいいかげん頭を切り替えて、この場は雰囲気を明るくしなくては――いますぐに。「とりあえず、この週末にきみを独占しているのは、そのロバートとかいうやつではなく、このぼくというわけだ。きみが〝身をおちつける〟にあたり、これが最後の週末になるというのなら」――どうしても苦々しい響きが混じってしまうのは仕方ない――「せめてこの週末は有効に使いきるとしようか」

アレクサの顔を見ることはできなかった。目頭に熱い涙がこみあげてくるという、めったに経験したことのない感覚を味わわされていたからだ。そんなわけで、ぼくはあいつを抱きあげると、金切り声をあげるのもかまわず岩棚の縁へ歩いていき、青く澄んで温かい海の中に柔らかい手つきで放りこんでやった。水面に浮かびあがってくるのを待って、いまだけはまだぼくのものであるアレクサをふたたび抱きよせようと、そのそばに飛びこむ。ぼくを包みこんで荒れ狂う感情を洗い流し、重い心をなだめてくれる水が、いまはただありがたかった。

＊　＊　＊

もう二度と、アレクサをこの指から滑り落としてなるものか！　ぼくはバーの木製の長椅子に思いきりこぶしを叩きつけた。その決心に体温が上がり、肌が熱く燃えているように感じる。

「ジェレミー、だいじょうぶかね？」

「ああ、サム。来ていたなんて気づきませんでしたよ」

いつもは快活なサムの顔に、不安と懸念のしわが刻まれている。ぼくはあわてて目尻の湿り気を手で拭った。こんな状態のぼくを見せてはならない。くそっ、そもそも、ぼくたちがこんな状況におちいっていること自体、あってはならないことなのだが。

「つい、はるか彼方に思いを馳《は》せてしまって。何か新しい情報は？」片手を挙げてウェイターを呼び、多少なりとも苦痛を和らげてくれるウイスキーを追加で注文する。だが、これで最後にしなくては。アレクサのためには、ここで酔いつぶれている余裕はない。

「実のところ、いくつか情報が入ってきたよ。アレクサンドラのブレスレットの信号が、セント・パンクラス駅から発信されたことがわかった。どうやら、そこから列車でパリに向かったらしい。高速鉄道に乗られると、信号は追尾しにくくなってしまうのだが、信号の発信された時刻と列車の時刻表をつきあわせてみた結果、九割がたまちがいないといっていい。ただ――」

「ただ?」いくらか回りくどいサムの説明に苛立って、思わず声を荒らげてしまう。「ただ、何ですか、サミュエル?」くそっ、理性を失ってはいけない。

「そう、もしかして連中がブレスレットに細工をし、われわれをまちがった方向へ誘導しようとしているとも考えられる。それは可能だと思うかね?」

「ブレスレットの防護機能に関しては、ぼくはまったく関与していないんですよ。あれは別の部門で作られたものですから。何かご存じなんですか?」

「いや、きみと同じだよ。だとすると、とりあえずは問題ないと考えてかまうまいな。連中があれを外そうとしたり――その結果、外せないとわかるまでは」

「そう、いまは何か行動を起こさなくては。パリにいるらしいということなら、ぼくはさっそく現地へ向かいますよ」ようやく、悲嘆にくれる以外のことができそうだ。立ちあがろうとした瞬間、サムがぼくの腕に手を置いて押しとどめた。

「その情報は数時間前のことだ。いまはもう、ヨーロッパのどこにいてもおかしくない。

気を悪くしないでくれ、きみがどれだけ動揺しているかを考えて、わしはあえてマーティンとじかに話してみたんだが――」

ぼくの顔に浮かんだ表情を見て、サムは続く言葉を呑みこんだ。怒りを抑えようと、ぼくも深く息を吸いこむ。おちつくんだ、クイン。「すみません、サム。もちろん、かまいませんよ。続きを聞かせてください」

サムは目に見えて緊張を解いた。ふだんはめったに動じない人物なのに、ぼくがよっぽど怖い顔をしていたのだろう。

「われわれはパリ北駅からほんの短時間、ブレスレットの信号を探知したが、それもまたすぐに消えてしまった。保安部門の考えでは、おそらく別の列車に乗せられ、いまごろはスイスとの国境線に向かって南東に移動しつつあるらしいとのことだが、またどこかの駅に停まるまでは確信は持てない。朝には位置が特定できるだろうと言っておったよ。二十四時間以内に最終的な指令を出せればと、マーティンは考えているそうだ」

「何だって？」ぼくは思わず叫んだ。「そんなに長いこと待っていられるものか。サム、連中はアレックスを誘拐したんですよ！」

「こういうことは時間がかかるのだよ、ジェレミー。保安部門としては、まだ警察を介入させたくはないし……」サムはなだめるような口調だったが、ぼくはそんな話に耳を貸したくはなかった。いったい、どうしてマーティンとモイラはぼくに電話をしてこずに、サムとなど話しているのだろう？　ジャケットのポケットから携帯をつかみ出してみると、なんとマナー・モードになっていて、もう五回も着信があったらしい。なんてことだ！　こんなときにかぎって、どうしてこうも馬鹿げたことが？　苛立ちのあまり、長椅子の座面に携帯を叩きつける。何ひとつ、思うように進んでくれない。

ぼくはサムの手を振りはらい、立ちあがった。

「ごまかすのはやめてくれ！」頭にどくどくと血が流れこんでいるのがわかる。サムの穏やかな話しぶりが、ぼくの怒りにさらに火をつけてしまい、もう礼儀も何もかまってはいられなかった。こちらから電話をかけなおし、この事態をなんとか打開しなくてはと、あらためて携帯を手にとる。サムはあわてて言葉を継いだ。

「警察を介入させたくないのは、思いきった手段をとらざるをえない場合、面倒な手続きを回避したいからだろう。わしの言いたいことがわかるかね？」狼狽した様子で、さらにこうつけくわえる。「どちらにしろ、明朝にはパリへ飛ぼう。そのときには、どこへアレクサンドラが連れ去られたのか、より詳しい情報が得られているといいが」

ぼくは不本意ながら耳を傾け、怒りをこらえようとした。「ああ、なるほど。たしかに、急を要するときは、許可など待ってはいられませんね」グラスに残っていたウイスキーの最後の一口を喉に流しこみ、アレクサを思うたび湧きあがる恐怖と不安をなだめようとする。燃えあがる怒りの炎はあまりに激しく、できることならいま、この手で誘拐犯を殺してやりたいほどだ。医師としては不適切な感情だが、かまうものか。

「位置をつきとめたら、最初の便でそこへ飛びましょう、サム。マーティンにも、そう伝えておいてください」新鮮な空気が吸いたい。閉所恐怖のような感覚に、ぼくは襲われつつあった。

「ああ、伝えておこう」

こんなにもサムが力になってくれようとしているのに、ぼくのふるまいときたら、無礼で傲慢《ごうまん》きわまりない。深く息を吸いこむと、ぼくは波立つ感情を抑えつけた。声を和らげ、サムの肩に手を置く。「ありがとう、サム。心から感謝しています。アレックスの無事がわからないうちは、いてもたってもいられなくて。何があろうと、無事に助け出さなくては」

「わかっておるよ、ジェレミー。絶対に助け出すさ」

第三部

医者が思案にくれる間に、患者は死んでいく。

——イタリアのことわざ

アレクサ

汚れ、時差ぼけ、そして涙をすっかり洗い落としてしまうと、わたしは疲れきった筋肉にしばし熱いシャワーをかけ流していた。感情は鈍麻し、心は凍りついてしまったかのようだ。頭はぼんやりとして、ごく単純なことにさえ判断力を失ってしまっている。ふと気がつくと、わたしは浴室の床にうずくまり、さっきまで熱かった湯はすっかり冷えて、ほてった手足の熱を奪いつつあった。思わず身ぶるいし、ここを出なくてはと考える。でも、どこへ？　ここはいったいどこなのだろう？　いったい、誰がわたしにこんなことを？　涙はもう涸《か》れていた。ありったけ流しつくしてしまったような気がする。

何気なく肩にはおった上質のタオルでさえ、ごわごわと肌に痛く感じられた。鏡にちらと目をやり、湯気に曇って見えないことに安堵する。自分の顔を見てしまったら、この悪夢が現実としてはっきりと形をとってしまい、これ以上はもう耐えられないかもしれなかったから。浴室のドアを開けるのも、一瞬ためらわずにはいられなかった。この向こうに何があったのか、ぼんやりとしか憶えていないのだ。長い眠りの末ようやく孵《ふ》化《か》した生物のように、ずっと閉じこめられていたスーツケースから外に出たわたしが目にしたのは、いかにも古風な、骨董《こっとう》品めいた家具——たんす、ナイトテーブルに、普通よりもかなり高さのあるダブルベッド、そして花模様の長椅子だったはず。視界にいつしか光が入っていたこと、いつのまにかガスマスクが外れて自由に呼吸をしていることに気づき、はっとしたのを憶えている。手錠は、かけられたときと同じくらいあっけなく外されていた。

おそるおそる周囲を見まわしたけれど、室内には誰もいない。痛む手足をゆっくりと伸ばすと、長いこと滞っていた血液が末端にまで行きわたるのが感じられた。洗面所の明かりに注意を惹かれ、まずはよろよろとトイレに腰をおろす。それが終わると、次はどうしてもシャワーが浴びたくて、メルボルンを出発してからもう何時間、何日にわたって着ていたのかわからない服を大急ぎで脱ぎ捨てた。あれはもう、何十年も昔のことのようだ。

部屋のカーテンは開けっぱなしで、外界をわたしの目から隠そうとした形跡はない。わたしは驚きながら、窓の外に目をやった。そこには、美しい田舎の風景が広がっている。幾重にも連なる丘、牧場、そしてその向こうにみるみる沈みつつある太陽、色鮮やかに染めあげられた夕暮れの空。息を呑むほど荘厳な山々が、この絵の完璧な背景となっている――なんてお気楽な感想を抱いている場合ではなかった、休暇の旅行ならともかく、こんなときに！　窓枠に両手を置き、わたしは深く息を吸いこんで、またしてもこみあげつつある恐怖をなだめた。自分がどれほど高いところにいるのか、外を見れば一目瞭然だ。絶対に逃げられない高さ……開けようと力をこめても、窓はびくとも動かなかった。

まるでお城のような建物の、こんな小さな窓の後ろに、わたしは閉じこめられている。目の前に連なるこの山々は、オーストリアかイタリアのあたりか、ひょっとしたら東ヨーロッパ周辺だろうか。とうてい現実のこととは思えないけれど。若いころの楽しいヨーロッパでの思い出をふりかえるにつけ、いま眼前に突きつけられた不気味な現実に戦《せん》慄《りつ》が走る。いったい、どうしてこんなことに？　気がつくと、タオルは足もとの床に落ちて丸まり、わたしは裸のまま小さな窓から外を眺めていた。まるでラプンツェルのようだけれど、わたしには逃げる手段となってくれる長く美しい髪も、助けに来てくれる素敵な王子さまもいない――少なくとも、いまはまだ。ここをジェレミーがつきとめてくれることを祈りながら、いま身につけている唯一のもの、大切なブレスレットをわたしはぎゅっと握りしめた。口もとに近づけて唇に触れながら、わたしの居場所に気がついて、どうか誘拐犯から救い出してとひたすら念じる。

だめ、わたしは自分に言いきかせた。涙を流したり、悲嘆にくれたりするのはもうおしまい。わたしは生きていて、ちょっとしたすり傷や打ち身はあるけれど、ほぼ無事だといっていい。もしもわたしに危害を加えたり、さらには――背筋がぞくっとする――殺したりするつもりなら、ヒースローであの車に乗りこみ、ガスで眠らされた時点で好きなようにしていたはずだ。冷静にと自分に言いきかせながらタオルを拾い、胴体にきっちり巻きつけると、自分が持っていたはずの荷物はないかと、わたしは部屋を調べはじめた。

わたしが荷物のように詰められていた、あのおぞましいスーツケースは、いつのまにか室内から消えていた。シャワーを浴びている間に、犯人たちが持ち去ったにちがいない。ほっと安堵が胸のうちに広がる――あの閉所恐怖になりそうな旅の経験は、二度と味わいたくはなかった。古風なマホガニーの衣装だんすを開けてみると、そこにはビニールをかぶせたドレスが掛けてあり、優美な筆跡のメモが添えられていた。

午後七時きっかりの晩餐《ばんさん》のために、これを着てください。

洗面所の床に脱ぎ捨てたままの衣服に、わたしはちらりと目をやった。計算にまちがいがなければ、およそ三十時間ほどは着つづけていた服。わたしはシャツをつまみあげると、そっと匂いを嗅ぎ、あわてててまた床に落とすと、積み重なった衣服を足で隅に押しやった。あんなことを体験してしまった後では、二度とこの服を身につけたくはない。でも、だからって、あの衣装だんすに掛けてあった服を着たいと思える？　感情があふれてきそうになり、わたしは息を深く吸いこみながら、ドレスにかぶせてあったビニールをはがした。優美ですっきりとしたデザインの、クリーム色のドレス。花嫁衣装ではないけれど、それにしても……いったい、これから何が起きるというのだろう？　ヨーロッパのどこかと思われるこんな部屋に、いまいましいスーツケースで運ばれてきたと思ったら、そのあげくにこれ？　〝晩餐のために、これを着てください〟――どういうこと？　部屋のドアは、当然ながら鍵がかかっている。こんなものを身につけたくなんかない。こんな状況で、着飾れなんて。もともとこんな恰好をするのは苦手だったのに、あのときまでは……ジェレミーがわたしのために注文してくれた、目をみはるような真紅のドレスが脳裏によみがえり、こみあげてくる悲しみに押しつぶされそうになる。本来なら、いまごろはジェレミーの腕の中にいたはずなのに。

苛立ちのあまりドアを殴りつけると、脚からがくりと力が抜け、床に崩れおちてしまう。窓を見やると、いまにも誰かがジェームズ・ボンドのように、宙に浮かぶヘリコプターから窓を蹴やぶって助けに来てくれはしないかと、そんな都合のいい願いが頭をよぎった。窓辺に走りより、どこかに助けが来ていないかと、必死になって目をこらす。何も見あたらない。何ひとつ。ああいう救出劇は、どうして映画の中でしか起きないのだろう？　ピンクと紫の空に、みるみる薄闇が覆いかぶさっていく。恐怖と苛立ちに震える指で髪をかきあげながら、部屋の向かい側からこちらを手招きしているようなドレスを、わたしはじっと見つめた。

ちょうどそのとき、お腹が鳴った。最後に食事をとってから、もうかなりの時間が経つ。迷っているときは、こうした基本的な身体の欲求が何よりの後押しとなってくれるものだ。いいわ、どうにでもなれ！　わたしはおずおずとドレスに歩みよった――いまこの瞬間、ほかにとるべき選択肢もないし、そもそもわたしは素っ裸なのだ。こんなとき、犯人たちが入ってきてしまったら？　そんな不安に促され、わたしは嫌悪感と戦いながらもハンガーからドレスを外した。おそろいのクリーム色の下着まで用意してある――気が利くじゃないの。少なくとも、今回はパンティなしではないらしい。

着飾る喜びなどあるはずもなく、ただ義務感につきうごかされて、わたしはそそくさとその上品なパーティドレスを身にまとった。衣装だんすの底面に、箱が置いてあるのが目にとまる。これはハイヒールにちがいない。あまりに高すぎるヒールではありませんようにと祈りながら、わたしは箱の蓋《ふた》を開けてみた。この奇想天外な展開にしてはそこそこ穏当な高さで、ほっと吐息をつく。濡れた髪を手早くとかし、背中に垂らした。必要以上に華やかな装いなどしたくはないし、髪をまとめるものも持っていない。そもそも、自分がどんなふうに見えるかさえ興味がなかったから、鏡を見る気にもなれなかった。歯をみがき──幸い、歯ブラシと歯みがきは備えつけてあった──冷たい水で顔を洗うと、居間に出て長椅子の端に腰をおろす。じっと坐っていようとすればするほど、不安はつのるばかりだった。ドレスのなめらかな布地の感触も気になりはじめ、それがどうにも苛立たしい。結局、わたしは床に敷きつめられた絨《じゅう》毯《たん》の上に横たわり、瞑想《めいそう》することに決めた。ロングドレスとハイヒール姿だからといって、かまうものか。シャヴァ・アーサナ、ヨガのいわゆる屍《しかばね》のポーズこそ、こんな状況にうってつけだわ！

息を吸い、息を吐き、また息を吸って、息を吐き、何も考えずに、身体の力を抜いて……やってみると、身体がいかに緊張にこわばっていたかがわかる。こうして意識を集中していると、この現実からしばらくは逃避していられそうだ。床に仰向けに横たわり、ずっと曲げたままだった手足を思いきり伸ばすのも気持ちがいい。一回一回の呼吸を丁寧に、身体の反応を意識しながらくりかえすうち、いつしかわたしは深い瞑想に入っていた。

＊　＊　＊

そんなひとりきりの静寂は、戸口からの叫び声に破られた。続いて、耳慣れない言葉を緊迫した口調でまくしたてる女の声。

ふいに誰かがかたわらにしゃがみこみ、わたしの脈をとりはじめた。口を開けたけれど、すぐに言葉が出てこない。わたしは視線をあげ、何が起きているのかを見ようとした。厳しい顔をした白衣の男がこちらに駆けよってきて、わたしの上半身を抱えおこす。わたしの鼻のほうへ、男があおぐように手を動かした瞬間、わたしはぎょっとして顔をそむけた。いやだ、嗅ぎ薬じゃないの！　わたし、失神したと思われたのかしら？　入ってきた人々は何語とも判別のつかない言葉で話しあっている。わたしは途方に暮れて頭を振った。誰かにあごをつかまれ、まぶしい光を目に当てられて、思わずまばたきし、身体をよじる。またしても脈をとった後、男はわたしに手を貸して立たせにかかった。瞑想に入りこんでいたうえ、ハイヒールをはいていたおかげで、脚ががくがくする。この人たちは、いったい誰？　メイドらしき制服の若い女、医者らしき男、そして執事のような恰好をしたもうひとりの男。わたしは呆然としたまま、三人の前に立ちつくしていた。

「ブレイク博士、何があったのですか？　ご気分は？」相手は英語で話しかけてきた。

「お話はできますか、ブレイク博士？　どうか答えてください、だいじょうぶですか？」

おやおや、いかにもわたしの健康を気づかっているような口ぶりだ。いまは希望を持つしかないのだから、これはいい徴候と考えておくべきだろう。ひとりひとりをじっと観察し、この誘拐にかかわった人々の顔を記憶にしっかり刻もうとする。こんなときでなかったら、額にしわが刻まれ、白衣をまとったこの医師は、とても魅力的な男性だと思っていたかもしれない。チョコレート色の瞳に風変わりな眼鏡、暗い金髪、部屋をぱっと明るくするような笑み。執事のような男は、背恰好は普通だけれど、頭脳よりも腕力に頼り、ボディビルに精を出すタイプに見える。メイドはいかにも無邪気で可愛らしい女の子で、わざとらしい制服をまとい、黒っぽいおさげを長く背中に垂らして、ハシバミ色の目を見はっている。

こんなことをしておいて、よくもまあ、気分はどうかなどと尋ねられたものだ。ふいにふくれあがってきた怒りと恐怖に、わたしはいまにも金切り声をあげそうだった。けれど、ふと気がつくと、三人はわたしの答えをじっと待っている。いいわ、勝手にしなさい！　わたしは軽くあごをしゃくると、口をつぐんだまま事態を見まもることにした。ロンドンからどことも知れないこの土地まで、無理やり連れてきたからって、わたしがその気にならないかぎり、声を聞くことはできないのよ！

医師は首にかけていた聴診器を手にとると、わたしの胸に冷たい金属部分を押しあてた。その感触に、思わず息を吸いこむ。こういうときは息を止め、聞こうとしている音を聞かせないようにしてやるべきか、それとも、普通に呼吸を続けて記録をとらせてやるべきだろうか。決心がつかないうちに、医師は手を止めた。

「問題ない、安定している」あとのふたりにうなずく。「ミネラル・ウォーターのグラスを急いで持ってくるんだ」

メイドはすぐさま言うとおりにした。医師はわたしのひじをしっかりとつかみ、長椅子へ導いて坐らせる。どれほど身体が重く力が入らないか、そのとき初めて実感して、わたしは驚かずにはいられなかった。

「さあ、これを飲んで」メイドが持ってきたグラスを、医師はこちらに差し出した。

それを受けとり、喉に流しこむ。渇いた口の中を、泡立つ冷たい水が潤してくれた。わたしのこの状況に関して、その顔に何らかの反応や理解が浮かんではいないかと、視線をあげて医師の表情を探る。懸念、そしていかにも医師らしい冷静さは見てとれたけれど、それ以上のことはわからない。でも、わたしに危害を加えるような人間には見えなかった。最後の一口まで飲んでからグラスを返すと、医師は一瞬たりともわたしから目を離さないまま、それをメイドに手わたした。

「さて、ブレイク博士、これなら無事にマダムとの晩餐に出席していただけそうですな」

えっ？　マダムって誰なの？

おっと、いけない……もう少しで声を出しそうになってしまった。

得意げな笑みが医師の唇にちらりと浮かんだけれど、言葉を継いだ瞬間、それはまた消えていた。「さあ、まずは自己紹介をさせていただきましょう」

わかったというしるしに、わたしはうなずいた。この医師には、どこかこちらの警戒を解いてしまうようなところがある。「わたしはヨーゼフ・ヴォトルベッツ医師。ここに滞在されている間は、あなたのお世話をしますよ」そう言うと、わたしの手をとってしっかりと握りしめ、長椅子から立つのを助けてくれた。「ルイ、フレデリック、ブレイク博士のお伴をして晩餐にご案内しなさい。健康状態は良好だし、食事とワインをとれば、さらに気分もよくなるだろう」

ルイと呼ばれた執事らしき男が、さっとわたしのかたわらに駆けよる。フレデリックという男ははるかに大柄で、まるで魔法のように戸口に姿を現したかと思うと、出口をふさぐようにそこに立ちはだかった。そう、もしも走って逃げ出そうとしていても、こんな番人がいてはすぐにつかまってしまったにちがいない。不安げなまなざしでヴォトルベッツ医師と屈強な外国人の〝晩餐のお伴〟を交互に見やりながら、目玉をぐるりと回してみせ、この馬鹿げた筋書きにあきれていることを相手に伝えたものかどうか迷う。結局のところ、そんな軽率なふるまいはすべきではないと、胸に渦巻く不安がわたしを押しとどめた。またしても得意げな笑みがちらりと浮かんだところを見ると、この医師はわたしの胸の内の葛藤を正確に見抜いているようだ。こんな状況を笑うなんてと、憤りがこみあげてくる。

ルイは無表情のまま曲げたひじをこちらに差し出し、わたしがつかまるのを待っていた。まったく、茶番もいいところだ。わたしがこのひじに自分の腕をからめ、優雅な足どりでいそいそと晩餐とやらに出かけるとでも思っているのだろうか？　全員が凍りついたように動かないまま、じりじりと時がすぎていく。わたしをとりまく人々は、しばらくお互いに目を見あわせたりしていたけれど、やがてはこちらをじっと見つめ、わたしの次の行動を待つかまえに入った。不安ながらも言うとおりにするしかないのだと悟った瞬間、思わず大きな吐息が漏れる。

スーツケースに詰められ、どこかへ運ばれている間、いったいどんなところへ連れていかれるのだろうと、わたしは想像をめぐらせていた。おそらくは汚らしい牢屋のような部屋に放りこまれて鍵をかけられ、バケツがひとつ置かれているだけの、じめじめしたコンクリートの床に横たわるはめになるにちがいない、と。それなのに、これはどういうことなのだろう。クリーム色のパーティドレスにハイヒールという恰好で、執事兼用心棒のふたりをお伴に、正体のわからないマダムとやらの晩餐に出るはめになろうとは。想像していたよりも快適な環境ではあるけれど、精神的にはこれほど不安な展開もない。

とりとめのない考えに混じって、人質が犯人に共感や好意を抱くストックホルム症候群のことが頭に浮かび、この連中とけっして口はきくまいと、わたしは決意を新たにした。そんなわけで、用心棒も、差し出されたひじも無視して、戸口に向かって最初の一歩を踏み出す――こんな連中に触れたくはなかったし、身体のどの部分にしろ、けっして触れられたくはなかったから。

ドアに向かって歩きながら、こんな内心とは裏腹に、少しでも自信にあふれているように見えることを、わたしは祈った。この部屋の外には、はたしてどんなことが待ちうけているのだろう。フレデリックはさっと脇へ避け、戸口を開けてくれたものの、よく考えてみると、どこへ向かったらいいのかわからない。ルイがすっとわたしを追い抜き、まるでそよ風に吹かれたかのように、ドレスの裾が脚にからみついた。

「ついてきてください、ブレイク博士」そう言うと、ルイは足早に、絨毯敷きの長い廊下を歩きはじめた。フレデリックを見やると、後に続けといわんばかりにルイのほうへ手を差し出している。どうやら、前に進むしかなさそうだ。部屋の中をふりかえってみると、医師は診療器具を小さな黒いかばんに戻しているところだった。作業が終わったところで、顔をあげてわたしを見る。

「いい夜を《ボン・ソワール》、ブレイク博士」

またしても、わたしはこの風変わりな男に釣られ「いい夜を」と返してしまいそうになった。

「晩餐を楽しんでいらっしゃい。何か少しでも食べれば、きっと気分がよくなりますよ」

そそくさと向きなおり、辛抱づよくわたしを待っている用心棒の後に続いて歩きはじめる。目の前の光景は、まるでウサギの縦穴ではなく、水平に延びる廊下に設定を変えた『不思議の国のアリス』のようだ。いくらかおちつきをとりもどしたところで、わたしの頭に浮かんだのは「あーあ、馬鹿馬鹿しいったらないわ、次から次へと!」という思いだけだった。毒づくことなどめったにないけれど、そうしなくてはいられないときもある。

＊　＊　＊

見たこともないほど長い廊下を歩いていくと、その先には広々としたホールがあった。寄せ木張りの床におそるおそる足を踏み出したとたん、よく響く足音にびくっとする。ルイは足どりをまったくゆるめなかったから、わたしもすぐ後ろについていくことだけを考えるようにして、巨大なシャンデリアの下を、精妙なステンドグラスの脇を通りぬけていった。広いホールのつきあたりは、木製の大きな両開きの扉で、閉じると細工を凝らしたアーチが形づくられる設計だ。裾を踏んで転ばないよう、わたしはわずかにドレスの前を持ちあげていた。みごとに磨きあげられた床を歩いていくと、ドレスの裾が後ろにふわりとひるがえる。巨大な扉の両側にはふたりの警護役が立っており、そのいかにも歴史のありそうな凝った制服に、思わず目を奪われた。

よそ見をしながら急ぎ足で歩いていたせいで、あやうくルイの背中にぶつかりそうになり、「あら、ごめんなさい」と言いそうになるのを、ぎりぎりのところで呑みこむ。用心棒たちは、わたしをはさんで両脇に立った。ハイヒールをはいたわたしに比べ、ルイの背はいくらか高いくらいだけれど、フレッド（とオーストラリア風に呼んだほうが、いくらか恐怖が薄れる気がした）ははるかに大柄で、わたしの頭のてっぺんが肩にようやく届くかどうか、というところだ。身じろぎもせず立つわたしたちの前には、巨大な扉。これから、この中へ入っていくのかしら？　いっそここで失神してしまったほうが楽ではないか、そんな考えがふと頭をよぎる。でも、目の前に警護役がふたり、両脇に用心棒がいることを考えると、やめておいたほうがよさそうだ。

ルイがうなずいてみせると、警護役のひとりが電子機器らしきものを取り出した。それに向かって、こちらには聞こえない声で何ごとかつぶやき、暗証番号か何かを打ちこむのに、しばらく時間をかける。わたしは鼓動が速まるのを感じながら、知らず知らず手をもみしぼっていた。ふと後ろをふりむいたのは、周囲の様子をもっと観察しておきたかったからにすぎない。それを見て、ルイとフレッドはすぐさまわたしの視界をふさぐように動き、すぐ斜め後ろに立った。緊張のあまり、胃の奥がむかむかする。いまや、後ろに視線を投げたとしても、見えるのはふたりの用心棒がまとう白黒の制服だけだ。

前に視線を戻すと、ちょうど巨大な扉がゆっくりと内側に開いていくところだった。目の前に現れたすばらしい眺めに、思わず息を呑む。金、クリスタルガラス、まるで美術館に飾られているような巨大な絵画。これはいったいどういうこと？　その贅沢さに、ただただ圧倒されてしまう。両脇の用心棒に促され、わたしはその奥の広々とした部屋に足を踏み出した――こんな空間を何と呼ぶべきか、それさえも見当がつかない。いったい、ここはどこなのだろう？　この建物は、誰の持ちものなのだろうか？

そのとき、ふとジェレミーのこと、質問ばかり並べたてたせいでわたしが受けたお仕置きのことが頭をよぎった。お尻にじらすような鞭《むち》の痛みが走っては、とてつもない快感が続く、それが何度も何度もくりかえされた記憶。思い出したとたんに、頭がくらくらしはじめる。だめよ、だめ、こんなところで。脚の間が温かくほてり、その奥に熱いものがあふれてきた。これだけの目にあっているというのに、どうしていまだにこんな感覚が全身を走りぬけるのだろう？　ああ、お願い、いまはだめ。

そんな祈りも手遅れだった。これまでずっと閉じこめられていた、あの官能的なリズムの記憶が一気に解放されて身体を突き抜ける。わたしは立っていられなくなって骨董らしい椅子によりかかり、必死に身体の変調をなだめようとした。ああ、なんてこと！

そのリズムはいっこうに止《や》む気配はなく、絶妙な鞭の痛みとその甘美な余波が、生々しく記憶によみがえる。呼吸を整えようとするのもむなしく、膝ががくがくしはじめた。太股の間に熱と欲望がみるみる溜まり、それが乳首やお尻に広がるにつれ、体温も上がりつつあるようだ。額に汗が噴き出し、唇から漏れる浅い吐息を抑えこもうと、わたしは頭を振った。こんなことがいまだに突然、自分の意志と関係なく起きてしまうなんて。

いまや感覚のみが研ぎすまされて身体を支配し、意識はすっと忘我の深みに落ちていきそうだ。快感にもだえる身体は、小刻みに震えはじめた。この感覚に溺れずにいられないのは確かだけれど、いまだけはだめ――こんなところで。ほら、しっかりして、わたしって本当に意志の弱い女ね。しゃんとするの――いますぐに。

深く息を吸いこむ。まともに考えるには、酸素が必要なのだから。その試みがようやく効き目を現し、わたしはちょっと安堵した。もう一度、深く息を吸いこむ。気がつくと、わたしは目の前の椅子にしがみつき、腕の間に頭を突っこんでいた。顔が汗で濡れている。こういうときは頬が真っ赤に染まっているのを、わたしは経験から知っていた。

ああ、もう！　一、二分がすぎ、ようやく立っていられそうな状態にまで回復したけれど、まだ念のために椅子からは手を離さずにおく。恥ずかしさにうちひしがれて、ちらりと後ろを見やると、例のふたり組は唖然《あぜん》として、まじまじとこちらを見つめていた。

最低！

「あら、あら、あら、ブレイク博士。ようこそ！　なかなか劇的なご登場でしたね！」

部屋の奥から、女性の声がした。控えめに評しても、いらっとさせられる発言だ。そちらに目をやると、声の主が視界に入ってきた。

「どうか、おかけくださいな。あなたの、それ――何と呼ぶべきかしら、発作？――が収まったようでしたら」

この女性を、あるいはこの言葉をどうとらえるべきか、わたしにはわからなかった。女性はわたしの左側にある、凝ったソファのセットに手を差しのべている。わたしと同じロングドレス姿だけれど、あちらは淡い金色のシフォンだ――金とクリスタルに飾られたこの豪奢な室内の彩りにすっかり融けこんでいて、それまで気づかなかったのも無理はない。女性は自分もソファにかけ、優雅なしぐさでドレスの裾を整えた。

わたしはいまだ〝発作〟の名残で呼吸が浅く、額の汗を拭きたいのにティッシュも持っていない。まさにその瞬間、ルイがポケットからハンカチを取り出し、こちらに差し出した。無愛想にそれを受けとり、手早く顔を叩き汗を吸いとって、そのまま返す。ルイは困惑した表情でそれを受けとり、また上着のポケットに押しこむと、わたしの腰に手を添えて、金ぴかマダムのほうへそっと押しやった。わたしはふたりの用心棒をまじまじと見つめ、それからさほど優雅とはいえない手つきでドレスの裾をさばき、女性の向かいのソファにかけた。

「ブレイク博士、それでは始めてもいいかしら？」わたしの返事を待たずに、マダムは先を続ける。「あらためて、シャトー・ヴィラモンテへようこそ」その口調はいかにも誇り高く熱っぽい。この人、本気なの？

「あなたをここにお迎えできて、わたくしたちは心から嬉しく思っています」低い声で、かすかに訛りがある。まるで、招待客を迎える女主人のような口ぶりだ。わたしはあっけにとられて女性を見つめるばかりだった。「到着に際してのちょっとした不幸な状況については、もう終わったことですし、お疲れも回復して、気分もさっぱりされたことを願っていますが」片方の眉をあげてこちらを見やる。その目にきらめいたいたずらっぽい表情を見れば、どうやらこの芝居がかったやりとりを楽しんでいるらしい。意志の力を振りしぼり、無言のまま軽くうなずいて先を促す。この判断でよかったのかしら？ 自信はなかったけれど、さしあたってはこれでも危険はないだろう。少なくとも、何が進行しつつあるのか、わたしはなぜここにいるのかをつきとめるまでは。

「わたくしの名はマダム・マドレーヌ・ド・ジュリリーク」まるで、わたしにとって非常に重要な情報だといわんばかりに、もったいぶって言葉を切る。そんなことにはさらさら興味がないと、喜んで教えてあげたい気分だった。「イクセイド製薬ヨーロッパ法人の代表取締役です」

いっそ略取誘拐法人の代表取締役とでも名乗ったらいいのに、と怒りをこめて考える。

そんな心の中を読みとられないように、あくまで無表情な目を金ぴかマダムに向けながら。

「自分がどうしてここにいるのか、あなたも本当の理由を察しているのではないかしら？」そう尋ねると、マダムはわたしの答えを待つかのように、小首をかしげてみせた。

実のところ、わたしはまったく察してなどおらず、それを聞いて考えこんでしまうのは避けようと懸命に努力するしかなかった。ずっと口をつぐんでいようと決心している人間に対して、たしかにこれは上手に答えを誘い出す質問だ。わたしは無言のまま、無表情な顔を崩すまいとしていた。

「ああ、そんな対応でいこうと決めたのね？　ずっと沈黙していようと？」ああ、ようやくマダムも理解してくれたらしい。「なるほど《ダコー》。では、それでもかまいません。晩餐の間にわたくしの提案に耳を傾け、どんな選択をするか、一晩かけて決めていただければ」

最後のひとことに、わたしははっとした――〝選択〟って、わたしに選択権があるってこと？　かすかに頭を動かしてしまったために、わたしがその言葉を理解したことが、マダムにも伝わってしまったようだ。どうしてこう内心の感情がすぐ表に出てしまうのかと、わたしは自分を蹴とばしたい思いだった。ああ、もう。

マダムはそろそろと立ちあがり、ゆったりとした足どりでダイニングテーブルの上座に着いた。三十人は着席できそうな巨大なテーブルに、並んでいるのはたったふたりぶんの食器だけ。素敵じゃないの。二本のがっしりした手がわたしのひじをしっかりとつかみ、否応《いやおう》なしにテーブルへ連れていく。わたしの席はテーブルの中ほどに設《しつら》えられてあり、ふたりの用心棒はその両側に立って、辛抱づよくわたしが坐るのを待っていた。刻一刻と、状況はさらに常軌を逸していくばかりだ。

金ぴかマダムは、この優美な室内の静けさを、心から楽しんでいるようだった。その上品で淑《しと》やかな立ち居ふるまいに、こちらはますます気圧《けお》され、調子が狂うばかりだ。オードブルがふたりの前に運ばれてきたとたん、いかにも早く食べたいといわんばかりにお腹が鳴ってしまう。こんな張りつめた状況では、食べものなんて喉を通りそうにないと思っていたのに、気がついたらスモークサーモン・サラダを記録的な速さでぺろりと平らげている始末だ。この食欲を見て、マダムもいかにも嬉しそうな表情を浮かべる。わたしはその笑みにしかめつらを向けそうになり、唇の両端をナプキンで軽く押さえながらごまかした。目の前に置かれたシャンパンには、あえて手をつけずにおく。これを味わってしまったら、あまりにさまざまな思い出がよみがえってきて、押しつぶされてしまいそうな気がしたから。ワインのほうは、マダムが飲んでいるのと同じボトルからグラスに注がれているのを見て、これなら手をつけても安全だろうと判断した。さわやかな辛口で、すばらしい香りがたちのぼる、優れたフランス・ワインの見本のような味わいだ。おかげでほんの一瞬、この状況を忘れることができた。

メインの料理――鴨肉《かもにく》のオレンジ風味、野菜添え――が運ばれてくる。やはり無言のまま、わたしたちは食べつづけた。あまりに奇妙な展開ではあるけれど、わたしとしては、気を散らさず、不安に心乱されることもなく食事に専念できたのはありがたかった。

最後のひと口を、わたしたちは同時に食べおわった。さらにもうひと口ワインを流しこむと、わたしは金ぴかマダムのほうを見やり、いったいわたしに何を求めているのか、そのそぶりから読みとろうとしてみた。マダムのほうもわたしをまっすぐに見つめ、しばしの後に短くうなずく。それを合図に警護役のひとりが姿を消し、やがて何かの書類をテーブルに運んできた。マダムはすばやく指を振ってみせ、わたしが手を伸ばしてもぎりぎり届かないところにその書類を置かせた。

「お食事を楽しんでいただけたかしら、ブレイク博士。見たところ、食欲はおありになるようで、わたくしも本当に安心しましたわ」

わたしは目の前のワイングラスをじっと見つめ、クリスタルガラスのなめらかな脚をそっと撫でて、そこに映る光の色合いがさまざまに変化するのを観察していた。

「そこに置いた書類は、わが社があなたによくよく検討していただきたい契約書です。あなたに危害を加えるつもりはまったくありません。ブレイク博士、どうかあなたの協力をいただけたらと思うのです」

ほら、ほら、ついに来た……

「あなたがクイン博士と行った最近の研究に関して、こちらから特別な機会を提供したいというのが、わたくしの願いです。先週、チューリヒでクイン博士が発表した研究結果については、あなたもさぞかし感銘を受けていることでしょう」

えっ、どういうこと――？　わたしも知らない研究結果について、ジェレミーがチューリヒで発表した？　そんなことがありうるかしら？　ううん、まさか。あの人が、わたしにも知らせずにそんなことをするなんて。わたしは無言のまま、そんな話を聞かされた動揺を表に出すまいとしていたけれど、マダムがそれを見のがすはずはなかった。

「どうやら、あなたにとっては衝撃的なお話だったようね、ブレイク博士。かの偉大なクイン博士が、あなたに結果を見せていないなんて、まさかそんなはずはないでしょう？」

額に汗の粒が浮きあがり、手のひらがじっとりと湿ってきたのがわかった。ジェレミーがそんなことをするはずがない、わたしに口をきかせるために、この女が嘘をついているんだわ。背筋を伸ばし、ちょうど向かいの壁に飾られているルネサンスの裸婦画を見つめながら深く息を吸いこむ。いまの話を心から締め出し、とにかくおちつかなくては。

「こんな重大な研究ですもの、当然ながらクイン博士から報告はあったのでしょうね？」

動揺しちゃだめ、アレクサ、おちついて。たしかに、ジェレミーから何かの発表をヨーロッパで行うというメールを受けとったのは憶えている。何についての発表かは、とくに書かれていなかったけれど。何も言ってはだめ。マダムは必死にわたしの反応を引き出そうとしているし、わたしは必死に何の反応も見せまいとしている——事態はますます膠着《こうちゃく》するばかりだ。

マダムはいかにもフランスの貴族らしい、洗練された物腰の芝居を演じつづけている。

「天然のセロトニンとテストステロンの作用によって滲出《しんしゅつ》した体液について、あそこまで正確に分析したクイン博士の研究に、わたくしたちは目を見はりました。その成果はひとえにあなたの協力と、ABという血液型の特徴に着目した発想から生まれたものです。発想のヒントは以前から出そろっていたにもかかわらず、クイン博士があなたを使って実験するまで、その因子を抜き出して調べてみようとは、誰も思いつかなかったのですから。まさに画期的な一歩です」

まさか、ジェレミーはその研究発表に、わたしの名前を出したのだろうか？　被験者の名前は絶対に公表しない、この研究にわたしが協力したことは、世界の誰にも明かされることはないのだと、あの人は約束していたのに。いったい、これはどういうこと？

「ここまで一方的にご提案してきましたけれど、この話にずいぶん動揺しているようですね、ブレイク博士。この画期的な進展については、当然ながら先週お聞きになっていいるのでしょう？　あなたがいまここにいるのも、ほかならぬそのためですものね」

わたしは無表情を通しながらも、こんなにも動揺している自分が悔しくてならなかった。わたしを被験者にして得られた発見なのに、ジェレミーが教えてくれなかったのは、わたしを信頼していなかったから？　それとも、この画期的な発見により、世界の檜《ひのき》舞台にひとりで立ちたかったからなのか……あの人がここにいて、すべてを自分の口で説明してくれたらいいのにと思わずにはいられない。でも、現実にそれはかなわないのだから、わたしもこんな女の話など、頑として耳も貸さずにいるべきなのだ。ジェレミーが同じ立場にいたら、きっとわたしのためにそうしてくれるだろうから。少なくとも、そうしてくれるとわたしは信じている。わたしは依然としてルネサンスの裸婦画の乳房をじっと見つめ、金ぴかマダムにはちらりとも目を向けずにいた。視界の隅で、マダムが頭を振っているのが見える。

「ああ、こんな馬鹿げた根くらべをあなたとしなくてはならないなんて、アレクサンドラ。あなたとなら、もっと分別のある話しあいができると思っていたのに。がっかりだわ」おやおや、いつのまにファーストネームで呼びあうほど親しくなっていたのかしら。わたしを誘拐しておきながら、今度は子どもあつかいするなんて、図々しいにもほどがある。わたしはつい口を開き、小さな声を漏らしてしまったけれど、ありがたいことに、どうにかそこで踏みとどまった。ああ、危ない。そっと安堵の吐息をつく。

それでも、つい声を漏らしてしまったことに、マダムが得意げな笑みをちらりと浮かべたのを、わたしは見逃しはしなかった。

「わたくし、退屈してきましたわ。どうやら、わたくしの説明を聞くよりも、ご自分で契約書を読みたいようね」またしてもすばやく指をひらめかせると、フレッドが別の書類を取ってきて、さっきの書類の隣、やはりわたしの手がぎりぎり届かない位置に置いた。

「どうか、お部屋に戻ったら、その書類をじっくりお読みになってくださいな。部屋の扉は、あなた自身の安全のために鍵がかけられます。製薬業界において、あなたはいまや誰もがほしがる、とてつもなく重要な人材となったわけですから。フレデリックとルイには、お部屋のすぐ外に待機させておきますから、ご用のときは声をかけてくださいな。どんな疑問をお持ちになったにせよ、それについて話しあうのは明朝のこととなります」マダムは片方の眉をあげ、黙っていられるものなら好きになさいといわんばかりに片目をつぶってみせた。どうも、このマダムはさほど辛抱づよい人間ではないらしい。無言をつらぬくことが本当に自分のためになるのかどうか、わたしは自信がなくなりつつあった。

「わたくしたちは、あなたに危害を加えるつもりはまったくありません、ブレイク博士。ただ、ほんの数日間、あなたの身体と頭脳をお借りしたいだけ。それが終われば、ご自由に帰っていただいてかまいません。もちろん、いくつかの選択肢については、交渉の余地もあります。契約書をじっくり読んでいただければ、きっとおわかりになるでしょう。それでは、おやすみなさい《ボン・ニュイ》」

　そう言うと、わたしのような無頓着なオーストラリア人にはぴんとこないほど優美で淑やかな物腰でテーブルを立ったマダムは、わたしが入ってきた扉の反対側の壁にある、目立たないドアから出ていった。わたしと、その後ろに控えるルイとフレッドは、静まりかえった食堂にそのまま残される。この二十四時間に起きたことすべてを理解するなど、いまのわたしにはとうていできそうにない。せめて、このむくつけき用心棒たちのいない自室に引っこんでから、ゆっくり考えたほうがよさそうだ。

　テーブルに手をつき、立ちあがる。フレッドがすばやく駆けよってきて、テーブルの上の書類をかきあつめ、わたしの名前の書かれたファイルに収めた。そして、わたしはふたりに付き添われ、アーチ型の巨大な扉を出て、とてつもなく長い廊下を歩き、さっきの自室に帰りついた。

　フレッドは部屋の隅の骨董品らしい机にファイルを置き、卓上のランプを点けた……読書をお楽しみくださいということらしい。ふたりはそっけなくうなずいて部屋を出ていき、ドアに鍵のかかる音が響いた。ひとりきりに戻ったわたしは、ジェレミーはいったいどうして、わたしをこんな騒ぎのただなかに巻きこんだのだろうと、思いをめぐらさずにはいられなかった。

ベッドの足もとにいつのまにか自分のスーツケースが置かれているのに気づき、全身の緊張がふっとゆるんだ。この孤独な状況で、自分の持ちものを眺めるだけでも、自分が何ものなのかを再確認できた気がして、感情が胸にあふれてくる。それでも、わたしはあらためて気力を奮いおこし、学者としての自分を冷静に保とうとした。これまでの人生で味わったことがないほど、エリザベスとジョーダンが恋しい。手もとに携帯があったら、最後に子どもたちが送ってよこしたあの写真を眺めることができるのに。大切なものは、失って初めてそのありがたみがわかると、世間でよく言われるとおりだ。まるで、抱きしめていた子どもたちを無理やり引きはがされてしまったような気さえする。いったい、どうしてわたしは愚かにも、こんな状況におちいってしまったのだろう。ほかの母親だったら、この二ヵ月間、その時々にわたしとはちがう判断を下していたのだろうか。

自分のこととなると、行動をどう評価するかは難しい。でも、わたしの行動に対する他人の意見はさておいても、自分の下した判断のせいで、子どもたちが母親を失うはめになってしまったら？　ああ、もう、いったいどうしてこんなところに来るはめになってしまったのだろう？　本来なら、家を離れるとはいえ、ジェレミーとともにすごすはずだった週なのに。ふいに、次に何が起きるのかわからない緊張と不安のせいか、自分自身に向かっていた矛先が方向を変えた。そう、そもそもこの件で舵《かじ》を取り、すべての決断を下し、すべてを管理していたのはジェレミーではないか。わたしだって、心底ずっとあの人を信じきっていた。あの人なら、きっと子どもたちのもとへ、わたしの属していた世界に戻してくれると、けっして疑っていなかったのだ。でも、こんな状況になって、いったい誰を信じたらいいのだろう？　ジェレミーはわたしに何を隠しているの？　そもそも、わたしが誘拐されたことを、いま知っているのは誰なのだろうか——もしかしたら、ジェレミーはこの情報も自分だけの胸にしまっているのかも……

だめ、こんなことをいつまで考えていたところで、どこにも行き着きはしないし、何も解明はできない。わたしはこれまで仕事の世界でも、荒波をみごとに乗り切ってきたはず。こんな状況においても、やらなくてはならないことは同じなのだ。配られた手から正しいカードを切ることができれば、数日でここから出ていくことができると、マダムも言っていたではないか……もしも、あの言葉を信じるなら……

両手を握りしめ、お腹の底から気力をふりしぼると、わたしはこの滑稽なドレスを脱ぎすてた。スーツケースを開けてみると、ジェレミーとすごすときのために買ったばかりの、すばらしくセクシーなネグリジェが目に飛びこんでくる。英国航空でもらったパジャマの袋を持ってくればよかった！　とりあえず、たったひとそろいだけ持ってきた部屋着を引っぱり出し、ジャージのパンツにワイヤなしのブラ、Ｔシャツという恰好になる。金ぴかマダムが交渉したいというのなら、そう、受けて立とうじゃないの。わたしは覚悟を決め、椅子にかけてデスクに向かった。この〝アレクサンドラ・ブレイク博士――親展〟というラベルの貼られたファイルに、どんな情報が収められているかも知らずに。

＊　＊　＊

ショックを受けた、などという表現はあまりに生ぬるい。ジェレミーは、たしかに精神医学国際諮問会議において、研究の発表を行っていた。その中で触れられている〝閉経前、血液型ＡＢであるアングロサクソンの女性を被験者として……〟というくだりは、そう、どう見てもわたしのことだ。〝実験の結果、天然セロトニン類似ホルモンについて、これまで不明とされてきた要素をつきとめることができた。この類似ホルモンは、現在使用されている薬品に見られる副作用なしに、脳内物質の均衡を三日から五日間以内に正常に戻す作用がある〟のだという。

わたしの脳内物質の均衡が正常に戻ったと、ジェレミーが考えているらしいことには、正直なところほっとした。あの実験以来、わたしはさっきのような〝発作〟を何度も経験するはめになり、どうも自分が正常とは思えずにいたからだ。もっとも、この〝発作〟

については、ジェレミーは何も知らない。あの人は実験結果について協力者たちに説明するのに忙しく、臨床研究に戻ってはいられなかったからだ。ねえ、どうして、ジェレミー？　あなたが何をしているのか、どうしてわたしに教えてくれなかったの……何度も話す機会はあったのに、あなたは一度もそんなことに触れなかった。いったい、どうしていまだわたしの目隠しを外してはくれないの？　あなたと話しておかなくてはならないことが、こんなにもたくさんあったというのに。

〝現在、われわれはAB型の女性百人を対象とした実験を行うための資金協力を、各方面に要請する準備を進めている。この臨床実験においては、アングロサクソンであり、かつ閉経前であることが被験者の必須条件となる……〟

このことを、なぜジェレミーはわたしにひとことも話してはくれなかったのだろう？　いったい、あの人はどこでこんな実験を行っているの？　その女性たちは、どうやって確保したのかしら？　ジェレミーはその女性たちに、わたしが味わったのと同じ体験をさせるつもり？　あの人にとって、あれは特別な意味など何もなかったということ？　お願い読みすすむにつれ、わたしは身体じゅうの血が怒りに沸きあがるのを感じていた。お願いだから、あの金ぴかマダムが正しかったなんて認めるはめになるのは絶対にいや。よくもまあ、これだけのことをわたしに何も言わず進めていたものだわ。もしかしたらあのとき、わたしは知らずに別の薬を投与されていたりしなかっただろうか？　されていたとしても、自分ではわからない。もしかしたら、このいまいましい〝発作〟も、そんな薬の副作用なのかもしれない。

あの経験の後に鎮静剤を投与したと、アヴァロンとか呼ばれる場所でわたしが目をさましたとき、ジェレミーは説明してくれた。だからこそ、意識を失って日にちがわからなくなったのだと。結局のところ、あのときに何があったとしても不思議ではないし、わたしには知るすべはなかった。目がさめたら点滴をしていたのだし、尿道カテーテルも必要で、そのまままた意識を失ってしまったのだから。ああ、どうしてわたしはこんなにも呑気《のんき》でいられたのだろう？　こうした質問を投げかけることさえ頭に浮かばなかったなんて、そこまであの人を信頼しきっていたのだろうか？　そのことに気づいたいま、わたしは胃が一回転したかのような感覚をおぼえ、洗面所に駆けこんで晩餐の料理をすべて嘔吐《おうと》してしまった。そこまでのことを、わたしはあの人に許してしまったのだろうか？　答えはわかっていた。そう、わたしはあの週末、自分のすべてをジェレミーに差し出してしまったのだ。

わたしの視覚を。身体を。そして、心を。

いかにも愛情のこもっているかに見える看病をされる前、わたしはジェレミーの思うがままにされていた——あの人がどれだけ自由に好きなことができたのか、いまになってよくわかる。あの週末がまったく新たな姿をとって目の前に再現されたいま、わたしは背筋に冷たいものが走るのを止めることができなかった。

洗面台に両手でしっかりとつかまりながら、わたしはこれまでとは異なる角度から、あの週末の出来事をふりかえっていた。どんな些細《ささい》なことでも、交わす会話のちょっとした言葉尻までも、すべてを完璧に思いどおり動かしていたジェレミー。その口調の裏の、これまでになかった不吉な響き。ふたりですごす週末のために、すべての条件は事前に決められ、どんな小さなことについても、あの人は何ひとつ交渉に応じようとはしなかった。

視覚を使わない。質問もしない。ああ、なんてこと！　いったい、どうしてわたしはこんなにも肝心なことから目をそむけていたのだろう。そう、これさえも間抜けな感慨だ。目をそむけていたも何も、わたしは目が見えなかったのだ。あの人に視覚を奪われ——ときには拘束すらされて——まるまる四十八時間をすごしたのだから。その時間のすべてを使った実験の間、あの人はどんなことであれ、わたしを思うままにできたのだ。

そしていま、このシャトーに来たことがきっかけで、あの実験はいったいどういうことだったのか、わたしは初めて自問するにいたった。これまでのわたしは単純な性欲に押し流されて、ものごとを理性的に見ることができずにいたのだろうか。洗練された魅力的なクイン博士にとっては、どれほどたやすいカモだったことだろう。情熱のない結婚生活、かつての親密な関係。わたしにとってジェレミーは、ほかの誰とも経験したことのないさまざまなセックスをともにして、まるでオーガズムのリモコンを握られているも同然の相手だったのだ。わたしには、最初から勝ち目などなかった、そうでしょう？　何もかも、あの人の思うつぼだったのだ。

スカイダイビングで飛行機から飛び出す寸前の会話が、ふと脳裏によみがえる。わたしの健康状態には何も問題はないと、あの人は保証してくれた。どうしてそんなことがわかるのかと、わたしは不思議に思ったものだ。あれは、実験の話が出る前のことで、もちろん参加を了承してなどいない。ああ、腹が立つ。あの週末よりもずっと以前から、ジェレミーはわたしのことを調べていたのだろうか？

そう、まちがいない。あの人は、わたしの病歴をすべて把握していた。わたしが実験に同意しようが断ろうが、結局は同じだったということなのだろうか。断っても同じだったかもしれない。そもそもわたしの意思なんてどうでもよくて、最初からあの人の手のひらで踊らされていただけなのかも！

実験の後で飲ませてもらった、熱いココアが記憶によみがえる。あれだって、何が入っていたかわからない。ＡＢ型の血液についての知識をくだけた口調で披露しながら、あの人は自信たっぷりな手つきで、これで四回めだという血液採取を行っていた。まるで、わたしが自分のものであるかのように！　これから何をするつもりなのか、あの人が話してくれたことはないし、それ以前の三回の採取がいつのことなのかもわからない。そもそも、話してくれるつもりなんかないのよね？　それに、わたしがあれだけ嫌っていることを知りながら、どうして尿道カテーテルや点滴をさせたりしたの？　あれは本当に必要だったのか、それとも、あれも〝プレイ〟の一種だったのかしら？

ジェレミーの言葉、実験の記憶、さまざまなものが頭の中を駆けめぐる。まったく新しい角度から記憶を再検証したいま、わたしは打ちのめされて傷だらけも同然の状態だった。まるで、ふたりですごしたひとときについて、これまでは懐中電灯で見たいところだけを照らしていたのに、ふと天井の明かりを点けてしまい、室内のすべてが目に入ってきてしまったかのようだ。自分はこんなにも愚かで、だまされやすい人間だったのだろうか？

偉大なクイン博士にとって、わたしはいつもお手ごろの獲物だったし、それはいまもまったく変わっていない。治療法を見つけるための手段、単なる実験台にすぎないのだ。それによって得られた結果を、ジェレミーはわたしに明かすより先に、さっさと専門家たちの前で発表してしまった――わたしの身体のことなのに！　あの人の人生にとって、わたしはチェスの歩《ポーン》の駒にすぎない。これだって、わざとわたしへの情報を遮断しているということなのだろう。

この裏切りにこみあげる怒りで、身体が震えるのがわかる。本当にわたしを愛しているのだとしたら、こんな仕打ちができるものだろうか？　これまで、一度だってわたしを本気で愛したことがある？　有効な治療法を見つけたい、その一心で、ジェレミーはわたしを窮地に追いこみ、夢にすら見たことがなかったような危険に直面させているのだ。わたし自身のこと、子どもたちのことはどうでもいいのだろう。自分が愛している相手に、わたしだったら絶対にこんなことはできないから。もう引きかえせない地点までわたしを追いやったその手口は、計算ずくだっただけではない、無情でさえあった。それなのに、ロンドンへ向かう飛行機に乗ったわたしときたら、子犬のようにはしゃいで、自分の身体と心がまたしてもあの人の実験台にされるのを心待ちにしていたのだ。こんなふうに考えてみると、こんな関係は異常だとしか思えない。ジェレミーこそはわたしのすべてで、あの人のためなら子どもたちを二週間にわたって置き去りにすることもいとわず、喜んでどんな実験にも参加しようとしていたなんて。

自分が救いようもなく愚かに思えてしまう。こんな危険に見あうセックスなんて、あるはずがないのに。いまやわたしが誘拐され、スーツケースに詰められてこんなところに運ばれてきたのも、すべてはジェレミーのせい、あの人が何も話してくれなかったせいなのだ。ああ、もう、なんてことをしてくれたの！　ジェレミーに腹が立ってならないだけでなく、わたしは自分が情けなくてたまらなかった。頰を伝う熱い涙を、手で拭う。あふれてくる感情に、わたしはもう限界だった。

ざっと歯を磨き、口の中の嫌な後味を洗いながしてしまうと、わたしはベッドに倒れこんだ。疲労困憊《こんぱい》のあまり、もう気力が残っていない。たちまち押しよせてきた眠りはあまりに深い闇に似て、夢さえも入りこむ隙がなかった。

ジェレミー

アレクサがいまどんな目にあっているか、断片的な夢を見たり、さまざまな光景が脳裏をよぎったりして、ぼくはいっこうに熟睡できなかった。これ以上は眠ろうとしてみてもむだだと諦め、それから数時間は、モイラがまとめてくれたフォーラムの研究者たちひとりひとりについての資料を読みふける。この作業は、サムが近くにいないときにやっておきたかった。自分もまたアレクサ誘拐にかかわったかもしれないひとりに数えられていると知ったら、さぞかし衝撃を受けることだろうから。サムは、アレクサを娘のように可愛がっているのだ。

何か重要な情報が目の前にあるのに、それをうかうか見すごしてしまっているという感覚が、どうしても拭いきれない。フォーラムのメンバー全員の携帯の履歴を、とくにぼくのシドニー出張以降の記録を調べられないかと、モイラに手短なメールを書いた後、とりあえずシャワーを浴びて頭をしゃっきりさせることにする。携帯の履歴から何かが見つかる可能性は低いだろうし、利用料金を誰が支払っているかによっては法律にも引っかかりそうだが、どんな些細な手がかりでも、けっして見のがすわけにはいかないのだ。シャワーから出ると、ぼくはもう早く行動を起こしたくてたまらなくなり、さっさと荷造りをして、身支度を整えた。さらに最新の情報をもらえないかとモイラに電話しようとしたとき、サムがドアをノックした。

「おはよう、ジェレミー。よく眠れたかね――」こちらの憔悴《しょうすい》を感じとり、快活さを装った挨拶を途中で呑みこむ。

「何か新しい情報はありますか、サム？　いま、ちょうどモイラに電話するところだったんですが」

「ブレスレットの信号を追跡したところ、どうやらアレクサンドラはスロベニアに連れていかれたらしい」

「スロベニア？　いったい何のために、そんなところへ？　あそこに拠点を置く製薬会社は、ぼくの知っているかぎり二社だけです。ジーレックス社はごく小さい企業ですし、こんなことにかかわっているとは考えにくいですが、決めつけてはいけないでしょう。イクセイド社はあそこに小さな事務所を置いているだけで、大きな工場や部署があるという話は聞きませんが、ぼくが知らないだけかもしれません。これは大きな一歩ですね、サム。少なくとも、どこから捜索を始めるべきか、確かな手がかりが得られたわけだ」

「きみ自身が目を通しておいたほうがよさそうだ。いま、届いたばかりの情報だよ」サムから手渡されたファイルに、ぼくはすばやく目を走らせた。

「なるほど、連中の調査によると、アレクサはクラーニの近くに連れていかれ、この数時間はそこから動いていないということですね。そうなると、ぼくたちもすぐに動かなくては。一秒だって無駄にはできませんからね。飛行機は何時ですか？」

「捜索チームをいったんミュンヘンに集合させるよう、マーティンが手配した。世界のどこからでも、とりわけ米国からは移動しやすいからね。空港の近くのヒルトン・ホテルの一室を拠点にして、そこで次の計画を調整するんだそうだ」

ぼくはファイルに入っていた地図を引っつかんだ。「それじゃ遠すぎますよ、サム。距離も時間も」じっくりと地図を眺め、スロベニアの首都リュブリャナを拠点にしようと決める。助手のサラを電話で呼び出したところで、ぼくは送話口を手で覆い、ふりむいてサムを見つめた。

「自分の航空券は自分で手配して、結果をマーティンに連絡しておきますよ。サム、あなたはどうします？　いっしょに来るか、それともミュンヘンでほかのメンバーと計画を〝調整〟しますか？」この言葉に、ぼくはつい皮肉をこめずにはいられなかった。いかにも受動的なこの言葉の響きが、ぼくにこんな積極的な行動をとらせたのかもしれない。無言のまま、サムの返事を待つ。

「わしも、きみといっしょに行こう」その言葉にうなずいて、ぼくはまた電話に戻った。

「いいか、サラ、ぼくとサムのふたりぶんの席を取るんだ。できるだけ早い便で……スタンステッド空港から？　よし、それでいい。向こうにも車を一台用意してくれ、着いたらすぐに使えるようにね。ああ、もう準備はできている。ワン・アルドウィッチ・ホテルの玄関に車を回してくれ。何かあったら、すぐに連絡を入れるんだ。ああ、そうする。それじゃ」

続いてマーティンに電話をかける。せっかくの計画にぼくたちがしたがわないと聞いて、いささか不満そうな口ぶりではあったが、どうにか納得してくれた。熟練のボディガードと空港で待ちあわせるよう提案されたが、ぼくたちの直行便のほうがはるかに早いので、手配はまにあいそうにない。

それでも、ぼくたちはやっと、アレクサ救出への一歩を踏み出したのだ。

＊　＊　＊

結局、ボディガードはぼくたちから数時間遅れてスロベニアに到着することになった。

だが、それを待っている余裕はない。どうにか追いついてくれることを願うしかなさそうだ。幸い、サラが手配してくれたのはＢＭＷのＭ５だった。まずはリュブリャナで当座に必要なものを買い、それから北上してクラーニへ向かうことにする。ぼくが運転している間に、サムはマーティンに電話を入れ、最新情報を確認した。

「ああ、もうこちらに着いて、車で現地に向かっておる。ああ、ナビゲーションは持っているから、割り出した地点の座標を教えてくれ。アレクサンドラの位置は、まだ動いてはおらんのだね？　ああ、それはよかった。それでは、その地点にできるだけ近い、不審に思われないような宿をとってもらえるかな？　いや、わしらは銃は持っておらん」ちらりとサムを見やると、その顔は明らかに青ざめていた。「ジェレミー、きみは銃をあつかえるかね？」以前あつかったことがあると、サムにうけあう。「ああ、あつかえるそうだ……だが……わかった、そうしよう。願わくば、そのボディガードが早く追いついてくれればいいのだが。いや、待っているひまはなかったのだ」サムがちらりと視線を投げてきたので、ぼくはそれに応えて、わざと車を加速させた。「ああ、わかった。何かまた新しい情報をつかんだら連絡をくれ」

それからしばらくは、ふたりとも不安のあまり黙りこくったまま、アレクサが監禁されていると思われる地点に向けて、ひたすら車を走らせた。

手配してもらった宿は、ワン・アルドウィッチ・ホテルとは大ちがいだったが、それはこの際どうでもよかった。いかにも東欧の田舎にありがちな宿というところだろうか――目を惹くものも、何ひとつない。こぢんまりした古い村で、小さな川に石畳の橋がかかっており、集落と商店街を結んでいる。こんなときでなかったら、いかにも美しい光景に見えたことだろう。だが、いまのぼくにとって、ここはアレクサにいちばん近い場所でしかない。ブレスレットからの信号によると、この村の奥に広がる丘の上に建つ城に、あいつは捕らわれているらしい。城の周辺には、ほかに建物は何もないのだから。

ぼくたちは、とりあえず部屋におちついた。あらためてサムを見ると、いかにも憔悴した顔をしている。気の毒に、さぞかし心身ともにこたえているにちがいない。ぼくより二十歳近く年長なのだから、それも当然のことだろう。

「ぼくはそのへんを歩いてきますが、その間、しばらく休んでいたらどうですか、サム？　ボディガードがここに着き、捜索チームがミュンヘンに集合するまでは、これといってできることもありませんし」サムも反対はすまい。ぼくはといえば、あまりに大量のアドレナリンが体内を駆けめぐり、外に出て身体を動かさずにはいられない気分だった。

＊　＊　＊

「そうさせてもらうよ。マーティンにも電話をして、新しい情報がないか聞いておこう」

リュブリャナで買ったバックパックに必要なものをいくつか放りこみながら、ぼくはあの城の建つ丘に登ってみようと考えていた――少しでもアレクサに近づきたかったし、運動をすれば気もまぎれる。部屋を出ていこうとして、ドアの前でふとふりかえり、疲労の色の濃いサムに声をかける。

「ありがとう、サム、いっしょに来ていただけて、どんなにありがたかったか。あなたにとっても、さぞかしつらいことだったでしょうに」

「わしらはどうしても、あの娘を探し出さなくてはならんからな。そのへんを歩くにも、くれぐれも気をつけるのだよ、ジェレミー。不必要な危険を冒さないようにな。きみたちふたりともいなくなってしまったら、もうどうしようもなくなってしまう」まるで、ぼくの意図を正確に見抜いたかのような言葉だった。

「ええ、気をつけますよ。われらが練達の味方が到着するまでの間に、ちょっと偵察してくるだけです」励ましたい気持ちを抑えきれずにウインクをしてみせると、サムの口もとがほんの一瞬ほころんだ。

「だいじょうぶ、きっと何もかもうまくいきますよ」サムが無言でうなずいたのを見て、ぼくは部屋を出た。

ひんやりとすがすがしい空気を味わいながら、ぼくは小さな村から城の建つ丘に向かう小道を探しあてた。こんなときでなかったら、のんびりとこのあたりを散歩したいところだ。アレクサがいたら、どんなにこの可愛らしい村を気に入ったことか。いま、アレクサはどんな目にあっているのだろう？　自分がどこにいるのか、もう気づいているのだろうか？　まともなあつかいを受けている？　ひょっとして、何か苦痛を味わわされていたら？　ああ、あの実験のときはアレクサに質問のしすぎだと指摘したものだが、いまやぼくの頭も質問でいっぱいだ。

新鮮な空気を吸いながら身体を動かすのは気持ちがいい。小道をたどり、急な斜面をどんどん登っていく。ふと小道がぐいと曲がったかと思うと、いくらか離れたところに城がくっきりとその姿を現した。文字どおり山腹に建てられた城で、いかにも堂々と、傲然《ごうぜん》としてさえ見える。建築史にはさほど明るくないが、白塗りの壁や小塔を見るに、もう何世紀も前に建てられたルネサンス様式の建物ではなかろうか。城の正面入口と同じ高さに達するまで、ぼくは斜面を登っていった。いまや、城との間を隔てるのは、ごく小さな窪地《くぼち》だけだ。向こうから見えないよう大きな岩の陰に身を隠し、バックパックから双眼鏡を引っぱり出す。

城全体をざっと見わたすと、玄関のあたりで人影がいくつか動きまわっていた。双眼鏡の倍率を最大限に上げてみると、どうやらみな武装しているらしい。誘拐もいとわない連中なのだから、それも当然だろう。最初から予期しておくべきだった。ぼくはゆっくりと双眼鏡を動かし、何か動くものはないかと、窓をひとつひとつ眺めていった。

いちばん高い小塔に目を移すと、窓辺に動く人影がある。期待に息を呑みながら、ぼくは双眼鏡の焦点を合わせた。女性がひとり、この田園風景を見おろしている。くっきりと浮かびあがったのがアレクサの姿だと気づき、衝撃のあまり、口からあえぎ声が漏れた。胸もとで手を握りあわせているのは、どうやらブレスレットを撫でているらしい。なんてことだ！　胸の奥で心臓が大きく跳ねあがり、ブレスレットを撫でつづけるその手の中に飛びこんでしまったような気がする。まるで時が止まってしまったような一瞬、ぼくは魅入られたようにその美しい姿をじっと見つめていた。これだけ近くにいるのに、どうしてぼくたちの間はこんなにも絶望的に隔てられているのだろう？　サムに連絡をとろうとしたが、このあたりは携帯の電波が届いていないようだ。

アレクサの姿に魅せられて、ぼくはじっと双眼鏡をのぞきつづけた。こうして見るかぎり、健康状態に問題はなさそうだ。おびえ、途方にくれてはいるものの、けっして自分自身を失ってはいない。神よ、感謝します。あいつが誘拐されてから初めて、ぼくは胸が痛くなるほどの安堵が広がっていくのを感じていた。すぐに助けに行くよ、もう少しだけ待っていてくれ、と心の中で呼びかける。がんばるんだ、愛しいアレクサ。熱い涙が頬を伝ったが、そんなことはもう気にならない。どうにも処理しきれないほど生々しい感情があふれ出す。視界がにじみ、ぼくは手で涙を拭った。

あらためて双眼鏡の焦点を合わせると、室内にはほかにもいくつか人影が動いているのがわかったが、その姿をはっきりととらえることはできなかった。アレクサは窓辺を離れ、やがてひとり残らずぼくの視界から姿を消してしまった。

とはいえ、あいつが無事で、まちがいなくこの城の中にいること、ブレスレットはいまだしっかりと腕にはまっていることは確認できたわけだ。すばらしいニュースではないか。あとはマーティンとその部下の力を借りて、あいつをあそこから助け出すだけだ。神経の興奮が収まるにしたがい、ふいに重い疲労がのしかかってきて、ぼくはぐったりと岩にもたれかかった。水を飲み、果物を口に入れながら、こんな自然な身体の欲求さえも、しばらく忘れていたことに気づく。早くこの知らせをみなに伝えたくて、長い山下りに備え、ぼくは身支度を整えた。

坂道を下りはじめようとしたとき、ふいに救急車が走ってきて、城の門の内側で停まった。中から運転手ともうひとりが飛びおりて後ろに回り、中からストレッチャーを引っぱり出すと、それを城の巨大な玄関の前に移動させる。あたりには、ほかにも奇妙な制服をまとった人影が何人か、せわしなく動きまわっていた。まもなく救急車のところへ戻ってきたストレッチャーには、誰かがくくりつけられているようだ。ぼくはバックパックを引っつかみ、双眼鏡を取り出して、大急ぎで焦点を合わせた。そこに固定され、身じろぎもせずに横たわっているのは、まぎれもないアレクサではないか。顔以外は全身を覆われた状態で、暗い色の髪が白いシーツと枕にばっさりと広がっている姿を見て、ぼくは全身が恐怖に冷たくなるのを感じていた。くそっ、いったい何が起こったのだろう？　その連中は慎重な手つきで、後部ドアからストレッチャーを救急車に載せた。聴診器を首にかけ、黒いかばんを手にした医者らしき人物が、そのかたわらに付き添っている。銀色のアウディＱ５が救急車の後ろに停まり、美しく着飾った女がその後部座席に乗りこんだ。色鮮やかな制服をまとった見張りが二台の運転手に合図をすると、救急車とアウディはゆっくりと城の門を出て、村に向かって走りはじめる。

目の前でくりひろげられたこの光景に、気がつくとぼくはまともに呼吸さえしていなかった。ふいに呪縛から解き放たれたかのように、叫びながらアレクサの後を追って走り出す。蹴つまずいて転び、車を追うように斜面を転がりおちていくぼくの叫び声は、静かな午後の空気を引き裂く救急車のサイレンの音にかき消され、誰の耳にも届かなかった。

第四部

よく判断する
よく理解する
よく推論する
これが知性のもっとも重要な活動である

――A・ビネー&T・シモン

アレクサ

朝、わたしは割れるような頭痛とともに目ざめた。洗面ポーチを引っかきまわし、どうにか頭痛薬を見つける。ああ、これを荷物に入れておいてよかった。あのおかしなふたり組に鎮痛剤を頼まなくてはいけなくなったら、せっかくの静かなひとときが台なしだ。ちょっとしたさまざまな不調のため、誰もがすぐに錠剤を服《の》むことがあたりまえになってしまった世の中に、わたしはふと思いを馳せた――ほとんどの錠剤は症状に効くだけで、原因を根本から治してはくれないけれど、それでもわたしたちは、すばやくめざましい効き目を求め、期待が裏切られると手厳しく文句を並べる。こんな錠剤の数々がどうやって市場に出てくるのかなど、あらためて考えてみたこともない――薬局の商品棚から家にやってきて、最終的にわたしたちの口に放りこまれるのは、そもそもどんな被験者に対して、どんな治験が行われた結果なのだろうか。でも、本当はこんなことに気をとられている場合ではない。まもなく、これまでの人生を通じても最重要というべき話しあいが行われるというのに。

部屋の隅の机から、あの契約書がわたしをあざ笑っているような気さえする。まだ心の準備ができていないのよ、と言いかえすしかない。ノックの音がしてドアが開き、朝食のトレイをメイドが運んできた。ほうれん草を添えた卵をパンに載せたエッグ・フロレンティーンだ。いらないなんて言えるわけはない。メイドがすばやく部屋を出ていくのと同時に、わたしのお腹が鳴った。

こんなにも衝撃的な状況にあっても、わたしの食欲はいっこうに衰えてはいないようだ。さすがに昨夜はジェレミーの裏切りにショックを受けて、食べたものの大半を戻してしまったけれど。あんな人とやりなおそうなんて、思うべきではなかったのだろうか？　とはいえ、ジェレミーが現れたおかげで、もう何年も前にすませておくべきだったロバートとの話しあいが実現したことも確かだ。そう、わたしは後悔などしていないし、いまさら以前の暮らしに戻りたいとも思っていない。ロバートとの関係は、もう夫婦としての絆は切れてしまった――にもかかわらず、同じ屋根の下に住んでいる――けれど、これまでの年月をふりかえっても、いまがいちばん良好であり、お互いに正直でいられる気がする。

実験の結果について、その先の計画について、わたしにうちあけてくれてさえいればよかったのに、どうしてジェレミーは黙っていたのだろう？　それだけの内容を受けとめる強さがないと思われたのかしら？　いいわ、見ていてごらんなさい、クイン博士。

ひとかけらも残さず皿の上の料理を平らげてしまい、新鮮なオレンジ・ジュースを喉の奥に流しこむと、わたしは契約書の前に腰をおちつけた。

あまりにも熱心に契約書を読みふけっていたせいで、さっきの若いメイドがふたたび部屋に入ってきたのにも、あやうく気づかないところだった。メイドは朝食のトレイを片づけ、まさに完璧な温度のカフェラテを運んできてくれたのだ。まるで、わたしの好みを何から何まで調べつくしたあげく、あの忌まわしい誘拐劇の埋めあわせをしようとしているかにさえ思える。どちらにしろ、目ざめたときの頭痛は薬と朝食のおかげですっかり消えていたから、コーヒーを飲めるのはありがたかった。無言のまま感謝のしるしにうなずくと、わたしはフリルのついた白黒の制服をまとったメイドが部屋を出ていくのを見おくった――あの衣装、何かの冗談に決まっているわよね？　ともかく、前進しなくては！　わたしは、まるで総力戦に向けて戦闘態勢に入ろうとしているかのようだった。敵はいったい誰なのか、まだはっきりと定まってはいないけれど。この数日で初めて、ふっと忍び笑いがこぼれ出す。ずっと神経をはりつめていたせいなのか、それともイクセイド製薬が自分に危害を加えるつもりはないことを確信できたおかげだろうか。どうやら、向こうは本当にジェレミーの発見を検証したいだけらしい。ほかの誰かで代用するのではなく、このわたしがどうしても必要な理由は、いまだよくわからない――きっと、何か見おとしていることがあるのだろう。その理由を見つけ出す方法はどこかにあると、心の奥底ではわかっている。必要な行動が起こせるように、いまは力を蓄えておかなくては。

由緒ありげなマホガニーの机の引き出しから、銅版刷りの便箋と優美なペンを取り出し、契約書の要旨を簡単にまとめ、合意の鍵となる重要事項を書き出していく。考えてみると、専門家としてのわたしの協力を仰ぎたいなら、目隠しと手錠よりも、このほうがはるかに真っ当な方法じゃないの！　ジェレミーがわたしをどんな目にあわせたかを思い出すと、あらためて怒りがこみあげてくるけれど、そんな記憶の奥底に、何かぞくぞくと胸を躍らせるものがあるのは否定できない。どうして、わたしはこんな記憶に興奮してしまうのだろう？　ジェレミーとの関係は、どうして何ひとつ単純に片づけられないの？
こんなことに思い悩むのはやめよう。いま考えるべきは、契約のことだ。
・拘束期間
治験施設において、計七十二時間――その施設への移動時間を除く（場所については記載なし）。

最大限で四日間、イクセイド製薬の完全な保護下に入る。
・条件つき契約事項――交渉すべき点
一　男性器の挿入――知らない人と？　冗談じゃない！
二　器具の挿入――まあ、考えてみてもいいけれど……
三　女性用のバイアグラともいうべき〝紫の錠剤〟の投与試験――女性のための〝準備を調える〟性感改善薬ということか。これは正直なところ興味を惹かれる。どんな感じなのかしら？　交渉の余地あり。
四　オーガズム時の体液採取および検査――また、これ。カテーテルは拒否。ここは交渉の余地なしとして、傍線を引いておかなくては。
五　血液の採取および血液型検査――うーん、血液検査ももう飽き飽き。どうしてもあれは好きになれない。断ったほうがいい予感。

六　神経の活動および経路の観察――心理学者として、その結果を見たいという気持ちは否定できない。ジェレミーの極秘実験結果とちがって、少なくともこちらはわたしも見せてもらえる。したがって、これは了承。

七　性感帯への血液流入の観察――これはまあ、仕方がないのかも。

八　浣腸《かんちょう》――はあ？　これは忘れずに詳細な説明を求めなくては。

九　感情および身体について、治験に適した状態を構築――そう、少なくともこの人たちが科学的な手法をとっているのは確かだ。

十　情報の非開示協定：すべての実験データ、発見および結論は、第四日の治験終了時より被験者に開示される――これはいかにも標準的な協定に見えるけれど、たとえば結果をジェレミーに見せることは禁止されていない。まあ、あれだけ秘密にされておきながら、わたしがそんなデータをジェレミーに見せたいかどうかは別の話だけれど。何か、まるであの人にデータを渡すのを奨励されているような気さえする――おかしな話！

十一　被験者の健康と安全について、イクセイド製薬は全面的な責任を負い、治験終了後は被験者の希望する場所へ安全に送りとどける――そう、これは嬉しい知らせ。

子どもたちにふたたび会うことができるかもしれないと実感できたのは、ここに連れてこられて初めてのことだった。胸の奥に温かいものが広がるのを感じながら、これからの七十二時間を無事に切り抜けなくてはと、わたしは覚悟を決めていた。子どもたちのために、いまはそれがいちばん大切なこと。

十二　治験の過程において、感情あるいは身体の不快感を理由に、被験者は実験を中止することができる——とはいっても、パラシュートで降下中にどうやって実験を〝中止〟できるのかしら！　ジェレミーとの週末にこんな規定があったならと、つい想像せずにはいられない。まちがいなく、いまとはちがう結果になっていたでしょうに。とりあえず、これについては何の異存もない。

十三　治験終了時には、被験者の銀行口座に計百万英ポンドが振り込まれる——なんてこと！　百万ポンドって……本気なの？　いったい、この人たちはわたしのどこにそんな価値があると考えているのだろう？　ジェレミーはわたしに国際研究フォーラムの椅子を与えてはくれたけれど、結局はわたしを仲間はずれにしている——何から何まで！　それなのに、この人たちはこんな申し出をしてくるなんて。実のところ、いまやわたしはものすごく興味をそそられていた。

いったい、どうしてそんなにわたしが必要なのだろうか？　閉経前のアングロサクソンの女性なんて、ほかにいくらでもいるはずなのに。あらためて言葉にしてみると、あまりに奇妙な話だ。この人たちの望んでいる結果が出なかったら？　それでも、わたしはこのお金を受けとれるのだろうか？　この条項を読むかぎりでは、どうやら受けとれるようだ。いったい、何が目的なの？

そんな自問をくりかえすうち、またしてもおなじみのぞくぞくする感覚が下腹部のあたりに走ったけれど、いつもならそれに続いて押しよせるオーガズムめいた快感は、いまやもう否定しようもないジェレミーへの怒りに、たちまち打ち消されてしまった。この感覚は、以前の経験がわたしの知覚に刻んだ記憶なのだろうか？　いったい、どうしてそれなりに感情も高まったときだけ起きてくれないのだろう？　やれやれ、わたしには実験結果を見せても仕方がないとジェレミーが判断したせいで、こんな現象すべてをわたしが自力で解明しちゃっても知らないから。よくもまあ、こんなあつかいをしてくれたものね。そう、少なくともあのマダムは、わたしと交渉するつもりでいてくれるのに。

そんなふうに考える自分に、心の一部分は嫌悪感を感じていたけれど、別の部分は〝いいわ、かかってきなさい！　わたしを舐《な》めないでね〟とばかり、この事態にいそいそと立ちむかおうとしているのがわかる。正直なところ、自分の決心に、わたしは少しばかり怖くなってもいた。

ドアをノックする音がして、どうやら読書の時間もこれでおしまいらしい。わたしは契約内容の続きと自分のメモに大急ぎで目を走らせ、けっして不当な申し出ではないことを確認すると、その書類をファイルに戻した。

「ブレイク博士、マダム・ジュリリークが執務室でお待ちです」わたしはフレッドをふりむいた後、自分の身なりに目をやらずにはいられなかった。尋ねるように、フレッドに眉をあげてみせる。

「これから行うマダムとの交渉は、あなたの服装など問題にならないほど重要なのです、ブレイク博士」たしかに、そのとおりではある。最初の印象よりも、フレッドには洞察力があるのかもしれない。〝筋肉だけの男〟というレッテルを、わたしは心の中でそっとはがした。デスクの上の書類をまとめ、フレッドにしたがって部屋を出る。

マダム・ジュリリークはシャネルの淡い青のスーツをまとい、いかにも上品な姿で大きなデスクの後ろに坐っていた。わたしはといえば、これからシドニーのボンダイ・ビーチでしっかりウォーキングをしようというオーストラリア人そのままのくつろいだいでたちだ。まあ、服装については深く考えずにおこう。こんな人に、どう思われたってかまいはしないんだから！　わたしはデスクのこちら側に腰を下ろした。

「おはようございます《ボン・ジュール》、博士。昨夜はゆっくりお休みになれたと思いますが」

「ええ、実のところ、よく眠りました」自分の声を聞くのは奇妙な感覚だった。もう、ずいぶん長いこと口をきいていなかった気がする。マダムはいかにも業務用の冷たい笑みを浮かべた。

「よかった。では、さっそくお仕事の話に移りましょうか。書類を読んで、おそらく何かご質問がおありでしょうね？」

もう、いまさら失うものもない。わたしはさっさと本題に入って具体的な話を始めることにした。こんなことは、さっさと終わらせるにかぎる。

「浣腸というのは？」わたしは一度も経験がなくて、どんなものなのだろうと思ってはいたけれど、どうしてこの実験にそんな必要が？

「結腸洗浄のようなものですね。総合的な健康増進のために、定期的に実践しているかたも多いですよ」わたしの反応を待つかのように、マダムは言葉を切った。たしかに、わたしにも月に一度これを受けている友人がいて、毎回どんなにすばらしい感覚を味わえるか、さんざん熱弁を聞かされたものだ。「重要なのは、あなたが〝白紙〟の状態で治験に臨むことです。そこからの七十二時間、わたくしたちがあなたの身体をより効果的に管理し、記録をとることができるように」またしても言葉を切り、わたしの目をまっすぐに見つめる。「あるいは、しばらくの期間、あなたのお部屋で排泄物《はいせつぶつ》の記録をとり――」

わたしはあわててさえぎった。「そんな必要はないわ。やります」こんなことに、よけいな時間をかける気はなかった。

「よかった。けっして後悔はされませんよ、きわめて安全な処置ですから」実のところ、気になっているのは安全かどうかではないのだけれど、もうこんな汚い話にこだわるのはやめて、さっさと先に進もう。

「それから、治験の過程で男性器の挿入というのは、どんな形であれ気が進みません」

「わかりました、その件は書きとめておきます。器具の挿入はかまいませんね？」やれやれ、こんなとんでもない交渉は生まれて初めて。それでも、思っていたよりは話しやすい。マダムはこちらを見つめ、わたしの言葉を待っている。次に進もう。「体液の採取もするんですか？」

「ええ、あなたのオーガズム時に。ここは交渉するまでもなく、ご協力いただかなくてはなりません」どうしてこんなにも自信たっぷりに、わたしがオーガズムを迎えると思っているのだろう……やってみなければわからないのに。男女の性行動を詳細に調査した、かのキンゼイ・レポートの参加者もこんな気分だったのだろうか。

「これは、ジェレミーの報告した結果を確認するための実験なんですか？」

「そうね、そういうことになります」

「痛みは？」わたしの声が、かすかに震えた。

「あなたに害をおよぼすつもりはいっさいありません、ブレイク博士。クイン博士が行った実験で痛みを感じなかったのなら、わが社の治験施設でも、けっして痛みを感じることはないでしょう」そうね、ジェレミーとの実験は純粋な快楽でしかなかったけれど、わたしがこんな面倒なことに巻きこまれたのも、もとはといえばあの実験のせい。気を散らしてはだめ、アレクサ、これは自由の身になるための、命がけの交渉なのよ。集中して！　わたしはメモにさっと目を走らせた。

「カテーテルはお断りします」

「それは必要ないでしょう。わが社の施設は治験参加者にできるかぎり快適にすごしていただけるよう設計され、最先端の設備を調えていますから」いろいろ怖ろしい想像をしていたけれど、これは嬉しい驚きだ。

「わかりました。それならいいわ」さらに先へ進む。「血液検査もお断りします。これは、わたしにとって交渉の余地はありません」わたしの血についてジェレミーと会話を交わした記憶を思うと、どうしてか、この人たちに血液を渡したくなかったのだ。

マダムは眉をひそめた。「それは難しいですね、ブレイク博士」

「ほかのＡＢ型の人たちから、いくらでも血液標本の採取はできると思いますが」内心の迷いを隠し、きっぱりと答えてのける。

「ええ、でも……」マダムは考えこんだ。クリップボードのてっぺんを、指でとんとんと叩くその様子は、いかにもこの障害をどうやって回避するか、頭脳を忙しく回転させているように見える。「クイン博士の管理下で実験に参加したときには、試験管何本ぶんの血液を採取しました？」

クイン博士の管理下……あれをそんなふうにも形容できるとは、なんとも興味ぶかい。この情報を得るために、マダムは妙に必死になっているように見えないだろうか？　唇の上に、汗が小さな粒となって浮きあがっている。どうやら、これはとてつもなく重要なことらしい。

「わかりません」

「本当にわからないのか、それともわが社に明かしたくないとお考えですか、ブレイク博士？」その声には、ぞくっとするような冷たさがひそんでいる。マダムは席を立つと、しばらく窓の外に目をやり、それから厳しいまなざしでわたしの目をじっと見すえた。

「本当にわからないんです」わたしは負けずにその目を見かえした。「わたしが注射針や医療器具が嫌いなことを、ジェレミーは知っていましたから」だからといって、使わずにおいてくれたわけではないけれど。それを思うと、背筋に冷たいものが走った。

「そうですか。それは困りましたね」またしても、マダムは考えこんだ。「交渉の余地は、まったくないのですね？」

「ええ、まったく」

「どうしてですか、ブレイク博士？　ほんの少量の血液くらいのことで」マダムの鋭い視線はわたしの脳を見とおし、どれくらいの情報を持っているのか、何を隠そうとしているのかを探ろうとしているかのようだ。ああ、本当にもっと情報を持っていたならと思わずにはいられない。実際には、単なる第六感にしたがって、手探りで進んでいるにすぎないのに。マダムの顔に浮かんだ固い決意を見るに、その気になりさえすれば、この人たちはいますぐにでもわたしから力ずくで血液を採取するだろう。そうなったら、こちらにはなすすべがない。こんなに頑なに拒む意味はあるのだろうか？　それでも、わたしは気力を奮いおこし、この奇妙な交渉をできるだけ有利な展開に持ちこもうと踏んばった。

「あなたの治験には参加させていただくつもりです、マダム・ジュリリーク、お望みどおり七十二時間にわたって。結腸洗浄にも同意しました、参考までに言い添えれば、わたしはまだ一度もその経験がないのですが。どうしても研究に必要だということなので、わたしの身体を刺激して、オーガズム時に分泌される体液を採取するのもかまいません。ただ、血液の採取はお断りするということです」あとは、内心の迷いを見破られないよう祈るしかない。

マダムはしばらく考えに沈んだ。「では、こんな妥協案はいかがでしょう」いかにもしぶしぶという口ぶりだ。「二十四時間ごとに一度、針で皮膚をつつき、にじんだ血液を検査させていただきたいのです。これなら、治験結果との相関を確かめられますから」

両手をしっかりとデスクにつき、マダムは答えを待っている。わたしはその視線を、真っ向からとらえた。

「わかりました。それならかまいません」なぜか、わたしはどうしても、さまざまな検査に足りる充分な血液を渡したくなかったし、注射が嫌いなのも本当のことだ。針でつつかれるくらいなら、どうにか我慢できるけれど。

「よかった。ほかに、何かご質問はありますか?」

わたしはメモにすばやく目を走らせた。「治験が終われば、わたしは結果を見せてもらえ、それから解放されるんですね?」

「もちろんですとも」

「治験のときは、そちらの社の施設へ運ばれるけれど、その場所は教えてもらえない。そういうことですね?」

「ええ、そういうことです」

「そこまでは、どうやって移動するんですか?」またしても笑気ガスを吸わされ、スーツケースに詰められてはたまらない。

「救急車でお送りします。それが、もっとも安全な方法ですから」

「救急車？　そんな必要があるんですか？」

「現実的に考えてください、ブレイク博士。あなたが被験者となった実験の画期的な結果を検証したいと考えている製薬会社は、わが社だけではないのですよ。良心などさほど持ちあわせていない会社があなたをさらったら、きっとあなたの要望などいっさい斟《しん》酌《しゃく》しないでしょうね」わたしに向かい、完璧な形に整えられた眉をあげてみせる。ああ、そんな可能性はまったく浮かばなかったわ！

「わが社はあなたの身の安全を第一に考えています、ブレイク博士。だからこそ、ここはこちらのお願いどおりに行動していただきたいのです。これが、わたくしたちが直面しかねない危機を、もっとも安全に回避できる方法なのですから」もしもジェレミーが味方の特殊部隊を引き連れ、ドアなり窓なりを蹴やぶって、ジェームズ・ボンドのようにわたしの救出に飛びこんできてくれるのなら、いまこの瞬間がまさに最高の機会だったのに。まったくもう、あなたはいったいどこにいるの？　自慢していた特殊な専門家ぞろいのチームは？　わたしのことなんて、もうどうでもよくなってしまったの？

「まだ何かお待ちですか、ブレイク博士？」ええ、来るはずのないものを待っているんです。やがて、虚勢を張る気力も失《う》せ、わたしは運命にしたがうしかなくなった。

「いいえ。出発はいつ？」抑えきれない落胆が、声ににじみ出てしまう。

「この交渉がまとまり、必要書類に署名をいただけたらすぐに。あなたとしても、こんな手続きをいたずらに長引かせたくはないでしょう。わたくしもあなたと同じように、できるだけ早く愛するものたちのもとへ帰りたいと思っているのですよ」その言葉がずっしりと重くのしかかってきたような気がして、腰をおろしていてよかったと思わずにはいられなかった。ジェレミーのもとへ戻るとき、わたしを迎えるのはあの人の愛情なのだろうか、それとも裏切り？　子どもたちの存在は、いまや物理的な距離と同じくらい遠く感じられる。どうしたわけか、マダムにも愛する人々がいるという事実が、わたしにかすかな慰めを与えてくれた。この女性にも人間らしい心があり、やはりこんなことを早く終わらせたがっているのだ。

「報酬については？」文字どおり〝血のにじむようなお金〟をいったいどうするのか、まだ何も考えてはいない。とはいえ、わたしはさまざまな慈善活動にかかわっているし、きっと有効な使いみちがいくつも見つかることだろう。

「治験の終了と同時に、あなた名義の銀行口座にお振り込みします。詳しいことは、また帰りぎわにご説明しますよ」

「もしも、治験にいっさい協力しないと言ったら？」

「こんなにも有益な交渉の最後に、そんなほのめかしで汚点をつけるおつもりですか、ブレイク博士？　特殊な状況下ではありますが、お互いにきわめて満足のいく結論に達したと思っていたのですが」

こんなにも礼儀正しい言葉を並べながら、脅迫めいて聞こえるのはなぜ？　さっき、多少なりともマダムに感じた人間らしさなど、その言葉を聞いた瞬間にどこかへ消えてしまった。〝愛するものたち〟の正体が、巣穴にうごめく毒蛇たちでも驚かない。マダムはてきぱきと契約書のあちらこちらを線で消し、ここまでの交渉でまとまった条件を手書きでつけくわえると、その修正された書類と金のペンを、こちらへ向けてデスクに置いた。

「いいですか、この治験にあなたが参加することは、全世界の女性のためでもあるのです。調査によると、女性の四〇パーセント以上が性に対する興味や欲望を失い、人生に何ら影響を与える要素ではないと考えているとか。この治験が、そんな女性たちの性生活を豊かにし、人生を充実させる特効薬を開発する、またとない機会だとしたら、すばらしいとは思いませんか？」これは質問の形式をとっているだけで、わたしの答えなど必要ない。マダムは企業戦略を聴衆に説いているかのように、さっさと先を続けた。「計画どおりに進めば、来年の上半期にも、わが社はこの新薬を発表する予定です。すでにほぼ完成しており、あなたにもわが社の治験施設で体験していただくこととなります」

ジェレミーとの関係以上に充実した性生活など、わたしには想像もできないけれど、いま、まさに医学の大きな進歩を目のあたりにしようとしている、しかも、それが女性たちの人生を劇的に変化させるかもしれないのだと思うと、ふいに心が躍るのを感じた——もちろん、それが本当ならの話だけれど。いまだ耳に響くマダムの言葉を噛みしめながら、金のペンをとり、契約書に加えられた修正を確認していく。もしもイクセイド製薬の〝紫の錠剤〟が、単なる部分的な血流の増加などにとどまらず、本当に女性の性的興奮を起こさせる作用を持つのなら、それは女性のみにとどまらず男性に対しても、どれだけ画期的な影響をもたらすことだろう。そうよ、わたしたちの生活が、根底から変化することになるのかも。危険を冒してもかまわないと考える企業が出てくるのも無理はない。

この新薬は、わたしたちにとってどれほどの意義を持つのだろう。わたしはバイアグラが現代社会に与えた衝撃を思いおこした。薬の副作用、あるいは加齢のために勃起できなくなってしまった男性や、さらには勃起をもっと持続させたいと願う男性までも、あんな小さな青い錠剤のおかげで、望みどおりまたセックスができるようになったのだ。わたしがバイアグラの効き目を体験したのは一度だけ、ジェレミーとサントリーニ島を訪れたときのこと。初めはあんなに楽しかったのに、少なくともわたしにとってはあまり嬉しい終わりかたではなかったあの記憶が、ふと脳裏によみがえる。

＊　＊　＊

わたしたちはホテルに戻ってきたばかりだった。丘の中腹に埋めこまれたかのように建つ、白塗りの壁に青く塗られた円い屋根の建物。ギリシャの島々は、のんびりとすごして日々の疲れをとるには絶好の場所だ。ほんの十分前まで青く澄んだ海で泳いでいたのに、急な坂道を上ってきたら、すっかり身体がほてってしまっていた。わたしは小さなホテルのプールに飛びこむことに決めたけれど、ジェレミーはまるで洞窟のような涼しい客室に残るという。さっき岩場でおしゃべりをしてからというもの、どうも様子が変だ。いまとりかかっている研究の計画で、頭がいっぱいなだけなのかもしれないけれど。

ロバートのこと、そろそろ身をおちつけたいことを話して、あの人にどんな反応を示してほしかったのか、自分でもよくわからない。結婚なんて、あの人にとってはあまりに実感のない話題だろうけれど、わたしとの関係について、一度としてそんなふうに考えてくれなかったらしいことに、傷つかなかったといったら嘘になる。結婚に行きつくような関係ではないのかもしれないと、これまでもうすうす感じてはいたけれど、ずっと一縷《いちる》の望みを未練がましく温めてもいたのだ……もしかしたら、ある日ふいに、結婚も悪くはないと思えるのではないかと……ほかのすべての面で、わたしたちはこんなにも相性がいいのだから。でも、逆に、こんなにも非日常のすばらしい時間をいっしょにすごしてしまったからこそ、変わりばえのしない日々をともにすごすには向かないのかもしれない。

ともかく、これではっきりさせることはできた。何か言いたいことがあるなら言えたはずなのに、ジェレミーは何も言わなかったのだから。つまり、わたしたちはこれからも、別々の道を進んでいくというわけだ。あの人はそんな未来に目を向けた話よりも、この旅行を満喫し、目先のおふざけを楽しむことのほうが大切なようだった。海に投げこまれた瞬間、わたしにもそれが身にしみたものだ。いつだって、楽しく遊びまわるだけの関係。まあ、それならそれでいい。タオルで水気を拭い、わたしは部屋に戻った。今回は、ジェレミーがちょっとびっくりするであろうものを用意してある。あの人も、それで少しは元気になって、いま気にかかっていることをしばらく忘れられるといいのだけれど。

「戻ったわよ。何をしてたの？」

「仕事の書類を目につかないところにしまいこんでいたんだ。この週末、きみしか目に入らないようにね」やっぱり仕事だったのね。思ったとおり。

「それは素敵。わたし、あなたにあげるものがあるの。絶対にこの週末に使うって、約束してくれる？」

「おもしろそうだね。きみにそんないたずらっ子のような顔をされては、ぼくも好奇心をそそられるよ。だが、約束する前に、何なのか見せてくれなくちゃ」

「あら、ジェレミー、だめよ……今回だけでいいから、最初に約束してちょうだい……お願い」思わず懇願するような口調になる。驚いたことに、ジェレミーはふと気が変わったようだ。

「わかった。約束しよう。きみがぼくを殺そうと目論《もくろ》んでいるんじゃないかぎりね」

「このわたしが、そんなことするわけないのに」わたしはいかにも傷ついたという顔をしてみせた。「ありがとう、ジェレミー。どんなにすごいことになるか、待ちきれないわ」

「おいおい、そんなことを言われると心配になるな。すごいことって？」わたしは一瞬ためらい、ジェレミーがどんな反応を示すか、想像をめぐらせてみた。

「ほら、アレクサ、ぼくにそんなにもったいぶるなよ。いったい、何を持ってきた？」

「約束したの、忘れてないわよね？」

「ああ、約束したさ」それが何かわからないうちに約束してくれるなんて、ジェレミーにはめったにないことだ。それを思うと興奮が全身を走りぬける。

「わかったわ。ちょっと待ってて」わたしは浴室に走りこみ、洗面用具のポーチをかきまわして、小さなビニール袋を取り出した。中には、ダイアモンドの形をした小さな青い錠剤が二粒。それを背中に隠し、にんまりしながら居間へ戻る。これを見て、ジェレミーはなんて言うかしら。

「ぼくにくれるつもりかい？　それとも、きみと格闘して奪わなきゃならないのかな？」

「ふふん、それも楽しそうだけど……ほら、これよ」ビニール袋を渡し、ジェレミーがその小さな中身を調べるのを辛抱づよく待つ。

「何だ、これは？　いったい、どこで手に入れたんだ？」

「それ、ほんものよ。いかがわしいしろものなんかじゃないんだから。ここでいっしょに試してみたら、ほら、どんなすごいことになるか、おもしろそうじゃない？」

「愛しいアレクサ、きみはぼくに、バイアグラを服めっていうのかい？　つまり、これまでずっと硬さが足りないと思っていたんだね？」

「とんでもない、ジェレミー、一度もそんなこと思ってないわ。ただ、いっしょに試してみたいと思ったのよ……あなただって、約束したじゃない」

「ああ、たしかにね。ただ、まさかこんなものが出てくるとは思わなかったから」ジェレミーはビニール袋を手にとり、まるでいまだ識別できない標本が入ってでもいるかのように、わたしに向かってかざしてみせた。「いったい、こんなもの、どこで手に入れたんだ？　いや、別にそんなことはどうでもいいんだが」

「じゃ、一錠服んでみてくれるのね？」

「さっき約束しただろう？　たしかにぼくも、これまでずっと好奇心はそそられていたんだ、もしも勃起障害に悩まされていない人間がバイアグラを服んだら、いったいどんなことになるのか。ぼくがそんな症状を抱えていないことは、きみもよく知ってくれているはずだからね!」ジェレミーは最後の言葉を思いきり強調した。わたしはその日焼けして引き締まった腰に腕を回し、キスをして安心させてあげた。

「あなたにそんな心配はしたことないわ、ジェレミー。ただ、こういうものを旅行先で試してみたら楽しいと思ったのよ。わたしが持っていても使いみちがないしね」

「わかった、今夜、試しに一錠服んでみようか。とんでもないことになってしまっても、きみがどうにかしてくれるんだろうね」

「あなたの要求にはできるかぎり応えるつもりよ、クイン博士」みだらな期待が身体を走りぬける。

「お返しに、ぼくにもひとつ約束してくれるかな?」

ああ、やっぱり、話がうまくいきすぎると思った。「どんなこと?」

「だって、ぼくが……うーん、医学的にはどう表現すべきかな……何時間も硬くなりっぱなしになる薬を服まされるなら、きみがそれに応えられるよう、ぼくだって何かしなくちゃね」

「あなたの魔法のかばんには、今回は何が入っているの?」疑いの目をジェレミーに向ける。

「さあ、何が出てくると思う？　この中からひとつ選んでもらおうかな……いや、バイアグラにぴったりなのは、これしかなさそうだ」ジェレミーは小さくてお洒落な袋をスーツケースから取り出し、こちらに戻ってきた。それをわたしに差し出す前に、いたずらっぽい笑みを浮かべてみせる。「約束するね？」ああ、よかった。あの暗い表情はどこかに消え、いつもの快活なあの人が戻ってきた。

これまでの長い年月をふりかえり、どんなことにしろジェレミーと約束したりするのはこれが最後になるだろうと思うと、ふと感傷的な気分になる。「いいわ、約束する」

ジェレミーは袋に手を突っこみ、中からいかにも可愛らしい飾りのついた箱を取り出した。蓋を開けると、小さな長方形の箱の中で緩衝材にいくらか押しつぶされた卵のような形をした、派手な紫色の物体が入っている。

「あんなにいそいそと約束してくれた理由が、これでわかったわ」皮肉っぽく言ってやると、ジェレミーは満面にいたずらっぽい笑みを浮かべた。手にとってじっくりと調べてみる。十メートルの距離から操作可能な、高機能ワイヤレス卵形バイブレーター。

「いやだ、またリモコンなんか使うつもり？　本気で？　前のときにどうなったか、あなたも憶えているでしょう。わたし、そこらじゅうで飲みものをぶちまけてたのに」興奮を隠しきれないジェレミーに向かい、眉をあげてみせる。

「今回は、ちゃんときみのお望みのほうに入れてあげるよ。バイアグラがぼくにどんな影響を与えているか、きみも同時に体感できるように」

「どうやって？」

「リモコンを使ってさ。ぼくのものが硬くなるにしたがい、きみのバイブの震動を強めていけば、ぼくたちはつねに同じ状態にあることになる」いかにも満足げな口ぶりだ。

「おいおい、ほんの五分前には、きみはぼくにこの錠剤を服ませようとわくわくしてたじゃないか。急に慎みぶかくならないでくれよ」

「いいわ、やる。もっとすごいことを約束させられていたかもしれないんだし。それにしても、あなたって本当に、リモコンにとりつかれてるわね」

ジェレミーはこちらをふりむくと、手のひらでわたしの頰をはさみ、真剣な口調でこう言った。「きみの快感をリモコンで思いどおりにするのが、ぼくにとっては最高の快感なんだよ、アレクサンドラ」

そっと優しく唇を重ねられ、膝の力が抜ける。そのままベッドに倒れこんだわたしに、ジェレミーがのしかかった。執拗に唇をこじ開け、奥に押し入ってくる舌。そのキスはあまりに情熱的で、映画のラブシーンにまぎれこんでしまったかのようだ。ジェレミーの手はビキニ・トップの下に滑りこみ、乳房を愛撫し、乳首を目ざめさせにかかる。飢えたようにお互いをむさぼりつつ、ベッドの上を転がったはずみに、わたしはあの新しいおもちゃをお尻の下に敷いてしまった。

「気をつけて、アレックス、今夜はこれが完璧に動いてくれないと困るんだ」小箱をつまみあげたそのしぐさといったら、まるでわたしが払うべき敬意を払わずに壊してしまった貴重品であるかのようだ。息を切らして横たわっているわたしをよそに、ジェレミーは箱を開けた。「ちゃんと動くかどうか、いまのうちに確認しておかないと。それに、きみも体力を温存しておいたほうがいい。今夜はすべてのエネルギーを使いはたすことになるだろうからね」そう言いながら、おどけた顔でわたしのお尻をぴしゃりと叩く。「シャワーを浴びておいで。その間に、ぼくが今日のディナーに着る服を選んでおいてあげるよ」

わたしは何か言いかえそうとして、すぐに口をつぐんだ。わたしの服を選びたいというなら、そうしてもらってもいいじゃない？　そもそも荷造りするときに、くつろいだ旅行用の服ばかり選んできたのだから、そこから何を選んでもらってもたいして困らない。

「そうね、それもいいかも。その後で、あなたもシャワーを浴びていらっしゃい、その間にわたしがあなたの服を選んであげる」お返しにジェレミーのお尻をぴしゃりと叩くと、わたしは仕切り屋の親友の指示どおり浴室に向かった。はたしてどんな夜になるのか、いまからもう待ちきれない。

いかにもギリシャらしい周囲の雰囲気に合わせ、わたしたちはどちらも白いリネンを着ることにした。これなら、地中海の陽光に灼《や》けた肌によく合う。わたしのドレスはかなり身体の露出が多いけれど、ありがたいことにスカートは短すぎるほどではない。ウエストに巻くように、ジェレミーがなめし革のベルトを選んでくれた。わたしの体形を隠してしまう服には、どうにも我慢ができないらしい。ジェレミーはシャツのボタンを外し、胸の筋肉をちらりと見せる素敵な着こなしだ。ギリシャの島々では、こんな恰好でもけっして安っぽくは見えないし、ジェレミーにはおそろしく似合っていた。前に会ったときよりも髪が伸び、黒っぽい乱れた巻き毛を両側に垂らしているせいで、煙るような緑の瞳がいっそう深い色に見える。まるで、エーゲ海のセックスの神を思わせるその姿に、わたしはいっそいますぐにでも抱かれたかったけれど、食事の予約が入っていると、ジェレミーにたしなめられた。

「それで、あの薬はいつ服むの？」

「オードブルを食べた後かな。効くのが速すぎるといけないからね」

「服んだ後、ちょっとそのへんを歩いたりもできそう？　わたし、踊りに行ってもいいかなと思っていたんだけれど」

「あれを身体の中に入れたまま、そんなに長いことだいじょうぶかな？」

「ああ、そうだったわね」

「いま、ちょっと試してみないと」

「あなた、さっき試してみたんじゃないの？」

「実際に、きみの中に入れてみるんだ。ちゃんと動かなかったらだいなしだからね」

「そういう問題は、この部屋で片づけておいたほうがよさそうね。レストランはどこにあるの？」

「そこの道を上ってすぐだよ」

「わかった、じゃ、それを貸して」わたしは手を差し出したけれど、ジェレミーは目をいたずらっぽく輝かせながらじっとこちらを見ているだけだ。

「ぼくにやらせてくれ」

「本気で？」

「ああ、ぜひ」

「いいわ、やって」

「ありがとう。じゃ、片足をこの椅子に載せて。潤滑剤はいる？」実のところ、ついいましがたジェレミーの姿を見てうっとりしたところだったので、わたしはもうすっかり準備が調っていた。

「いらないわ」下着を下ろし、入れやすい体勢をとる。

「じゃ、入れるよ、いいね？」

「いつでもどうぞ。ああ、わたしって、なんて献身的なのかしら」ジェレミーは慎重な手つきでそれをわたしの陰部に押しあてた。押しひろげられるような感覚とともに、それはゆっくりと奥に入っていく。

「ふむむ。きみはいつでも準備万端だな」

「もし、こんなにお腹がすいていなかったら、レストランなんかに行かなくてもいいのにね」

「もう少しの我慢だよ、愛しいアレクサ。きみはもっと強い女性のはずだろう」

そう言いながら、ジェレミーはわたしの足を床に下ろした。「どんな感じ？」

「いまのところ、何の問題もないわ」

ジェレミーがズボンのポケットからリモコンを取り出したのに気づき、わたしは疑わしげな目を向けた。

「ちょっと試してみるだけだ。その後は、ぼくがあの〝無害な〟青い錠剤を服むまではさわらないよ、約束する」ジェレミーがボタンを押すと、わたしの身体の中心部から、ゆるやかな震動が広がりはじめた。ああ、素敵。やがて、その震動がゆっくりと力強さを増していくにつれ、わたしの顔に表れた反応を何ひとつ見のがすまいと、ジェレミーが目をこらしているのがわかる。でも、本当に気持ちがいいのは確かだ。「どう？」

「うーん、たしかに、これはいい選択だったかもね」震動はさらに強さを増し、わたしはあわててそのリモコンを奪いとった。「だいじょうぶ、ちゃんと動くわ。何の問題もないし、故障もないみたい。こんなに出力を上げるのはやめて。でないと、わたしは歩くどころか、口もきけなくなっちゃうから」ジェレミーは手を伸ばしてスイッチを切った。

「よかった、完璧ね。さあ、出かけましょうか」錠剤とリモコンを、大切にハンドバッグに忍ばせたわたしを、ジェレミーは信じられないという目で見つめた。

「これでいいのよ。あなたの言ったとおり、オードブルを食べたところで、両方ともちゃんと渡すから」

「よし、じゃあ出かけよう」ジェレミーもわたしと同じくらい、今夜の展開に心を躍らせているらしい。わたしの腰に腕を回し、いっしょに部屋を出る。あの紫のしろものが無事に自分の中に収まっているかが気になって、わたしは思わず知らず骨盤運動のような歩きかたをしていた。

これからどんな夜になるのか、胸をわくわくさせながら、ブドウの葉包みと詰めものをしたナスのオードブルをあっさりと平らげる。この夜を記念して乾杯するために、ジェレミーはギリシャ名産のリキュール、ウーゾをグラスで注文した。乾杯にウェイターたちが喝采してくれるなか、わたしはこっそりと錠剤をジェレミーに手渡した。「バイアグラって、お酒といっしょに服んでもだいじょうぶなの？」

「それも、どうなるか見てみよう」ひと口の水とともに、錠剤を服みくだす。

「リモコンは？」ジェレミーがテーブルの下でわたしの脚に手を置いた。その手にリモコンを握らせようとして、うっかり取り落としてしまう。ウェイターがすかさず走りよってきて、すばやくリモコンを拾いあげると、ジェレミーの広げた手のひらに置いた。

「ありがとう」気恥ずかしさなどみじんも感じられない笑顔で、あの人はそれをポケットに入れた。わたしはバッグの口を閉じ、急いでワインをひと口流しこみ、この一幕に動揺した心をおちつけた。そうだ、あれが作動する前に、いまのうちにトイレに行っておかなくては。ジェレミーに断り、席を立つ。

「何もさわらずに、そのままにしておくんだろうね、アレクサ」質問ではなく、申し渡しとでもいうべき口調。

「もちろんよ」

「こっそり何かしようとしても、ぼくにはすぐわかるからね」

「ええ、ジェレミー、あなたはちゃんと約束を守ってくれているから、わたしもそのとおりにするつもり」

「ありがとう。すぐに戻ってきてくれよ。いまにも、何か始まりそうな気配なんだ」あら、たいへん。わたしは足早に婦人用トイレに向かった。

　あらためて腰をおちつけ、美味しいシーフードの盛り合わせを食べていたとき、最初の震動がやってきた。とりあえず脚を組み、どうにか平静をよそおう。ジェレミーの頬も、ほどよく紅潮してきている。やがて、しだいに震動が強くなってきたところを見ると、どうやら本当にバイアグラが効いてきたようだ。テーブルの下でわたしの脚を撫でながら身を寄せてきたので、わたしもズボンの生地ごしの巨大なふくらみに触れることができた。

「うわあ、すごいわね。まだ三十分も経ってないのに」

その言葉を肯定するかのように、またしても震動が強まる。

「もうちょっと急いで食べたほうがいいかもしれないな。これ以上、きみの身体に触れずに我慢していられないんだ。あの錠剤のせいで、忍耐力が薄れてしまっているらしい」

「えっ、デザートは頼まないの？」またしても、震動の出力が上がる。わたしは椅子の上で身をよじり、強くなるばかりの震動にどうにか耐えようとした。そろそろ、お行儀よく坐ったままではいられなくなりそうだ。「わかった、わかったわ。デザートはなし。でも、これを食べおわるまで、それ以上は強くしないで。わたし、汗をかいてきちゃった」

「できるだけのことはするよ。だが、歩調を合わせていっしょに高まっていこうと、さっき約束しただろう。ぼくがすでにどれだけ高まっているか、きみには想像もつかないよ」

「信じて、わたしも骨身にしみて実感しているから。どう、いい気分？」

「まさに強烈な感覚だよ。ペニスが自分から下着をかなぐり捨てて外に出ようとしているんじゃないかと思うくらいだ。何か、まったく独立した意思を持ったけだものになってしまったような」

「何か問題でも？」ウェイターが歩みよってきて、グラスにワインを注いでくれた。

「いや、何もかもすばらしかったよ。よかったら、そろそろ勘定書を持ってきてくれ」

ジェレミーの声が乱れるのを聞いたのはこれが初めてで、わたしはいささかいい気分だった。この人だって、自分を抑えきれないときはあるんだわ。

「デザートは召しあがらないんですか？」

「ああ、今夜はやめておこう。後で、どこか別の場所で食べることにするよ。ありがとう」わたしたちの切迫した状況を感じとったらしく、ウェイターはにんまりした。そんな会話を交わしながらも、わたしたちは紅潮した顔を見あわせ、自分たちが勝手におちいった窮地を笑わずにはいられなかった。

グラスに残ったワインを喉に流しこんだ瞬間、わたしの中の震動が、ふいに倍ほども高まった。

「ジェレミー」思わずあえぐ。「お願い、やめて」ぞくぞくする感覚が、文字どおり全身の末端にまで走りぬけた。ああ、これって最高だけれど、でも同時に最悪でもある。

ジェレミーは眉をあげ、それから、いかにも満足げな笑みを満面に浮かべた。わたしのまぶたが重く垂れている理由を、はっきりと読みとったのだ。

「おっと、アレクサ、もう少しだけ待っててくれ。ぼくもどうにかこの衝動を、意志の力で抑えつけてみせるよ。ともかく、まずはここを出よう。ぼくが人前には出られないような恰好になってしまう前に」ユーロ札を何枚かテーブルに置くと、ジェレミーは椅子を立とうとするわたしに手を貸してくれた。体内に潜むあの紫の卵のおかげで、膝ががくがくしてなかなかまっすぐに歩けない。ジェレミーが腰に腕を回してがっちりと支えてくれたおかげで、どうにかとりつくろえたけれど。

「きみのジャケットを借りたほうがよさそうだ」

ちらりとジェレミーのズボンに目をやったわたしは、あわててジャケットを差し出した。「ちょっと、とんでもないことになってるわよ。それで歩けるの？」

「どうにかね。お互いに身体を寄せあって、できるだけさっさと出ることにしよう」

「あなたがそのリモコンのスイッチを切ってくれれば、かなり楽になるんだけれど」

「ああ、それはそうだろうね。だが、ぼくは例の錠剤の影響を打ち切ることができないんだから、不公平というものじゃないか？　男女平等について、きみがどう考えているかはよく知っているからね、いろんな意味でこのスイッチは切るわけにいかないんだ」

こんな屁理屈《へりくつ》を聞かされて、わたしは思わずうめき声をあげ、ひじで肋骨《ろっこつ》を小突いてやった。ふたりでぎこちなく足を引きずりながら、海辺に向かって石畳の小道を歩いていく。道の先には、半月が息を呑むような鮮やかさで輝いていた。そのまばゆく美しい光を眺め、わたしはどうにか気をまぎらわせようとしていた。体内にじわじわとふくれあがりつつある熱い欲望のおかげで、いまにも崩れおちてしまいそうだ。

「ああ、だめだ。もう一秒も保《も》たない」ふいに、ジェレミーが岩棚から飛びおりた。手をつないだままだったので、わたしも後を追うことになり、広げた腕に抱きとめてもらう。あっというまに、わたしたちは大きな岩の陰にいた。

「すまないが、アレクサ、きみの紫色の友だちには場所を譲ってもらうことになるな、ぼくのほうが優先順位が高いからね。もう、一秒だって待てないんだ」岩に背中を押しつけられると、まだ午後の陽光の温かみが残っているのが伝わってくる。ジェレミーは片手でわたしの頬を支え、唇を重ねて舌をからみあわせると、やがてむき出しになった首まわりを貪欲にむさぼりはじめた。熱い欲望を思うがままにほとばしらせて、どこまでも突っ走るつもりらしい。もう片方の手はわたしの下着の奥に滑りこみ、震動する物体をせっかちに取り出そうとする。

「お願い、優しくして」あえぎながら声をかけた瞬間、ジェレミーはそれを引っぱり出して、わたしのハンドバッグに突っこむと、自分のズボンを地面に脱ぎ捨てた。下着を下ろし、野獣となったそれが姿を現した瞬間、あまりの大きさにわたしは度肝を抜かれた。

「ああ、どうしよう！　それ、痛くないの？」

「きみの中に入りさえすれば、たちまち痛みは消えそうだ」手早くコンドームをつけると、わたしの薄手のパンティに手をかけ、あっという間に引きちぎる。わたしはジェレミーの脈打つものにすっかり注意を奪われてしまい、こんなものをすっかり受け入れることができるのだろうかと、それればかりが気になっていた。以前から人並みよりは大きかったけれど、でも、これは……あまりに巨大すぎる。わたしの準備を完璧に調えてくれた、あの凄腕の紫色の友人に、ふいに感謝の気持ちがこみあげてきた。ジェレミーは迷いのない手つきでわたしの片脚を持ちあげると、その巨大なものを深々と根もとまで突き立てる。男という性からあふれ出るエネルギーをくりかえし送りこまれ、わたしはただ圧倒されるばかりだった。

「ああ、アレクサ、しっかり踏んばっていてくれ。まだまだ、先は長いからね」わたしは大岩にペニスで釘付けにされた恰好のまま、しっかりとジェレミーの首に腕を巻きつけていた。両脚はすでに抱えあげられ、あの人の腰をきつくはさみつけている。その姿勢のまま、ジェレミーは懸命に荒い息を整えながら、わたしのお尻を両手で力強くつかみ、いままでより速度を落としてゆっくりと出し入れして、その途方もない長さをよりいっそう感じられるようにした。突いては引く、その動きをゆっくりとくりかえされるうち、わたしはすっかりジェレミーの思うままとなり、ひたすら欲望に押し流されるばかりだった。

「どんなにきみを愛しているか、きみはわかっていてくれるのか？」

「もちろんよ、ジェレミー。わたしたち、ずっと愛しあってきたじゃない」

あの人は懇願するようなまなざしで、わたしの目をのぞきこんだ。まるで、わたしの魂に触れたいともがいているかのように。こんなにも激しい欲望のぶつかりあいのさなか、ふいにロマンティックな要素がまぎれこんでくるのは、なんとも奇妙な感覚だった。

「だが、アレクサ、ぼくは本当にきみを愛しているんだ、ほかの誰よりも」

これは、きっとバイアグラが血流だけでなく、感情にも作用してしまったにちがいない。そんなことより、わたしはもう自分の欲求をこらえきれなかった。

「お願い、ジェレミー、もっと速く」そう耳にささやきながら、たくましい胸にたまらず爪を立てる。震動する卵にあれだけ責めさいなまれたあげく、このゆっくりとした残酷なリズムにじらされて、わたしはもう耐えられそうになかったけれど、もういかせてと懇願するのはいやだった。どれだけせっぱ詰まっているかわかってもらおうと、ジェレミーの硬くなった乳首に歯を立てる。ああ、そして、やっと……。

「ありがとう」わたしにのしかかるようにして、これまでになく激しく動きはじめたあの人にささやきかける。その器用な指が充血したクリトリスをあやまたず探しあてた瞬間、目の前にぱっと星が散らばったような気がした。至福の世界に溶けていく感覚を味わっている間も、ジェレミーは激しく動きつづける。やがてふたりはからみあったまま崩れおち、砕けた貝殻や砂の地面に身体を横たえた。それでも、ペニスはあいかわらず硬いまま、まだまだ力に充ち満ちてわたしの中にとどまっていた。

「ねえ、本気？　わたし、ちょっと休みたいわ」

「愛しいアレクサ、これもすべてきみのせいなんだよ。きみの思いつきなんだから」

レスリングの技のような器用な動きの後、気がつくとわたしはジェレミーをしっかりと受け入れたまま、その腰に馬乗りになっていた。ああ、この姿勢だと、体重のかかり具合がいい感じ。わたしは一瞬の間をおいて、自分の奥深くに入りこんでいるものの感触をあらためて味わった。

「あなたが中にいるって、すごく素敵」ゆっくりと腰を回しはじめる。充分に濡れているおかげで、動きもなめらかだ。ああ、なんて気持ちいいのかしら。

「ぼくはもう死にそうだよ、アレクサ。いまにも爆発しそうなのに、できないんだ」ジェレミーはわたしのお尻をつかみ、動くのを止めさせようとした。

「本当に？　わたし、そんなあなたが好き」

「アレクサ……どうなっても知らないぞ……」それでも、わたしはその巨大な脈打つ心棒の周りを回転せずにはいられなかった。あの人にまたがったまま、快楽の霧に包まれていたのだ。

「身体の内側も外側も赤むけになったら、素敵どころじゃなくなるよ」

突然、あっというまにわたしの身体は反転し、ジェレミーが上にのしかかっていた。いったい、何が起こったの？　ジェレミーはわたしの両腕をまとめて押さえつけ、わたしの乳首に歯を立てて吸いながら、またしても激しく動きはじめた。つらぬかれるような痛みに、声をあげて背中をのけぞらせる。わたしの乳首は、まちがいなくクリトリスと回路がつながっているにちがいない。ああ、この甘い苦痛の強烈さ。激しくたたみかけるような、熱い欲望によるセックス。ここにいたって、わたしはもう声を抑えることができなくなり、さっきまでのすすり泣くようなささやきは、はらわたの奥底からの歓喜の絶叫に変わった。

ホテルの部屋とはちがい、誰が通りかかってもおかしくはないのだけれど、そんなことはもうかまっていられない。ジェレミーはすぐに唇を重ね、舌を差し入れてわたしの口をふさぐと、ペニスと同じくらい貪欲にわたしの唇をむさぼって、歓喜の叫びを押し殺させた。やがて、唇を押さえるのは指にまかせ、あの人の舌が乳房を這いはじめたところで、またしても視界に星が散らばる。このたくましい肉体に組み敷かれ、わたしの身体はいまやジェレミーが欲望のままにもてあそぶおもちゃにすぎない――でも、わたしはそうされるのが嬉しかったし、好きなだけそうしてほしいと願っていた。

ふと気がつくと、これだけの激しい行為を経ても、ジェレミーの巨大なペニスはまったく小さくなる気配がない。さっきまでと同じように硬く、いまにも次の一戦に臨む気まんまんで――いまだわたしの中にいる。ああ、どうしよう。わたし、なんてことをしちゃったの？　この荒々しいセックスの疲労がずっしりとのしかかってきた気がして、思わずうめき声を漏らす。

「おやおや、愛しいアレクサ。ホテルまで、ぼくが抱きかかえて運ばなくちゃならないのかな？」しばらく夢うつつの時間がすぎ、気がつくと、いつのまにか満たされていた部分は空っぽになっていて、ジェレミーはどうにかそれをズボンの中にしまいこもうと、むなしく奮闘しているところだった。見ているうちに、つい忍び笑いが漏れてしまう。

「おかしいかい？」

「ほんの少しね。あれだけがんばったのに、まだそんなに大きいなんて信じられないわ」

「言っておくが、夜はまだ始まったばかりだからな」ジェレミーはたくしあげられていたドレスを下ろして、いまや下着なしになってしまったわたしのお尻を隠してくれた。ハンドバッグとジャケットを手渡すと、さっとわたしを両腕に抱えあげ、まっしぐらにホテルの部屋へ帰る。いくらジェレミーでも、この体力は信じられない！　部屋に戻り、すぐに服を脱いだ姿を見ると、ペニスはいまだ痛そうなほどに勃起していて、わたしはいささか申しわけなく感じはじめていた。わたしのほうは、もう欲望もすっかり満足し、おちついてしまったのに、あの人の目はまだ欲望にぎらぎらと燃えている。また、すぐに始めるつもりなのだ。何をしても欲望が満たされず、どんなに待っても解放の瞬間が訪れないために、ジェレミーの忍耐力はもう限界を迎えていた。

「お茶か、ワインでも一杯飲まない？」避けられない展開をちょっとでも延ばそうと、わたしは提案してみた。

「それよりもまず、ぼくを。さあ！」

　ふたりの間にあったテーブルを、ジェレミーはさっと迂回《うかい》して、わたしをつかまえようとした。危ういところでその手をかわし、浴室に逃げこんだけれど、残念ながら歩幅ではかないようがない。あの人はわたしの脚に手を回してさっと抱えあげ、部屋に戻ってベッドの上に放り出した。驚きと期待に、思わず叫び声をあげてしまう。わたしはあっというまにドレスを脱がされ、横たわったまま、枕もとに立つジェレミーのたくましい裸体を見あげるしかなかった。

「あなた、ギリシャ神話のエロースみたい」

「エロースはいま、どうしてもプシューケーがほしいんだ」

「わかったわ、じゃ、好きなようにして」そうする以外、女の子に何ができる？

　さらなる誘いは必要なかった。それから一時間ほど、その洞窟めいたホテルの部屋も、わたしの身体も、ジェレミーの本来の男性としての力と、あの小さな青い錠剤の影響に、とことん支配されることとなった。

「何か飲みものをちょうだい。いますぐに、お願い」あの人の徹底的な愛撫に身体の隅々までを征服され、精根つきはてたわたしは、やっとの思いでささやいた。身体じゅうが、どろどろに融けてしまったような気がする。ジェレミーはさっと飛びおき、水のボトルとワインの入ったカラフェを手に戻ってきた。裸のまま長椅子におちついたふたりの身体に、水とワインがぽとぽととしたたる。ジェレミーはワインを口に含み、口移しで飲ませてくれたけれど、わたしは頭と肩をあの人の膝に載せていたから、なかなか難しい作業ではあった。頭の横には、依然として勃起したままのペニスが当たっている。それでも、ありがたいことに、さっきほどの大きさではなかった。もっと飲みたくて口を開くと、ジェレミーはボトルの水を注いでくれたけれど、いつもの器用さはどこへやら、なかなか狙いが定まらない。それでも、いくらかは喉に流れこんでいった。身体は脱力して動かず、動かしてみようという気力も湧かない。途方もなく激しいセックスのおかげで、わたしはもう疲労困憊していた。明日になったらあちこちが痛むだろうけれど、文句を言うつもりはまったくない。ジェレミーの手が優しく髪や顔を撫でてくれている。わたしは心が安らぐのを感じて、その柔らかい感触に浸りきっていた。

「それじゃ、きみは本当に身をおちつけて、オーストラリアに帰ってしまうんだね？」

こんな話がここで蒸しかえされるとは、思ってもいなかった。

「うーん、そうね。たぶん、そういうことになるわ。いつかはしなくてはならないことだから。人生って、いつまでも続くパーティじゃないのよ」ジェレミーの目を見あげたけれど、その視線はどこか遠くを見ていた。

「きみとも、こんなにしょっちゅうは会えなくなるな」

「そうね、それはとっても残念」

「ぼくたちの関係も、まったく変わってしまう。こんなふうにはいかないよな」

「ええ、そうなるでしょうね。寂しくなるわ」

「ああ。ぼくもだ」

わたしはいつのまにか眠りに落ちてしまっていたようだ。ふと目がさめると、わたしはベッドにいて、あの人の姿はどこにもなかった。テーブルには、こんな置き手紙。


眠れないので、何か飲みにいってくる。しばらくしたら戻るよ。　J

どうしたわけか、わたしはジェレミーのことが心配でならなかった。眠りに落ちる前に交わした会話を思い出すと、あの人はいかにも寂しそうだったから。ざっと髪をとかし、リップグロスを塗り、くつろいだサマードレスを頭からかぶると、ジェレミーの様子を見にバーへ向かう。身体じゅうのあちこちが痛くて、わたしは慎重な足どりで歩いていった。

ジェレミーにかぎっては、二度とバイアグラは必要ないと、心の奥に銘記する。別にあの人にひどいことをされたというわけでもないのに、明日はきっとあちらこちらにすり傷や打ち身が見つかるだろう。奇妙なことに、それを思うと嬉しくもあった。あの人の情熱が、わたしの身体にこんなにはっきりとした痕跡を残したかと思うと、自分でも思ってもみなかったほど興奮する。角を曲がり、バーの開いたドアから中に入ろうとした瞬間、ふたりのいささか馴れ馴れしすぎる女性と、いかにも楽しげにやっているジェレミーの姿が目に飛びこんできた。ふたりとも、いまだ薬の作用によって勃起したままのジェエレミーといっしょにいることが嬉しくて仕方がないらしい。いつまでも縛られたくない、浮気ものの親友に、わたしは最後の一瞥《いちべつ》を投げてその場を去った。ロバートと結婚して、安定した関係をきちんと確保するというのは、やはり正しい決断だったのだ。結局のところ、いつまでもジェエレミーとふわふわ遊びつづけてはいられないのだから。

＊　＊　＊

「ブレイク博士、どうしました、ブレイク博士？」

「ああ、すみません。いま、なんて？」呼びかけられ、わたしはあわててわれに返った。

「何かほかにご質問がなければ、先に進みますが？」

「いえ、別に、何も……あ、ひとつだけ。わたし、目隠しはしたくありません。最初から最後まで、ずっと見える状態でいたいんです」

答える前に、マダムがいかにもわけ知り顔の笑みを浮かべたように思えたのは、わたしの気のせいだろうか。「わが社の治験施設においては、あなたが希望しないかぎり、視界をさえぎることはいっさいありません。あなたの視界が閉ざされるのはただ一度、施設へ移動するときのみです。そのときはあらかじめお知らせしますから、心の準備もできることでしょう」

「わかりました、それならいいわ」

「ほかには？」

「その〝紫の錠剤〟というのは？　わたしに服用してほしいんですか？」

「ええ、もちろん。でも、それはそのときにあなたが判断していただいてかまいません。念のためにつけくわえておきますが、これは完璧に安全な薬品です。当然のことながら、その効力についてのあなたの専門家としてのご意見をおうかがいできれば、こんなに嬉しいことはありません」

こんな台詞、ついこの間も聞かされた気がするわ！　なんだか頭がぼうっとして、これから自分が署名する書類についても、不吉な考えばかり浮かんでくる。せめて、最後にこれだけは訊いておこう。

「マダム・ジュリリーク、こんなことをうかがっていいかしら。その薬、あなたも服用してみたことはありますか？」

「あら、もちろんありますとも、ブレイク博士。こうした薬は、マーケティング戦略という観点からだけでも、わが社の管理職全員が自ら試してみるべきだと思っています。結果として、わたくしは胸を張ってこの薬を世界じゅうの女性にお勧めできますよ――少なくとも、つきあっている相手がいる女性には」まるで、極上の快楽の思い出をふりかえってでもいるように、マダムはふと遠い目になった。首もとから胸、そして乳房に向かって、うっとりと自分の指を走らせる姿を、わたしは唖然として見まもるばかりだった。ちょっと、どういうこと？　刻一刻と、どんどんおかしな展開になっていくけれど。まもなくマダムは白昼夢から覚め、てきぱきした口調に戻った。「では、これでよろしいでしょうか、ブレイク博士？　よかったら、この修正済みの書類に署名をお願いします」わたしの前に、契約書を差し出す。

　ルイとフレデリックが部屋に入ってきて、わたしの両側に立った。わたしはふっとため息をついてから、それぞれの修正部分に確認したしるしの頭文字署名を入れ、最後に正式な署名をした。こんな状況で署名をさせられた契約書が有効かどうかは、充分に争う余地があるはずだと、自分に言いきかせながら。少なくともイクセイド製薬は、今回の件について交渉する権利を与えてくれたし、今週末には解放してくれるという約束もしてくれた。これからの三日間に何が待ち受けているかは、まったく見当もつかないけれど。

「ありがとう、ブレイク博士。けっして後悔はさせません。あなたの面倒は、わが社がきちんと見ますから」ああ、この言葉も前に聞かされた。きわめて重要な交渉が妥結にいたったとでもいうように、マダムはわたしの手を握りしめた。力強いマダムの手に比べ、自分の手がいかにも弱々しく感じられる。「ルイがご案内しますので、部屋にお戻りください。治験施設への移動に際して必要な処置は、後ほど腕のいい医師にやってもらいます」

わたしは立ちあがり、ルイの後ろに続いて執務室を出た。「そうそう、ブレイク博士、あとひとつだけ」――わたしは部屋の中のマダムをふりむいた――「自分を解き放ちさえすれば、あなたはきっと、いま思っているよりもずっとこの経験を楽しむことができるでしょう」にっこりと満面の笑みを浮かべると、マダムは顔をそむけた。まいったわね、いったいこの人たちは、わたしのことをどれだけ調べつくしているのかしら？　執務室のドアをルイが閉め、わたしは部屋へ戻った。

持ちものはすっかり荷造りされ、部屋は使った形跡がないほどきれいに片づけられている。わたしは不安が吐き気となってこみあげてくるのを感じながら窓辺に歩みより、あてもなく外を眺めた。気がつくと、いまやジェレミーとつながる唯一の絆となったブレスレットを、もう片方の手でしきりに撫でてしまっている。あの実験に関して、あの人は本当にわたしの友なのか、それとも敵なのか、いまはもうわからなくなってしまったというのに。いまあの人と会えて、この混乱した状況をすべて説明してもらえるものなら、何を差し出しても惜しくはない。この先に何が待ちかまえているのか、わたしのとった道は本当に正しかったのか、いまは何もわからないのだ。窓の外を眺めながら、心の中で呼びかける。ジェレミー、いったいあなたはわたしに何をしたのよ？　いま、どこにいるの？

自分がこんなところに連れてこられたのも、すべてはジェレミーのせいなのだと考えずにはいられないけれど、同時に心の奥底では、わたしはいまだにあの人を愛したいと願っているし、愛されているとわかってもいる。そう、こんなやっかいな事件に巻きこまれていても。この頭痛の種となっている疑いを、あの人が晴らしてくれさえすれば。思いはとどまるところを知らずさまようばかりで、わたしは混乱し、呆然と立ちつくすばかりだった。選択の余地はなく、ただ流れに身をまかせるしかないという絶体絶命の立場に、またしても置かれてしまうなんて。

「準備がお済みでしたらこちらへどうぞ、ブレイク博士」

ああ、もう、こんなときに準備も何もあるわけがないのに。荷物を運ぶのはここの人たちがやってくれるようなので、わたしはおとなしくルイとフレデリックにしたがい、螺旋《らせん》階段を下りていった。この城に戻ってくることはあるのだろうかという思いが、ふと頭をよぎる。おそらく、もう二度とないにちがいない。あの巨大なアーチ形の扉の脇の小部屋に案内されると、そこには腕がいいとマダムが評した（とはいっても、本当はやぶ医者かもしれないわよね？）ヨーゼフ・ヴォトルベッツ医師が、辛抱づよくわたしの到着を待っていた。机の上には注射器と薬剤の入ったガラス容器が何本か、白い布の上に並べてある。医師に挨拶されながら、わたしは手のひらがじっとりと湿ってくるのを感じていた。

「ブレイク博士、今日の体調は？」

「昨日よりはよくなりました」

「緊張しているんですか？」医師は穏やかな声で尋ねた。

「当然でしょう？」後ろをふりかえると、すでにドアは閉められていて、わたしはこの医師とふたりきりになっていた。

「何も怖ろしいことは起きませんよ、わたしがちゃんと見ていますからね。さあ、その椅子にかけて」

「どうして、そんなことが信じられるの？　あなたが誰なのかも、何をするつもりかも知らないのに」ああ、もうこれ以上は無理。いまにも気を失いそうになって、わたしは勧められた椅子にどすんと腰をおろした。

「気分が悪いんです」何か手ごろな容器はないかと、必死に部屋の中を見まわす。医師は机の引き出しから嘔吐用の袋を取り出し、あわてる様子もなく差し出した。それを口に当ててしばらくすると、吐き気の波は去っていった。「これから、ここでいったい何をするんですか?」

「あなたに注射を打って、それから病院に向かいます。詳しいことは、マダム・ジュリリークが説明しませんでしたかね?」医師は眉をあげてみせ、こちらの目をじっとのぞきこんだ。どうにもいらいらする相手だ。それでも、わたしを誘拐した側の人々が、こんなにもこちらの質問にきちんと答え、わたしを納得させてから次に進もうとすることは、奇妙に印象に残る。これは、いい方向へ進む兆しなのかもしれない。

「それで、その注射はなんのために?」

「筋肉の緊張を解き、身体を動かなくさせます。効き目が現れるまで、せいぜい三十分というところでしょうかな。病院についたら、また別の注射を打って、それから治験施設へ。痛みはまったくありません」医師は言葉を切った。「さあ、準備はいいですか?」

なんてこと。そんなのいや、冗談じゃないわ。とめどなく湧きあがる不安に、わたしはもう耐えきれなかった。淡々と事務的に、まるで合意の上のことであるかのように、すべてが進んでいく。わたしは恐怖にいまにも押しつぶされそうなのに、医師は穏やかにこちらの準備ができるのを待っているのだ。

「最初はちょっとばかり奇妙な感覚を味わうかもしれませんが、この城に到着したときよりも、はるかに快適な移動になるはずですよ」わたしはたまらず立ちあがり、ドアに歩みよった。取っ手をひねり、ドアを開くと、そこにはフレッドとルイがしっかりと見張り番をしている。あわててドアを閉め、わたしはまた椅子に戻ったけれど、どうにもじっとしていられない。しばらくもじもじと身じろぎを続けたところで、ようやくわたしは口を開く勇気を奮いおこした。

「いいわ、あなたのことは何も知らないけれど、いまはほかに選択の余地もない以上、何も怖ろしいことが起きないという言葉を信頼して、あなたに身をまかせるほかはないんでしょうね。でも、これだけは憶えておいてください、イクセイド製薬との契約書には、こちらの要求と条件も盛りこまれていて、わたしはそれに署名しているんです」

「あなたにとっても、それは忘れないほうが賢明ですよ、ブレイク博士」うわっ、一本とられちゃった！「おちつかないようですね。よかったら、横になりますか？」いかにも親切で、心配しているような声音だ。信じていいものかどうかはわからないけれど。

「ええ、そうします」震える身体で立ちあがる。ああ、この人たちがもっと卑劣で乱暴だったら、もっと気が楽だったのにと思わずにはいられない。このどこまでも礼儀正しい態度が、わたしをこんなにもおびえさせているのだ。医師が示したのは、後ろのがっしりした長椅子だ。

わたしはうなずき、足早に歩みよると、少しでもこの動揺が収まることを願いながら横になった。医師は優しくわたしの左手をとり、腕をアルコール綿で消毒すると、慎重に静脈を探しはじめた。駆血帯をひじのすぐ上に巻くと、たちまち静脈が表面に浮きあがってくる。これから自分の肌を刺す注射器を目のあたりにしながら、先の見えないこれからの数日間を思い、わたしの呼吸は荒くなっていった。こちらの動揺を無視し、医師は黙々と作業をこなしていく。机の上の注射器を取ると、医師はわたしの手をしっかりと握って位置を定めた。

どうしても黙っていられなくなり、最後の訴えを口にする。「ご存じでしょうけど、こんなこと、何ひとつわたしは望んでいないんです」

「ええ、わかっていますよ、ブレイク博士。しかし、金というのはたいてい、おかしな方法で転がりこんでくるものですからな」カニューレが血管にするすると滑りこみ、医師にしっかりつかまれている腕から、薬剤がゆっくりと体内に入りこんでいく。

「お金?」わたしは金切り声をあげた。「お金のために、わたしがこんなことをしていると思っているの?」

少なくとも、この医師はたしかに腕はいいのだろう。でも、わたしは注射が嫌いだし、いまさら手を引っこめる勇気もない。痛くないことがせめてもの幸いだと思いながら、わたしはその作業から目をそらしているしかなかった。

「つまるところ、世の中のたいていのことは金のためでしょう、残念ながら」

ああ、だとしたら、わたしのこの選択はなんとおぞましく見えていることか。わたし自身はどこかに慈善目的の寄付をするつもりで、潤沢な資金を持った企業からお金をもらうのは正しいことだと思っていた。でも、それは他人の目から見たら、お金のためにこんな契約に同意したということになってしまうのだ。

「でも、ちがうんです、お金のためなんかじゃない。そんなふうに思われているなんて、気分が悪くなってくるわ。わたしが協力しているのは、あくまで自分の安全のため、ここから無事に解放してもらうためです。どうしても無事に子どもたちのもとへ戻らないと、あの子たちに母親がいなくなってしまうもの」感情的にまくしたてるわたしをよそに、医師はおちついていてもう一本の薬剤の容器を手にとり、またしてもカニューレから血管に注入していった。いったい、わたしはどうしてこの医師に向かって、こんな自己弁護めいた言葉を並べているのだろう？　薬剤をすっかり注入しおえると、医師は駆血帯を外した。

「ご立派ですな、ブレイク博士。さあ、この薬剤が効いてくるまで、おかしな副作用が出ないためにも、くれぐれも安静にして横になっていてください」

できるかぎり動かないように横たわりながらも、誰もがこの決断をそんなふうに思うなんて、わたしはいまだ信じられずにいた。あのいまいましい契約書に署名したことも、いまとなっては、すべてはお金のためだという解釈の裏づけになってしまったように思える。あのときは、あの契約書が法的に無効かもしれないなどと、ひとりよがりに考えていたものだ。でも、相手がお金をちらつかせ、わたしがその条件を受け入れてしまったということなら、これは法的に拘束力を持つ契約である条件をすべて備えているではないか。提示、受諾、報酬。とはいえ、そこに拘束が加わったら、やっぱり多少は事情を斟酌してもらえるのでは？　ああ、もう。わたしったら、いったいなんてことをしてしまったんだろう。

何が注入されたのかは知らないけれど、その薬剤はじわじわとわたしの身体を支配しつつあった。筋肉がゆるみ、快い温かさが四肢に広がっていくのがわかる。医師はかたわらの椅子にかけたまま、ずっとわたしの脈をとりつづけていた。

「指を動かしてみてもらえませんか？」

やってみたけれど、指はぴくりとも動かない。

「よろしい、よく効いていますな。引きつづき安静にしていてください」

そんなことを言われても、指一本動かせないのに、安静にしている以外に何ができる？

わたしはつい、つま先を動かしてみたくなった。奇妙な震えが走ったけれど、それ以外は何も起こらない。両脚はぴくりともせずに伸びたままだ。手首の内側に触れている医師の指の感触は伝わってくるけれど、その腕を振り放すことはできない。意識はありながら、完全に麻痺してしまっている状態なのだ。ああ、こんなの、ひどすぎる。

「奇妙な感覚でしょうな、ブレイク博士、わかりますよ。だが、いまはそれに抗おうとするよりも、素直にしたがっていたほうが楽なはずだ」身体の反応に心で抗おうとしなかったことなんて、最近はとんと記憶にない。このところは、そうやって抗うのがわたしの習慣になってしまったかのようだ。

わかりましたと言おうとしたけれど、すでに口も動かない。この状況が怖くてたまらなかったけれど、こんなにもおびえ、動揺しているのに、わたしの身体はいかにも満足げに、静かに横たわったままだった。

「何かを伝えたいときは、目を使ってください。ここまでのところ、あなたはすばらしくよくやっていますよ。力を抜いて、安静に寝ていることを忘れなければ、すべてはうまくいくでしょう。薬が本来の効力を発揮するのを、けっして邪魔しないように」

そんなのはいやと目で伝えたくても、医師はすでに席を立ち、戸口へ向かっていた。ドアを開けると、白衣を着たふたりの男たちがストレッチャーを部屋に運び入れる。身体はぴくりとも動かない。見えるのは、自分の視線の先、あるいは視界の隅に、たまたま入ってきたものだけ。なんとも奇妙な、世界から切り離されてしまったかのような感覚だ。

男たちはストレッチャーを長椅子と同じ高さにそろえると、三まで数えて息を合わせ、わたしの身体をあっさりとストレッチャーに移した。上から白いシーツが掛けられ、留め具で三ヵ所を固定される。顔にかかった髪を医師がかきあげてくれ、その触れかたの思わぬ優しさにわたしはたじろいだけれど、そんなことを気にしている間もなく、ストレッチャーは城の巨大な玄関に向かって動きはじめた。壮大なアーチを見あげながら外に運び出され、ストレッチャーごと慎重に救急車に乗せられる。医師もいっしょに乗りこみ、かたわらの座席に腰を下ろすと、あらためて脈を測りなおした。そのとき、ふとあのブレスレットが目にとまってしまったようだ。

「これは美しいアクセサリーですな、ブレイク博士。いままで気づきませんでしたよ。どういう由来の品物なのか、いま聞かせていただけないのは残念です。とはいえ、これから向かう先では、これをつけたままでいるわけにはいかないでしょう。すべてが終わったあかつきには、必ずお返しすると約束しますよ」わたしは絶望の叫びを漏らしたいくらいだったけれど、いまはただ、無言のまま目を動かすことしかできない。一瞬の後、窓にちらちらとライトの反射がまたたきはじめ、車が発進するのがわかった。何もかもが、もうわたしには耐えきれなかった。

＊　＊　＊

けたたましく鳴りつづけるサイレンを聞きながら、どことも知れない病院に運びこまれる。考えてみると、ここがどこの国なのかさえ、わたしはいまだに知らないのだ。車椅子に縛りつけられ、ブルカに全身を隠されながらも、もがいたり、筋肉に力をこめたりできるのと、まるで脳が全身にちゃんとした命令を送ることができないかのようにストレッチャーに横たわり、苛立ちをつのらせながらも身体だけはゆったりとくつろいだ状態で運ばれていくのと、はたしてどちらが奇妙な気分というべきだろうか。

そんな考えがとりとめもなく脳裏をよぎるうちにも、わたしはどこか小さな村の病院のような建物の廊下を運ばれていった。次に何が起きるのかを予測するためにも、建物の間取りを探り出そうと目をこらす。やがて、わたしは小さな部屋に運びこまれ、数人の看護師に預けられた。てきぱきした手で留め具が外され、服を脱がされて、後ろが大きく開いたぞっとするような患者用の衣服に着替えさせられる。これが最悪の事態とはいわないけれど、それにしても……

看護師たちはわたしの手足を徹底的に洗い、さらに別の患者用の衣服に着替えさせた。ヴォトルベッツ医師が戻ってきて、またいつもの診察を行う。今度ばかりは、わたしからは何も質問できなかったけれど。わたしの反応がまったくないのを見て、医師は満足げな様子だった。手にしていたクリップボードに目をやり、何枚かページをめくる。

「依然として快適な状態にありますね、ブレイク博士？」

わたしは目を上下に動かした。こんな状況下で許すかぎり、快適ではある。どうにも虚しい快適さだけれど。

「これから一日二日にわたって必要な栄養を摂取していただくために、点滴を行います。これで、浣腸の後は食事をとる必要がありません。この点滴が終わると、全身にまた力がみなぎった実感があり、さらに満足度が上がりますよ」まるで、温泉の健康増進プログラムにでも参加しているかのように聞こえる。実際には、頭脳だけがくるくる動いている昏睡《こんすい》状態にも等しいのに。

医師はそのまま作業を続けた。点滴の針が差しこまれたけれど、わたしには止めることもできない。今度は何か冷たいものが血管を伝って広がっていくような感覚があった。人生においては、恐怖の対象としっかり向かいあう必要があるというけれど……これだけの目にあったら、今後どんな病院に行っても、さして怖ろしくはなくなるかも。

「この点滴が終わったら、もう一度だけ注射をします。今回の治験では、注射はこれが最後になるでしょう。引きつづき、筋肉はいまのようにまったく動きません。さらにくつろいだ気分になって、やがては深い眠りに落ち、一時間程度はそのままです」そんなことを聞かされて、不安は高まるばかりだったけれど、医師はわたしの反応に気づくはずもなく、淡々と先を続けた。

「まもなく、あなたの身柄はこの病院の別の施設に移されます。移動中は何も見えないよう顔を覆うことになりますが、それもひとえに移動を迅速に終わらせるための処置です。いまは身体を動かせないでしょうが、移動中はくれぐれも安静にしていてください。あなたを不必要な危険にさらしたくはありませんのでね。ご理解いただけましたか？」

あと一度でも〝安静にして〟などと言われたら、もう金切り声をあげてしまいそう。そんなことさえ、いまはできないけれど。わたしはふたたび目を上下させた。理解したかって？　ええ、危険がないよう安静にしていろってことでしょ、わかった、わかったわよ！

「あなたは非常によくやっていますよ、ブレイク博士。できるだけ早く、通常の状態に戻してさしあげないといけませんな」

ああ、腹が立つ。こんなにも通常の状態からほど遠いことなんて、わたしの人生でも空前絶後なのに！　医師の続けている作業をこれ以上見ていたら、どうにかなってしまいそうだ。目をそらさなくては。目隠しをしてくれていたジェレミーには感謝しなくてはならないわね、と皮肉な思いが頭をよぎる。こうした処置に危険がともなうのかどうか、それはどの程度の危険なのか、どうしてわたしは訊いておかなかったのだろう。マダム・ジュリリークともっと詳細な部分まで話しあっていれば、もしかしたらこんな目にあっていなかったかもしれないのに……ああ、もう遅い。

「さあ、もうすぐですよ」ふいに、わたしは信じられないくらい、すばらしくくつろいだ気分になった。たしかに、これはとても幸せな状態だと認めなくては。温かくて、ふわふわして、わけもなく気持ちが浮きたつ。何にしろ、いま投与されたのは素敵な薬だ。身体は動かずにぐったりと重いのに、柔らかく融けているように感じられるのだ。ああ、幸せ。わたしはまたストレッチャーに戻された。

「さて、ブレイク博士、次の場所でまたお会いできるのを楽しみにしていますよ。どうか、安静にしてお待ちください」

まあ、いまのわたしにできることといったら、安静にしているくらいしかないのだけれど。身体の周囲で、何かファスナーを閉じるような音がする。その音が続くうちに何かがわたしの顔を覆い、視界がすっかり閉ざされてしまった。やがて、ストレッチャーが動きはじめる。あの腕利きの医師が言ったとおりだ。もう、わたしは何も気にならなかった。こんなにいい気分なのだから、何でも好きなことをしてくれていいわ……これからの三日間、どんなことが起きるのかを想像するより早く、ふっと暗闇が意識を包み、まるでロウソク消しを炎にかぶせたように、何もかもが消え失せた。

第五部

悲しみは静けさとして、感情に記憶される。

――ドロシー・パーカー

ジェレミー

ぼくはもう、どちらが上なのかもわからなくなったまま、急な斜面をごろごろと転がり落ちていった。脇腹や脚が石に叩きつけられるのを感じながら、せめて頭と顔だけは守ろうと身体を丸める。膝を鋭い石で切ったような気がしたが、落ちていく速度は増すばかりで、傷を確かめることさえできない。やがて、腿を岩にしたたかにぶつけてようやく止まる。打った個所がおそろしく痛んだが、そんなことにかまけているひまはなかった。バックパックは背中の下敷きになって押しつぶされている。中身ははたして無事だろうか。どうにか地面から立ちあがると、ぼくは足を引きずりながら、必死に村まで走った。いま目撃したことを、一刻も早くサムに伝えなくては。

ようやく宿にたどりつき、ぼくたちのこぢんまりした客室のドアを開ける。部屋には、ぼくより二、三歳下くらいの女性がいた。ぼくを見て、サムは飛びあがった。

「ジェレミー、いったいどうしたんだね？　泥だらけだし、おまけに……まさか、それは血かね？」

「斜面を転がり落ちたんですよ。そんなことはどうでもいい、サム、このへんの救急車が患者を運ぶ病院はどこなのか、すぐにつきとめなくては。やつらは――」ぼくは、ふいに口をつぐんだ。息を継がなくてはならなかっただけではなく、危うく知らない人間の前で言ってはならないことを口走りかけたと気がついたのだ。

サムも、そんなぼくの表情を見てとった。「ジェレミー、こちらはサリーナ。わしらのボディガードだ」

「えっ？　いったい、どうして――いや、何でもありません」ボディガードといえば男に決まっていると思いこんでいたなどと、こんなところでぶちまけてしまってはならない。信じられないという驚きを、ぼくはどうにか隠そうとした。見たところ、身長は百七十センチほどだろうか。痩せた体格に、短く切りそろえた黒っぽい髪。さして強そうには見えないが、ぼくは長年の経験から身にしみて学んではいた――人は見かけどおりではない。

「きみをここに派遣したのは誰だ？」ロンドンに続いて衝撃的な光景を目撃してしまったいま、ぼくはこのボディガードの身元を、自分自身でも確認しておきたかった。

「マーティン・スマイス。ミュンヘンに招集された捜索チームの責任者で、いまはチーム全員が、わたしたちからの情報を待っています」

「よし、わかった」少なくともこの女性は、いま何が進行しつつあるのかをちゃんと把握しているようだ。「ぼくはジェレミー・クイン博士。よろしく」汚れた手をあわててズボンで拭ってから、サリーナに握手を求める。

「サリーナ・マレクです。よろしく」事務的で淡々とした口調だ。

「さあ、話してくれ、ジェレミー。いったい何があった？」サムがせきこんで尋ねる。

「ここで話している時間はありません、すぐに動かなくては。いま、この村から北西へ進む道を救急車が出ていったんですが、それにアレクサが乗せられていたんですよ。後は、車の中で話します」

「それなら、その救急車はブレッドに向かったのだと思います。あそこには小さな病院がありますから。もしも、さらに急を要する容態なら、オーストリアとの国境を越えて、より大きなフィラッハの病院に向かったかもしれません。車の鍵は？　わたしが運転します」

サリーナがたちまち先に立って動こうとしはじめたことに、正直なところいささか驚きはしたが、このあたりの地理をしっかりと把握しているらしいのはありがたい。一瞬、運転は自分がすると押しきろうかとも考えたが、斜面を転がり落ち、それからホテルまで走ったために、いくらかふらふらしているのも確かだ。後部座席に乗りこんで、ふたりに事情を説明しつつ、全身の汚れを落としてけがの手当をしてもいい。鍵を放ると、サリーナはさっと受けとめた。なるほど、反射神経も悪くない。

迷わず公道に出て、車を飛ばしはじめたサリーナの運転技術には、ぼくも感服せずにはいられなかった。下手な運転をかたわらで見ているほど苛立たしいことはないので、本当にありがたい。あらためて脚を調べてみると、ズボンが破れ、膝からはいまだに血が流れている。目撃したことをすべて話しながら、ぼくはシャツの袖を破り、膝を縛って血を止めにかかった。見たところ、数針は縫う必要がありそうだ。

「ブレッドはここから約二十キロです。救急車の向かった方向にまちがいはありませんね？」

「ああ、まちがいない」

「サイレンは鳴らしていましたか？」

「いや、城を出るときには、ただ回転灯を点けていただけだ。しばらくして、サイレンを鳴らしはじめた」

「わかりました、それなら、まずはブレッド病院を徹底的に捜索すべきですね。あそこはごく小さな施設なので、さほど時間はかからないでしょう。救急車が停まっているかどうか、ついいましがた走った形跡があるかは、すぐにわかるはずです。どちらにしろ、あなたの膝もちょっとした手当てが必要なようですし」サリーナはちらりとこちらに視線を投げてきた。頼むから前を見ていてくれと、ぼくは願った。

「このくらいの傷なら自分でも縫えるが、そこの器具を貸してもらえたらありがたいな」

「きみが見たとき、アレクサンドラの様子はどうだった？」サムが尋ねた。

「無事でしたよ。どこか寂しそうでしたが」──窓の外のアルプスを、そして知らずにぼくのほうを眺めていた、あいつの悲しげなまなざしが目に浮かぶ──「ほかは問題なさそうでした」ふいに言葉が喉に詰まり、こみあげてくるものを必死に呑みこんで先を続ける。「やがて窓辺から姿を消し、かなりの時間が経ったころでした。救急車ともう一台の車が城の玄関前に停まったので、引きつづき様子を見ていたんですよ。すると、ストレッチャーに留め具で固定され、アレクサが運び出されてきたんです。ぴくりとも動かないまま救急車に乗せられ、丘を下りていってしまいました」

ちくしょう、いったいアレクサに何が起きたのだろう？　恐怖と不安のあまり、何か発作を起こしたのだとしたら？　この数日間に起きたことを考えれば、あいつが死ぬほどおびえていたって不思議はない。何か薬を服まされて、奇妙な症状が出てしまったとも考えられる。あいつはいつだって普通よりも薬が効きすぎて、おかしなことになってしまうのだ。アヴァロンへ向かう前に、あいつに服ませた鎮静剤のことを思い出す。あのときだって、あいつのためと思って服ませたのに、回復するまでにあんなにも時間がかかってしまったではないか。

「もう少し急げないかな、サリーナ、いつまで経っても着かないじゃないか」つい口調が荒々しくなってしまうのは、自分が焦っているせいだとわかってはいた。

「あと五分もかからずに到着します、クイン」速度計を見れば、この状況下で可能なかぎり飛ばしているのは明らかだった。サリーナはてきぱきと続けた。「では、こうしましょう。あなたがたふたりがいっしょに病院へ入って注意を惹いている間に、わたしも中に入り、ほかの部屋と地下を調べます。できれば、あなたはその膝の治療を受けてください」またしても、ちらりとこちらに視線を投げる。頼むから前を見ていてくれったら。「サミュエル、あなたは応急処置棟にどんな人がいるかを見ておいてください。もしかしたら、ブレイク博士もそこにいるかもしれません。クインからあまり離れないように。あなたは武器を持っていないし、相手はどうやら危険な連中のようですから」

自分が指揮をとることに慣れすぎていて、ぼくはなかなかサリーナの指示を受け入れられずにいた。だが、残念ながらすべての指示が過不足なく、口をはさむ余地はなさそうだ。無言のまま走るうち、車は小さな病院の前で停まった。

「あの救急車ですか？」

「ああ、あそこで見たのとそっくりだ」

「よかった、それなら、まだ中にいるかもしれません」サリーナは携帯を取り出した。短縮番号でマーティンを登録してあるのだろう。

「マーティン、マレクです。クイン、ウェブスター両名に同行し、現在地はブレッド病院。ブレイク博士はクラーニ郊外で救急車に乗せられたのを目撃され、おそらくはこの病院にいると思われます。これから捜索に入り、また後ほど報告します」

電話での報告も、短いながら要点を押さえている。

「準備はいいですね？　クイン、あなたは患者としての役割をくれぐれも忘れないように。この状況下で斜面から転がり落ちたのは、まさに都合のいい偶然でしたね」

よく知りもしない相手に患者あつかいされたり、都合がいいなどと言われるのは、あまり嬉しくはなかった。別に同情してほしかったわけではないし、同情してくれそうな相手でもないが。ぼくたちがうなずくと、サリーナは病院の正面でぼくたちを降ろし、それからすばやく来訪者用の駐車場へ車を停めた。ぼくの膝と腰の痛みはひどくなるばかりで、正面受付へ脚を引きずりながら向かったのは、あながち演技ばかりではなかった。対応してくれた看護師はいくらか英語が話せたので、ぼくたちは口々に傷の説明にかかった。傷を見ようと看護師がカウンターのこちら側に出てきたのを見はからって、サリーナはそっと玄関に滑りこむと、薄暗い通路にすばやく姿を消した。

自分も医者だと懸命に説明しながら、看護師に付き添われて、カーテンで仕切られた小さな部屋に案内される。看護師は坐るよう椅子を示し、どうしてもここの医者を捜してくると言いはって、どこかに姿を消してしまった。その隙に、サムは周囲の部屋をざっとのぞいてまわる。

やがて、愛想のいいインド人の若い医師がやってきて、みごとな英語で自己紹介をした。ハイキングの途中なので、傷口を縫う器具を一式貸してほしいと頼むと、医師は最初は渋っていたが、医師の身分を証明するカードを見せるとすぐに笑顔になった。

「ああ、お医者さんですか。わかりました、いいですとも」医師はぼくと握手を交わすと、必要なものは何でも出すようにと看護師に命じた。ありがたいことに、この病院の手続きは米国やオーストラリアほど厳密ではないらしい。看護師が持ってきてくれた器具で自分の膝の手当てを始めながら、まだそのへんをうろうろしていたインド人医師に、ぼくはいくつか質問をしてみることにした。

「この時間帯に勤務についている医師や看護師は、けっこう多いんですか？」実のところ、こんなに暇そうな病院はここ何年も見たことがない。

「わたしと看護師がふたりだけ。ここは、そんなに忙しくないんですよ。あとはリュブリャナからたまに派遣されてくるインターンがひとりと、ときどき自分の患者を連れてきて、ここで診療を行う専門医がひとり。それ以外は静かなものです」

「さっき、ここに救急車が来たようですが、それはだいじょうぶだったんですか？」

医師は書類に何やら書きこんでいて、そちらに気をとられているようだった。「救急車？　ああ、さっきお話しした専門医が、自分の患者を運んできたんです。非常に深刻な容態だとか。どうも、あまり芳しくなさそうでしたよ」

その言葉に、ぼくはあやうく針をまっすぐ傷に突き立てそうになった。「えっ？　どういうことですか、あまり芳しくなさそうだったというのは？」汗がどっと噴き出すのがわかる。隠さなくてはいけないとわかってはいても、声ににじむ不安を隠しきれない。

医師は手にしていた書類をめくった。「あなたもご存じでしょう……」ふたたび書類に目を落とす。「クイン博士。救える患者もいれば、救えない患者もいるのです」

くそっ、それはどういう意味なんだ？　まさか、アレクサのことじゃないだろうな？　きっと、この医師は誰か別の患者とまちがえているんだ、そうにちがいない。ぼくは必死に気力を奮いおこし、とにかく傷の縫合をできるだけ早く終わらせることにした。

「救えない患者もいる、というのはどういう意味ですか？　何か事故でも？」

「残念ながら、うちの患者についての詳細を、外部のかたに話すのは禁じられていましてね。あなたの傷は、これから二、三時間はひどく痛むことでしょう。打撲も負っているようですが、それも明日まではさらにひどくなるでしょうね。そんなときは、これを服用してください」医師は鎮痛剤を差し出し、それまでの会話を上手に切りあげてしまった。これ以上は聞き出すことができないのはわかっているが、何もわからないままでは、いてもたってもいられない。

　サムがぶらりと部屋に戻ってきて、小さくかぶりを振った。

「ありがとう」打撲も傷の痛みも、いまはどうでもよかった。もしもこのままアレクサを失ってしまうなら、それ以上の痛みなど存在しようもない。だめだ、そんなことを考えては！　サリーナはどこだ？　いまごろは、もう車に戻っているにちがいない。

　どうにか自分をなだめ、サムといっしょに医師たちに礼を言うと、重い足どりで車に向かう。だが、サリーナならきっと、アレクサについてもっと確実な情報をつかんでくれているはずだ。城の窓辺に姿を現したアレクサはあんなに元気そうだったじゃないかと、懸命に自分に言いきかせる。少なくとも、ぼくの双眼鏡で観察したかぎりでは。だが、もし何か見おとしていたとしたら？　まさか、あれから何かが起きたなどということがあるだろうか？　だとしたら、連中がアレクサに何かしたにちがいない。そのつけは、絶対に払わせてやる。怒りと恐怖がまたしても血管を駆けめぐり、心臓は重苦しく鼓動を打つ。だが、いまはじれながらも車の中で待つしかなかった。

　ようやく現れたサリーナは、さっきまでのてきぱきした身のこなしはどこへやら、病院の玄関からのろのろとこちらに歩いてきた。心臓が喉までせりあがり、身体の奥底から冷たいものがじわりと広がる。何かまずいことが、おそろしくまずいことが起きたにちがいない。サリーナが運転席にどすんと腰をおろし、ドアを閉めたころには、ぼくの心はもう冷たい恐怖に呑みこまれていた。

「よくない報告があります」

「よくないというのは？　いったい、何があった？」

サリーナは頭を振った。「ブレイク博士はこの病院に、通常の手続きに則《のっと》って運びこまれました。何かまずいことが起きたらしく、いま博士の身体は病院の遺体安置所に収容されています」

「何だって？」耳に響いたその言葉の、意味がどうしても理解できない。「そんなはずがないだろう。通常の手続きというのは何なんだ？　そんなのは嘘だ、連中がきみをだましたんだ。あいつが遺体安置所なんかにいるはずがない」

サリーナは動揺を隠せず、髪を指でかきあげた。後部座席にいたサムは、蒼白《そうはく》になって背もたれに身体を預ける。

もう、こんなところにいるのは耐えられそうになかった。この閉ざされた車の中では息ができない、とにかく外に出なくては。だが、車のドアを開けようとした瞬間、サリーナがぼくの腕をつかんだ。

「クイン、出てはいけません。本当です、わたしがこの目で確かめてきたんですから」

「いったい、何を見たというんだ？」

「これを！」

サリーナは携帯をぼくの目の前に突き出した。その信じられない画像が、網膜に焼きつく。

「何だね、ジェレミー？」サムがせきこんで尋ねた。「わしにもその携帯を見せなさい」

サリーナがぼくの手から携帯を取り、サムに渡す。

ぼくは息ができずにいた。話すことも、動くことも。

脳も、心臓も、恐怖に凍りついてしまったかのようだ。

アレクサンドラが死んだ。

まさか、こんなことが真実であるはずはない。城にいたときの元気な姿を、ぼくはこの目で見たのだ。悲しげで、もの思いにふけってはいたが、たしかに生きて、呼吸をしていた。こんなことがあっていいはずはない。もっとも怖ろしい悪夢が、こんな形で現実になってしまうなんて。あれだけの年月を経てようやく再会し、自分たちの気持ちを整理して、初めて出会ったときから心に抱きながらも、十年以上も潜在意識に埋もれていたお互いへの愛情を再認識したばかりだというのに。くそっ、そんなことは絶対にありえない。あってはならないし、起きるはずがないんだ。ダッシュボードでも何でも、とにかくぶちこわしてやりたくなって、ぼくはこぶしを叩きつけた。心臓が無残にもまっぷたつに切り裂かれ、次には四つと、一秒ごとに切り刻まれていくような気がする。

ああ、あいつには子どもたちもいたのに。エリザベスとジョーダン。そして、ロバートも。いったい、ぼくは何をしてしまったのだろう？　ひとつの家族を破滅させたも同然ではないか。いろいろなことを経てきた結果、いまではまるで自分の家族のように愛している人々なのに。ショック状態におちいっているのか、身体が麻痺して動かない。あんまりだ……弟が死んだときのように、いや、あのときよりもつらい。今回は、すべてがぼくの過ちなのだから。サムが車を降りるのを、ぼくは頭の片隅でぼんやりと意識していた。サリーナが車の鍵を抜きとり、その後を追って病院に向かう。すべてはぼくの周囲で起きていることなのに、まるで、自分はそこにいないような気がしてならない。ぼくの身体は苦悶《くもん》と罪悪感の鎖によって、車の座席にくくりつけられたまま動かなかった。

＊　＊　＊

どれくらい長いこと車の中にひとりで坐っていたのだろうか。ぼくの新たな現実――アレクサのいない世界――に、時間は存在していないように感じられた。脳裏に焼きついてしまったあいつの姿を、どうしても振りはらうことができない。もはや動くことも、生き生きと輝くこともなく、死と闇に呑みこまれてしまった顔。ほんのしばらく前まで、あんなにも生命力にあふれていたあの美しい身体を、すっぽりと包みこんだ黒い死体袋。

手が震え、身体がおののく。ふと気がつくと、いつのまにか熱い涙がとめどなく流れ、シャツを濡らしていた。心に抱いていた愛が残らず絞りとられ、すさまじい苦痛に置き換えられている間に、身体は身体でこの衝撃と悲しみに反応しているということなのだろうか。愛するものを失う痛みは、とうに知っているつもりだったが、これはまったく別の体験だ――どこまでも続く、底知れない苦痛。感情が胸のうちから湧きだして、ぼくの首を絞め、肺から空気を吸いとってしまっているかのようだ。

世界でもっとも美しい女性、ぼくの親友、ぼくの恋人は、あの連中に殺されてしまったのだ。くそっ、この仇《かたき》は絶対にとってやる。ふいに、憎しみと怒りにかきたてられてアドレナリンが血管を駆けめぐり、一瞬先もわからない感情の激発が身体を支配した。車の窓をこぶしで叩き割ってしまいたい衝動を、必死でこらえる。ガラスが突き刺さる苦痛など、心をえぐるこの苦しみには比べようもないのだが。

その代わり、ぼくは車から飛びおりると、病院にまっすぐ走っていった。縫合した膝の傷のせいで、歩幅も速度も思うように伸びないが、そんなことはどうでもいい。勢いよく入口を開け、右に折れて受付の前を通りすぎると、この先に遺体安置所があることを祈りながら階段を駆けおりる。どうしてもアレクサに会わなくては。あいつの顔に、肌に触れ、悲しげなあの目をそっと閉じてやりたい。身体を緊張にこわばらせ、両開きのドアをいくつか突破したところで、ふいに目の前にサムとサリーナが現れた。ふたりとも苛立たしげに髪をかきむしりながら、看護師と押し問答をしている。一触即発の雰囲気だ。

「いったい、どうなっているんだ？」ぼくは叫んだ。「アレクサの身体はどこにある？」がらんとした部屋を見まわし、あの画像で見た死体袋を探して、キャビネットのひとつを開けてみさえした。「教えてくれ、あいつはどこだ？」理性を失い、あやうくその看護師を乱暴に揺さぶって返事を迫ろうとする。ぼくを制したのは、サムの声だった。

「ここにはいないのだよ、ジェレミー。サリーナがアレクサンドラを見たのはこの部屋だったそうだが、どうやら運び出されてしまったらしい」ぼくはサリーナに視線を向けた。

「本当にここにいたんです、この目で見ました。誓ってもいいわ」アレクサに会ったこともないはずなのに、サリーナはサムと同じくらい動揺している。

「ああ、ああ、わかっている。きみの撮った画像は、充分すぎるほどの証明だ」抑えようとしても、怒りと絶望が声ににじみ出てしまう。ぼくはまた、看護師に向きなおった。「いったい、アレクサをどこに運んでいったんだ？」声をかぎりにどなりつける。「教えるんだ。さあ！」

看護師はすっかりすくみあがり、そそくさと部屋を出ていった。

「いったい、どうなっているんだ？　何もかも、おかしすぎるじゃないか」看護師がいなくなると、ぼくはまたキャビネットを開けようとしてみたが、どれも鍵がかかっていた。

流暢《りゅうちょう》な英語をしゃべる、さっきの若い医師が、ぼくたちのところへやってきた。「ここに入られては困りますね。部外者は立ち入り禁止なんですが」

「きみたちの規則や手続きなど、知ったことか。ここに、女性がひとり運ばれてきていたはずだ、アレクサンドラ・ブレイク博士という……」その名を口にするだけで、喉が詰まる。「博士がここにいたことはわかっている。少なくとも、博士の遺体は。ところが、いまやどこにも見あたらない、まるで消えてしまったかのように。何が起きたのか、説明してもらおう」

「ああ、お願いですから、どうかここから出てください。あなたがたのせいで、責任を取らされるのはわたしなんですから。お願いしますよ」懇願するような目で、医師は手をドアのほうへ差しのべた。「静かに、わたしの後をついてきてください。できる範囲でお話ししますから」

ぼくたち三人はしぶしぶ両開きのドアから外に出ると、医師に続いて通路の先の小さな部屋に入った。

「あの部屋には、入ってはいけなかったんですよ。規則で禁じられているんです」

「きみたちの規則などどうでもいい。ブレイク博士の遺体はどこにある?」

「別の場所へ移されました」

ぼくはついに我慢できなくなり、医師のシャツの襟をつかんで壁に押しつけた。

「どこに運ばれたのか、いますぐ話すんだ」

怒りに燃えるぼくと医師の間に、サリーナがすっと割って入り、つかんだ襟を放させた。自分が柄にもなく、不必要なまでに暴力的なふるまいをしているとわかってはいたが、それでもぼくは、苛立ちのあまり壁にこぶしを叩きつけずにはいられなかった。

「いいですか、先生」おちついた穏やかな声で、サリーナは口を開いた。いまやぼくに代わってサリーナが医師を壁に押しつけているのに気づき、嬉しくならずにはいられない。さほど大柄な女性ではないが、舐めてかかった人間はたいへんなことになるだろう。

「どこに遺体が運ばれたのか、話すのはあなたの義務です。オーストラリア国民であるブレイク博士はつい先ごろ誘拐され、そしてどうやら、この国で殺害されました。要請した応援も、いまこちらに向かっているところです。もしもこれから二十四時間にわたって拘束され、尋問を受けたくなかったら、遺体の運ばれた先をいますぐ話すことですね」そう言いながら、サリーナは巧みに姿勢を変え、ブレザーの下につけている銃のホルスターを見せつけた。どうやら、これはかなり有効な一手だったらしい。

「遺体はこの先の国境を越えた、フィラッハ病院の安置所に移されました。そこでヴォトルベッツ医師が予備検死を行って、死因をつきとめるのだとか。この病院には、解剖のできる設備がありませんからね。わたしが知っているのは、これで全部です」医師はぼくたち三人を、おびえた目で見わたした。

「ありがとう、先生。ご協力に感謝します」サリーナはゆっくりと手を放すと、ブレザーをまっすぐに直し、また銃が見えないようにした。「さあ、ふたりとも、ここを出ましょう」すっかり主導権を握ったかたちで、ぼくとサムに声をかけると、携帯を取り出してマーティンに報告する。マーティンはふたりの部下を連れて、フィラッハ病院でぼくたちと合流することになった。

次にすべきことが明確になったのはありがたかったが、それでもこの新しい情報に、ぼくは底なしの穴にどこまでも落ちこんでいくような感覚をおぼえていた。死んでしまったアレクサの姿など見たくはないが、見ないうちは、永遠に現実と向かいあえないままなのかもしれない。少なくとも、アレクサを捜しにフィラッハの病院へ向かうというのなら、ぼくがずっと怖れている電話をかけることも、しばらく先延ばしにできる。

一時間と経たないうちに、ぼくたちはオーストリアとの国境を越え、フィラッハの病院を探しあてた。ブレッドよりもはるかに大きな街、スロベニアとは明らかに異なる国であり、何もかもこれまでのようにいかないのは明らかだ。マーティンを待つべきだとサリーナは言いはったが、ぼくはとうてい待ってはいられなかった。サムは精神的にも肉体的にもすっかり消耗してしまっていたため、サリーナとサムは病院入口の向かいにあるカフェで待つことになった。もう午後も遅いというのに、三人とも、きょうはまだほとんど何も食べていなかったのだ。

ぼくは、じっと坐ってなどいられそうになかった。「そのへんを歩いてくるよ」

「馬鹿なことはしないでくださいね、クイン。マーティンもすぐに来ますから」いったい、ぼくはこのボディガードにどれほど無能だと思われているのだろう？

サリーナに苛立ちのこもった視線を投げると、ぼくはカフェのドアを乱暴に開けて外に出た。とにかく、アレクサの身に何が起きたのかをつきとめたい。サリーナはこれまで誰も愛したことがないのかもしれないという思いが、ふと頭をよぎる。あるいは、感情をいっさい表に出さないよう、徹底的な訓練を受けているだけかもしれないが。

まっすぐに病院に向かったものの、受付より奥には入れなかった。あげくのはてに、アレクサの身体のありかどころか、はたしてここに運びこまれたかどうかもつきとめることができないまま、警備員に付き添われて病院の敷地外に追い出されるという、非常に面目ない結果に終わる。こうしたことにかけては、マーティンやサリーナのほうが自分よりもはるかに熟練しているのだと思い知り、ぼくは尻尾を巻いてとぼとぼとカフェへ戻った。みな、ぼくの顔をちらりと見ただけで、ありがたいことに責められはしなかった。すでに到着していたマーティンと手短に握手を交わすと、別のテーブルから椅子を一脚借りてきてサムの隣に陣どり、話の続きに耳を傾ける。

「やつらはブレイク博士を死なせたくはないはずだし、GPSの信号はブレッド湖で消えている。そう、たしかに死体袋を見てしまったら、こちらもそう思いこんでしまうが、それはこちらの目をくらますためだったのかもしれない」サリーナとぼくは、驚きのあまり目を見はった。マーティンはすっと片手を挙げ、口を開こうとするぼくたちをさえぎって先を続けた。「これまでの調査により、ヴォトルベッツ医師はこのフィラッハ病院とは何のかかわりもないし、国境を越えて遺体を運んだりもしていないことが確認された。つまり、ブレイク博士の身体はいまだスロベニアにあると考えられる」いかにもその道の専門家らしく、マーティンは感情を交えず淡々と説明していく。ぼくはといえば、そんなにも簡単にだまされてしまった自分が情けなくてならなかった。さっきの病院で、頭のおかしい来訪者あつかいされてしまったのも無理はない！「さらに、そのヴォトルベッツ医師はイクセイド製薬から継続的に報酬を受けとっており、スロベニア支社の職員に名を連ねていることも確認されている」

「イクセイド製薬の管理職一覧と、それぞれの連絡先はわかるかな？」フォーラムの研究者全員の通話記録をモイラに頼んであったことが、ふいに記憶によみがえる。見こみは低いが、もしかしたらどこかにつながりが……

「ああ、いまメールで送ろう」マーティンは携帯を操作した。「送信したよ」ぼくは礼の代わりにうなずいた。そして、またマーティンのいかにも頼りがいがありそうな声に耳を傾ける。「われわれは今夜スロベニアに戻り、二手に分かれて城とブレッドの病院を監視する」後ろのテーブルにいたふたりの男を、マーティンは手で示した。おそらくは潜伏活動要員だろうから、あえて挨拶はしないでおく。「サリーナ、きみはクインとウェブスターから離れず、つねに携帯を切らずにおいてくれ。ここから数ブロックのところに宿をとった」マーティンはその詳しい場所を記した紙を差し出すと、サムとぼくをまっすぐに見つめた。「きみたちふたりにとっては、本当に長い一日だったはずだ。気がはやるだろうが、いまはしっかり休息をとってくれ。さもないと、いざというときにみなに迷惑をかけるからな」そう、まさにそのとおり。ぼくたちにできるのは、せいぜい迷惑をかけずについていく程度のことなのだ。マーティンの顔は真剣だった。「状況は深刻だ。くれぐれも、サリーナに無断で部屋を出たりしないように。わかったね？」

こんなにも口うるさく指示されるのは、インターン時代以来にちがいない！　だが、もう時間も遅いし、忌まわしくも長い一日であったことは確かだ。だから、あえて反論はすまい。マーティンの言うとおり、ぼくたちには休息が必要なのだ。ひとまず解散の挨拶をしあうぼくたちは、さぞかしうちひしがれて見えたことだろう。解散する前に、マーティンはぼくを脇へ呼んだ。「望みを捨てるな、クイン。まだ、だめだと決まったわけじゃない」暗い顔のまま、礼のつもりでうなずく。ああ、その言葉を信じることができたら。

　ぼくたちは指示されたホテルで休息をとった。整頓の行きとどいた清潔な部屋で、一夜をすごすためなら充分だ。ぼくにとっては、どうでもいいことではあったが。望みなど、ぼくには何ひとつ残されていない。何か食べなくてはいけないと、ルームサービスを頼んだものの、喉を通ったのはマッシュポテトだけだった。どうにかこの苦痛を和らげて眠りにつくために、生まれて初めて睡眠薬を服む。ぼくはふっと意識を失った。

＊　＊　＊

　ぼくは青々とした草原をさまよっていた。どうしたわけか、ここが北アイルランドだというのはわかっている。切り立った断崖に、荒波が勢いよくぶつかる。ひんやりした空気を胸いっぱいに吸いこむと、爽快な、生きかえったような気分になった。いくら長いこと歩きつづけても、いっこうに疲れは感じない。そのとき、ふと水平線の向こうから黒い雲が湧きあがった。黒と灰色の影が重なりあうようにみるみる広がり、ぼくをも呑みこんでしまいそうな勢いだ。雨に激しく肌を打たれ、濡れそぼった身体に、ふいに疲労がのしかかった。気がつくと、ぼくの両腕にはずっしりと重い鎖がぶらさがってい る。古代の防壁に、手首と足首がつながれているのだ。肺腑《はいふ》の奥から漏れた絶叫は吹き荒れる風にさらわれ、ぼくの裸身もごつごつしたレンガの壁に叩きつけられる。まるで意思を持っているかのように、暗い霧がぼくの身体を呑みこもうと押しよせてくる。恐怖にかられ、みるみる迫ってくるその深い霧から逃れようと、どんなにもがいてみても鎖は外れない。どうしようもないと諦め、ぼくは目を閉じて、その凍りつくような冷たい霧が自分を包みこみ、やがて通りすぎていくのを待った。

いくらか空気が穏やかになったのを感じとり、目を開けてみると、うっすら残った霧の中に、何か赤いものがぼんやりと浮かびあがっている。必死になって目をこらすと、それはフードつきのマントをかぶった人影だった。その人物が近づいてくるにつれ、冷えきったぼくの身体に、じわりと温かみが伝わってくる。ルビー色の人影がフードを脱ぐと、発散される熱もひときわ高くなった。信じられない、フードの下から現れたのは、アレクサの美しい緑の瞳ではないか。抱きしめたいと思っても、腕の鎖ががちゃがちゃと鳴るばかりだ。あいつから腕を差しのべてくれたらと願うものの、アレクサの腕はいまだマントに覆われており、その顔だけが光り輝いている。あいつはぼくの前にひざまずき、無言のまま、ぼくを口に含んだ。最初はゆっくりと、やがて高まる情熱にまかせて、ぼくの硬くなったペニスを激しく吸う。アレクサに触れられないのがつらすぎて、ぼくは大声で叫んだ。その顔には、これまで見たことのないような真剣な表情が浮かんでおり、まるで確信に満ちた欲望につきうごかされているかのようだ――これまでとは、何かがちがう。

アレクサの唇と舌による襲撃に守りを突き崩され、頭がまったく働かず、どういうことなのかを筋道立てて考えられない。まるでぼくの魂の核を吸いつくそうとでもいうように、ただひたすらに吸っている。やがて、その美しい唇の中へぼくがたまらず発射してしまうと、あいつはそれを最後の一滴まで飲み干した――これまでは、一度たりともそんなことはしようとしなかったのに。ひざまずいたままこちらを見あげるアレクサの瞳をのぞきこむと、その瞳はいつしかマントと同じ、血のような赤に変わっていた。こちらを突き刺すような視線で見つめるアレクサの唇に、ふっとみだらな笑みが浮かぶ。

やがて、あいつはまたフードをかぶり、地面に頭を垂れた。すると、どこからともなく別のふたりの人影が霧の中から現れた――どちらも黒いマント姿で、アレクサの両脇にふわふわと浮かびながら、手を差しのべてあいつを立たせた。顔はすっぽりとフードに覆われ、いまやぼくのアレクサらしいところはどこにも残っていない。絶望のあまり、ぼくはあいつの名を叫んだ。どんなにもがいても、壁につながれた鎖はびくともしない。あいつの身が心配で、ぼくたちふたりの運命が不安で、いまにも胸がはりさけそうだが、ぼくはもうすっかり消耗してしまっていた。

三人の影はきびすを返し、どんどんぼくから遠ざかって、霧の原野を進んでいく。戻ってきてくれ、あと一度でもこちらをふりむいてくれと、懇願するぼくの叫び声にもかまわずに。弱りきった身体から心臓がむしりとられるような痛みをおぼえながらも、ぼくは捕らわれの身のまま、なすすべもなく立ちつくしていた。

＊　＊　＊

「ジェレミー、ジェレミー、起きてくれ、きみは悪夢を見ているのだよ。ジェレミー！目をさましてくれ」

一瞬わけがわからなかったが、やがて、いまだぼくの身体を勢いよく揺すぶっているサムに起こされたのだと気づく。シーツも、すっかり汗で濡れてしまっていた。いったいここはどこなのか、ぼくは懸命に記憶を探った。

「ああ、サム。ええ……すみません……どうも、悪い夢を見てしまったようです」声がひどくしわがれていて、何度も咳ばらいをする。

「あまりにきみの叫び声が大きかったので、隣のわしの部屋まで聞こえてね、様子を見にきたほうがいいと思ったのだ。サリーナがきみの部屋の予備の鍵を持っていたからな」

「本当に？　起こしてしまってすみません、サム。ぼくはだいじょうぶです。ちょっと、水でも飲んできますよ」ふと気がつくと、戸口にはサリーナが静かに立っていて、何も問題はないかと部屋の中を確認しているようだ。

「いや、わしが持ってこよう。きみはそこで待っていなさい」

潜在意識には、まださっきの夢の残響がたゆたっている。起こされたときには頭がぼんやりしていたが、意識がはっきりしてくるにつれ、胸の痛みも目をさました。ぼくの現実は、何も変わっていないのだ――アレクサは死んでしまった。

「何か、新しい情報は？」ほんのかすかな希望をこめて尋ねる。

「とくに、何も」サムも、ぼくに負けずにうちひしがれた口調だ。「アレクサのブレスレットからの信号もとだえてしまった」

「それはおかしいな。破壊されてしまったということでしょうか？」

「いや……まさに、おかしいのはそこなのだ。もしも破壊された、あるいは取り外されたのだとしたら、あのブレスレットはそれを知らせる信号を出すことになっている。体温を感知して信号を出すプログラムなのだ」

ぼくはサムをまじまじと見つめた。いま口にした言葉の意味を、サムはわかっているのだろうか。

「いや、その……結局のところ、どうなっているのかはわからんな、ええ？　とにかく、信号が届いておらんのだ。最後に発信されたのは、ブレッドの病院からだった」

「サリーナがあいつの遺体を目撃したところですね」その先に待つ結論を目の前につきつけられた気がして、ぼくはふいにベッドの上ですすり泣きはじめた。心の傷はあまりに深く、これ以上は重荷を抱えていられなくなったのだ。サムは慰めてくれようとしたが、ぼくはまだそんな同情を受け入れる余裕すらなかった。礼儀に外れない程度にその手を押しやると、サムはそっとしておこうと判断してくれたらしく、ぼくの部屋を出ていった。

やがて、ようやくいくらか気をとりなおし、コーヒーをいれる。そろそろロバートに電話をしなくてはならないことはわかっていた。ぼくがまたアレクサの人生に足を踏み入れ、数ヵ月前にロバートに連絡をとるはめになった、この奇妙な一連のなりゆきについて、あらためてふりかえらずにはいられない。そもそものきっかけは、米国マサチューセッツ州のマーサズ・ヴィンヤード島にあるレオの別荘で始まった、いつもの他愛ない議論からだった。ぼくとレオは愛と人生について哲学的な考察を重ねる合間に、こうして自分たち独身男が女性抜きで楽しんでいることを笑いあっていたものだ。レオが独身をつらぬいているのは、自らの選択だ——生涯ひとりの相手と添いとげるなどということに、さして意味を見いだせないらしい。ぼくのほうは、仕事と結婚しているも同然な生活であること、アレクサがほかの男に奪われてしまったことが原因だが。

＊　＊　＊

「わたしはこう考えているんだ、ＪＡＱ」――レオはいつもぼくのことを、ジェレミー・アレクサンダー・クインの頭文字を取ってこう呼ぶ――「人生において、誰かとたまたま出会うことは、すべて運命にそう定められているのだとね。その相手が自分にとって重要だと感じ、そうしたいと願うときは、しばらく関係を続ける。やがて、その関係がどちらかにとって意味がなくなってしまったら、お互いへの敬意、これまでの絆への感謝を抱きつつ、友人として別れるんだ。甘い思い出を大切にしつつ、それからもふたりの人生は続いていく。出会ったことにより、さらに充実した形でね」

「そんなふうに、いつもうまくいくものかな？」

「たいていはそれなりにうまくいくが、残念ながらそうでないときもある。例としてわたしの弟、アダムの話をしてやろうか。わたしと弟は、こうした件については似たような考えかたをしていてね。数年前、オーストラリアの景観と生態学を論じる会議で、弟はある男に会った。ほんの短い期間ではあったが、どちらにとっても、きわめて鮮烈な出会いだったらしい。これはけっして偶然なのではない、運命なのだとアダムは信じた。だが、相手の男――ロバートという名だった――には、妻も子どももいてね。それ以来、ずっと連絡はとりつづけているものの、ロバートとしては、いまの生活をないがしろにはできない、家族を傷つけたくはないというんだ」

何かが脳裏にひらめいた。「あなたの弟はゲイなんだね？」

「ああ、わたしの知るかぎりずっとな」レオは片目をつぶってよこした。

「そのロバートという男は？　仕事は何をしているんだ？」

「たしか樹木栽培の専門家で、タスマニアに住んではいるが、英国人という話だったな。妻はオーストラリア人だったはずだ」耳にしたことが信じられずに凍りついているぼくにかまわず、レオは先を続けた。「とにかく、アダムはどうしてもその男のことが忘れられず、それ以来、誰とも関係を持つことができずにいるんだ。さっさと忘れて先に進めと、さんざん言いきかせてはいるんだが、そういうことができない人間もいるからな
……」レオは訳知り顔でこちらを見やった。

「まさか、ロバート・ブレイクのことじゃないだろう？」

「ああ、たしかそんな名前だった。知っているのか？」

「信じられないな！　まさか、そんなことが」

「いったい、何の話だ？」

「アレクサ・ブレイクだよ！　あいつの夫が、そのロバートなんだ」

「きみのABのことかい？　これまでさんざん話を聞かされてきた、あの女性？」

「ああ」ぼくはもう、心臓が止まったかと思うほどだった。

　レオも仰天してはいたが、やがて肩をすくめ、にっこりした。「なるほどな、いつもわたしが言っているとおりだ。何もかも、運命の定めた時期を待つしかないんだよ。こ

んな話をいまきみに初めてしたのも、それなりの意味があったんだろう」しばし考えに沈む。「弟の話はこれ以上せずにおくが、それでも、考えてみると——今夜、なぜか弟のことが気にかかっていたんだ。何という偶然だろう。まさか、きみのアレクサの結婚相手が、ぼくの弟の愛する男だったとは」

ぼくはその場に坐ったまま、衝撃のあまりしばらく身じろぎもできずにいたのを憶えている。もの思いに沈み、この新事実を受けとめようとしているのを、レオもそっと静かに見まもっていてくれた。やがて、無言のまま立ちあがったレオは、ぼくの肩をぽんと叩き、そのまま寝室へ引きあげていった。そう、レオのすばらしいのはそんなところだ。どうすればアレクサをとりもどすことができるか、あらゆる可能性を検討すべく、ぼくの頭脳が全速力で回転しはじめていたのを見てとったのだろう。

どうしても知りたいことが、いくつかあった。

アレクサは夫を愛しているのだろうか。

ロバートのほうはどうなのだろう。

アレクサは、いまだぼくのことを愛してくれているだろうか。

どうしても、真実を探りださなくては。何の気なしに始まったレオとの会話が、ぼくの人生を変え、心に希望を満たした。いっそ、レオにキスしたいほどだ。アレクサをとりもどすことが、いまやぼくにとって最大の目的だ。もっとも、そんな興奮状態にありながら、レオにかぎって何ひとつ偶然まかせにはしないはずだと、心の奥底で気づいてはいたのだが……

あのときの輝かしい希望が、こんな究極の悲嘆と絶望に変わりはててしまったことを思い、ぼくは両手に顔を埋めずにはいられなかった。どうしてこんなにも、すべてが最悪の方向に進んでしまったのだろう。アレクサがいなければ、ぼくの人生に意味などはない。あいつが死んでしまって、このぼくがまだ生きのこっているだなんて。ぼくの研究のせいで子どもたちから母親を奪ってしまった、それも耐えがたい事実だった。こんなことになるのなら、研究なんてしなければよかった。あんなにも勇敢で、愛情にあふれ、献身的な母親だったのに。

信頼できて、すばらしく官能的で、知性と感情が調和しており、〝心理学の未知の領域〟の探究に情熱を注いでいる恋人。そんな自らの本質的な部分を、アレクサが理解していないのはわかっていた。だからこそ、ぼくはあいつのそんなところをあの週末のために利用したのだ。これまで知りあったほかの女性たちとはちがい、アレクサはこの世界の複雑な部分を解明したい、観念や理論に存在する矛盾を実際に試して理解したいという強い欲求を、もともと心に抱いていた。そして、あいつが新たにめざましい熱意とともに向きあった、自分自身の性欲の核となる部分について、それを解放するという名誉ある役割を、このぼくに与えてくれたのだ。自らが怖れているものと真っ向から対峙《たいじ》し、それを乗りこえたいという、あいつの心からの願いのおかげで、ぼくたちは医学界や科学界がこれまでの手法ではたどりつけなかった発見を手中にすることができた……その発見についてアレクサと語りあう機会はないままで終わってしまい、いまとなってみれば、そんな発見などしなければよかったと、心の底から思わずにはいられないのだが。

連絡しなくてはならないと決心し、喉が締めつけられるように苦しくなるのをこらえて、携帯のアドレス帳を開く。ロバート。番号を選び、発信ボタンを押す。息を止めて待つうち、やがて留守番電話のメッセージが聞こえてきた。安堵の吐息を、深くつく。こんな会話をする心の準備は、いまだできていないようだ。どちらにしろ、こんな怖ろしい知らせを伝言として残すわけにはいかない。機会を待とう。

第六部

人生に恐怖すべきものなど何もない、理解すべきものがあるだけです。さあ、いまこそ理解を深めましょう、少しでも怖れずにすむように。

——マリー・キュリー

アレクサ

意識が戻ったとき、わたしの頭脳はとてつもない恐怖を懸命に処理しようとしながらも、どうにもたちうちできずにいた。ヴォトルベッツ医師が何十回も〝安静にしているように〟とくりかえしていたことが、ふと記憶によみがえる。まさに、いまがそうすべきときなのだろう。その言葉を思い出し、自分に言いきかせたとたん、ふっと恐怖が消えて楽になった——奇妙な話だけれど、本当に。あの人たちが言っていたとおり、ふわふわした、素敵な気分だ。いまだストレッチャーにくくりつけられてはいるものの、顔はもう覆われていない。やがて、わたしの身体は何か別のものに乗せられた。ふと気がつくと、これはかなりの速度で動いているベルト・コンベアではないか。速すぎて、何かをじっと見つめることさえできない。目が回りそうになって、わたしは目を閉じた。胃腸が空っぽなのはありがたい——たぶん、すでに空っぽにされているはず。まるで、水平に進むジェットコースターのような乗り心地ではあるけれど、同時に下へどんどん潜っていくような感覚もある。やがて、しだいに速度が落ちてきたかと思うと、わたしは完全に停止した。どこだか知らないけれど、こんな場所、とうてい見つけようがないわよね？　たちまち、炉端でずっと火にあてていたかのような、ぱりっとして温かいキルトが上から掛けられる。いつのまにか、わたしはまた気持ちよく眠りこんでしまっていた。

＊　＊　＊

「ようこそ、ブレイク博士。フランソワーズと申します。ご気分はいかがですか？」

目を開くと、そこには愛想のいい顔をした三十歳くらいの白衣の女性が立っていた。

青い瞳の眼光の鋭さを縁の太い眼鏡で和らげ、金髪を後ろにきっちりと結いあげて、ロールパンのような形にまとめてある。その女性はわたしを熱心に観察すると、手にしたクリップボードに何やら書きつけ、それからにっこりとほほえんでわたしの答えを待った。

わたしは身体を起こし、いかにも病院らしいあたりの様子を驚きの目で見つめた。周囲にいる人間たちは、はっきりと二種類に分けられる。身だしなみに一分の隙もない、白衣をまとった人々。そして、全身をすっぽりと銀色のスーツで覆い、顔だけ出している人々。ふと気がつくと、わたしも後者とまったく同じ恰好をさせられていた。隙間なく覆われた指を、それからつま先をゆっくりと動かし、頭にも触れてみる。全身を覆っているのは、薄く柔らかい銀色の繊維だ。車のダッシュボードを陽光と熱から守るため、フロントガラスに立てかける銀色の日よけに似ているけれど、あそこまでぎらぎらはしていない。おそろしく奇妙だ。

「ブレイク博士？」

「ああ、そうね、気分はかなりいいわ」びっくりするくらい、と心の中でつけくわえる。生きかえったように爽快で、眠気はまったく残っていない。あまり認めたくはないけれど、ここ何年もの間でいちばんすばらしい気分だ。

「よかった、わたしたちの願っていたとおりですね。ここにいていただくのはほんの短時間なので、そろそろ参加者向けのアンケートを始めてもいいでしょうか？」眉をあげつつ、口もとに浮かべた笑みは変わらない。

「そう、アンケートね。いつでもいいわよ」わたしはサイドテーブルに置かれた水のグラスをちらりと見やった。

「ああ、どうぞ、ご自由に飲んでくださいな」わたしが飲みおわるまで、女性は辛抱づよく待っていた。「じゃ、始めましょうか。面接室にご案内します」

その女性に続いて歩きはじめると、この奇妙なスーツがどれほどわたしの身体にぴったりと沿っているか実感できた。まるで、第二の皮膚のようだ。ガラスの壁に仕切られた部屋から通路に出て、ほかにも何人もの白衣や銀色スーツの人々とすれちがい、笑顔で会釈されながら歩いていくと、鮮やかな色彩にあふれた、いかにも〝コーヒーを飲みながら楽しく仕事の打ちあわせ〟にぴったりな部屋に案内される。まるで、奇妙な夢のただなかに迷いこんでしまったかのようだ。現実感がまるでない、何もかもがシュールすぎる。でも、逆に考えたら、新しい女性用性感改善薬の発売をひかえた製薬会社なんて、普通なはずがないわよね？　わたしは、すっかりこの展開に心奪われていた。

それから二時間ほどにわたって、わたしはフランソワーズから、わたしのセックスのありとあらゆる点について、思わず狼狽してしまうような単刀直入な質問を浴びせられつづけた。

・あなたが初めて性的に興奮したときの記憶を話してください。
・官能的な、あるいはロマンティックな映画を見ることによって、性欲は高まりますか？
・相手の知性に触れることで、性欲は高まりますか？
・相手のユーモアのセンスに触れることで、性欲は高まりますか？
・恋人として、あなたの優れている点はどこですか？
・あなたは自分の性欲にもとづいて行動することがありますか？
・セックスについて、どんな妄想をすることがありますか？
・どんな香りによって性欲が高まりますか？
・どんな声によって性欲が高まりますか？
・セックスのことをいちばん考えるのは、どんなときですか？
・アナル・セックスをしますか？
・どんな服装をするかによって、性欲は高まりますか？
・相手と見つめあうことは、あなたにとって大切ですか？
・あなたの性欲を冷ましてしまうものはありますか？
・オナニーはしますか？　どれくらいの時間ですか？　頻度は？
・セックスに変化をつけることは重要ですか？

・性的な関係において、信頼はどれくらい大切ですか？
・相手に服従することによって、性欲は高まりますか、冷めますか？
・相手を支配することによって、性欲は高まりますか、冷めますか？

さらに質問は続く。セックスの流儀や体位についての好み、愛撫するのとされるのとどちらが好きか……最初はとまどったものの、わたしは驚くほどすぐにかまえを解き、どこまでも続く質問に快く答えることができた。この女性は、こちらの答えにいちいち反応しないよう訓練を受けているらしい。いつもは自分が質問する側に立つことが多い（そう、つい最近、それを禁じられたこともあったけれど！）わたしにとって、このアンケートはかなり得るものの多い体験となった。終わったときには、それまでのわたしが自分自身について知っていた以上のことを、フランソワーズは聞いたことになる。

いくつかの質問に対しては、自分が口にした答えに自分で驚いてしまうこともあった。子どものころ見たアニメで、ヒロインがなすすべもなく縛りあげられる場面が、わたしの現在のセックスの好みに影響しているだなんて、いったい誰が思いつくだろう。それから、やはり子どものころによく二チームに分かれて鬼ごっこをしたときのこと、わたしはどちらかのチームのリーダーをやるのが好きだったけれど、心の中ではいつも、すばらしく賢い、強い誰かがわたしをつかまえてくれることを夢見ていたものだ。めったにつかまることはなかったものの、追いかけられるときのスリルは、まちがいなくわたしの発達途中の精神の一部分を形づくったにちがいない。

　そんなささやかな体験や感覚が、幼少期から十代にかけての興奮や緊張の土台となり、セックスにおける人格までも、気づかないうちに作りあげているのだ。もしかしたら、わたしは自分で思っていたのよりもずっと、服従―支配という形にのめりこんでいるのかもしれない。専門家のくせに、自らのこうした部分に、これまでまったく気づかずにいたなんて。かつて書いた論文の中ですら、わたしはそうした傾向を自分とは切り離して考え、そんなものは成長過程における試行錯誤の段階にすぎないと結論づけていた。でも、いまとなってみると、それはまさしく自分がどう生きたいかという志向の現れであり、わたしの精神すべてに影響する隠れた部分でもありはしないだろうか。

　ロバートと結婚して以来、わたしは自分のそんな傾向をずっと封印してきていた。安定した生活と育児が、ほかの心理的な欲求より優先されたということなのだろう。セックスにおいて、ある種の形をほかの形よりも好む理由はなぜなのか、これまで考えてもみなかった側面がぱっと目の前に現れてきたような気がする。さらに興味ぶかいのは（そして、実のところ腹が立って仕方がないのは）、それらの多くの種をわたしの中に蒔《ま》いたのはジェレミーだったということだ。あの人にとって、わたしは生け贄《にえ》の子羊が目の前に現れたようなものだったにちがいない――それも、自ら嬉々《きき》として。わたしの欲望の真の姿を、ジェレミーはわたし自身よりもずっと的確にとらえていたのだ。限界をさらに押し広げることをジェレミーに許したのは、心の奥底で、わたし自身がそれを望んでいた、あの人にそうされるのが嬉しかったからだ――それは、どんな限界を押し広げたいとわたしが願っているか、あの人が的確に知っていたからでもある。

あの城で胸のうちに湧きあがったジェレミーへの怒りは、いまは少しずつ薄れつつあった。どうしてそんな行動をとったのか、まずはあの人から話を聞かなくては。それを自分の耳で聞くまでは、早計に判断を下してしまってはいけない。城にいたとき、わたしはすっかり取り乱していて、誘拐されたことを誰かのせいにして責めたてたかった、その矛先がジェレミーに向いてしまっただけなのだ。それにしても、どうしてジェレミーはいまだわたしを助けにきてくれないのだろう……そして、それよりも重要なのは、わたしは本当に、ここから助けてもらいたいと願っているのだろうか？

キンゼイ博士による男性と女性の性行動についての研究は、一九四〇年代末から五〇年代前半にかけて、米国、そしてそのほか世界じゅうの多くの地域で旋風を巻き起こした。そして、わたしはいま、先端技術を駆使した未来のキンゼイ研究所とでもいうべき場所にいる。正直なところ、わたしはこの治験に参加することに、奇妙な興奮をおぼえているのだ。こんなにも革新的な施設にたどりつき、この独創的な臨床の場で、自らの欲望の真の姿を探る――それも、自分の出した条件に沿って――という機会（という言葉を、はたしてこの場合に使ってもいいものだろうか？）を得たことは、わたしにとって信じられないほどのめぐりあわせだった。わたしに対してつねに圧倒的な力を発揮してきた、ジェレミーの影響と魅力を抜きにして、自分自身を見つめるための。

このアンケートのおかげで、わたしが強い性欲を感じる引き金となるものが三つ存在することがわかった。知性（背後にジェレミーの影響がのぞく）、茶目っ気（これも、あの人の右に出るものがない）、そして、自分が信頼する相手に圧倒されること（あの人との関係そのものだ）。あらためて指摘するまでもなく、だからこそわたしはこんなにもジェレミーをセクシーだと感じてしまうのだ。だとしたら、わたしに勝ち目なんてある？

あの人はわたしというパートナーとともに、長年にわたってセックスの技巧を完璧なまでに磨いてきた。いっしょにすごしたあの週末は、まさにその要素を最高の形で組みあわせ、わたしの前に差し出したようなものだったのだ。信じられないほどの手腕だわ！　この真実に気づいてしまった興奮にどうしようもなく胸の奥で蝶がはばたく。それでも、実験の結果をわたしに話してくれなかったことについては、完全に許してしまってはいけないと、心の片隅で何かがささやいているけれど。もしかしたら、マダム・ジュリリークはわたしが思っているよりも優れた洞察力の持ち主なのかもしれない。マダムに言われたとおり、わたしも自分を解き放ちさえすれば、ここでの経験を楽しむことができるのかもしれない。ともかく、次に何が起きるのかが気になるのは確かだ。

＊　＊　＊

いまや、イクセイド製薬はわたしと同じくらい、いや、もしかしたらそれ以上に、わたしのセックスの歴史と傾向を知りつくしている。魅力的で礼儀正しいフランソワーズに付き添われたわたしは、今度はもっと変哲もない部屋に通された。

「ブレイク博士、今度はここで短いドキュメンタリー映像を見ていただきます。わが社が女性向けの〝紫の錠剤〟を開発するにいたった過程を紹介したもので、あなたがこれから参加される治験についても理解を深める助けになるでしょう。どうか楽にしていてくださいい、すぐに始まりますから」

「わかりました。ありがとう」奇妙ながら、いかにも研究施設らしいこの環境にいると、わたしもいつのまにか礼儀正しくふるまっている。腰をおちつけてホームシアターのような画面に見入るうち、ふっと照明が暗くなり、女性の性科学と興奮をいかにビジネスに結びつけるかを説く映像が始まった。これを使えばオーガズムに達することができるとされてきた、従来のさまざまな特効薬に焦点が当てられるとともに、女性の体液射出の科学的な検証にも触れるという、非常に興味ぶかいドキュメンタリーだ。

シドニーで講演を行う前の昼食で、ウェブスター教授の研究チームに参加しているエリート研究者たちが、まさにこの問題について議論を戦わせていたことを、まるで遠い昔のように思い出す。女性のオーガズムを分類し、基準を定めようとする科学者や医師たちの苦闘の歴史を、映像は紹介していた。イクセイド製薬の運営する治験施設では、治験に協力する女性ボランティアを数多く集めることによって、すでにほかの研究機関よりもかなり進んだ成果を上げているようだ。いまわたしがいるこの場所も、そうした施設のひとつなのだろう。白いガウンを着た女性たちがずらりと並び、脚を広げているという、どぎまぎするような実験の光景を想像してしまった記憶が、ふと脳裏によみがえる。おそらく、実際もかなりそれに近いにちがいない。まさか白いガウンではなく、銀色の弾丸のような恰好をさせられるとは思わなかったけれど。

このドキュメンタリーが強調しているのは、イクセイド製薬が女性の性的興奮障害を改善する薬品の開発に誇りをもって携わっていること、米国の食品医薬品局から、この〝紫の錠剤〟の認可を受けることが、いまの大きな目標であるということだった。なぜなら、米国で認可を受けさえすれば、そのほかの多くの国においてもこの薬品が好意的に受け入れられ、最終的には市場を独占できるほどの連鎖効果が見こめることになるからだ。

わたしは以前からずっと、女性の性欲の欠如は、少なくとも大多数の場合、肉体的なものというより心理的な部分が大きいと信じてきたので、この映像はとても興味ぶかかった。バイアグラ——正式な薬剤名はクエン酸シルデナフィル——は、陰茎に流れこむ血流量を増やす、つまり肉体的な問題を肉体に作用する薬剤によって解決するという形で、世界的な成功を収めている。

イクセイド製薬は女性の性的機能を改善するために、さまざまな製品を送り出している——たとえば局所用クリームや、副腎で作られる男性ホルモン、樹皮から抽出した神経系を刺激する天然由来成分、テストステロンなど、さまざまな成分を配合した錠剤などの。いったい、これらの製品はどんな過程を経て開発されたのだろうか？　さまざまな薬剤、そして感覚療法などを組み合わせた結果、偽薬を使用した場合に比べてオーガズムに達する頻度が七〇パーセント上昇したと報告している女性たちもいるという。本当かしら？

つまり、わたしはマダム・ジュリリークによって、オーガズム工場に送りこまれたというわけだ。こんな経験ができるのなら、報酬をもらうどころかお金を払ってもいいと思うであろう女性は、わたしの親しい友だちの中にもけっして少なくない。結局のところ、わたしたちは十九世紀末にいわゆる〝ヒステリー〟の治療に医師のもとへ通ったという、当時の女性たちとたいして変わっていないのだろうか？　技術の進歩は、バイブレーターの発明によってそんな女性の病を根治した。そして、いまや女性たちは、興奮障害を治療する〝紫の錠剤〟を必要としている。イクセイド製薬の説明によると、その需要は女性たちの間でさらに広がるばかりだという。

この問題に、わたしは心理学的視点から、そして自分の職業的視点からも、興味を惹かれずにいられなかった。わたしが誘拐までされたという事実は、少なくともこの製薬会社が、将来の利益と市場の占有率のためにこんなにも危険な手段を使うということを示してはいる。でも、それとは別に、わたしはこの実験に奇妙なほどのめりこんでいて、どんな薬が開発されたのかを、自分自身で確かめたいと思っていた。

ドキュメンタリーが終わると、フランソワーズがわたしを迎えにきた。次は、わたしの感覚テストを行う医師に会うのだという。わたしのような履歴と専門分野を持つ人間が、どうしてそんな誘いを断ることができるだろうか？　ホームシアターのような部屋を出て、次に案内されたのは、いかにも高級そうな診察室だった。

「ブレイク博士、わたしは医師のエドウィナ・ミューアです。お会いできて嬉しいですわ。ようこそ、わが社の治験施設へ」この医師も、髪を後ろにひっつめ、化粧はしていない。どう見ても、怖ろしげなところは感じられなかった。いったい、わたしはどんな医師を想像していたのだろう。

「こんにちは」銀色の繊維に覆われた手を伸ばし、握手を交わす。次に何が起きるのかを、わくわくして待つべきなのか、不安を感じるべきなのか、自分でもよくわからない。

「ご気分はいいようですね？」

「ええ、こんな状況下で可能なかぎりは」科学者として、わたしはこの施設に感心せずにはいられなかったけれど、自分の意思でここに来たわけではないことを、けっして忘れてはならないと、あらためて自分に言いきかせる。もっとも、いまのところ空腹は感じていないし、喉も渇いていない、トイレに行きたいわけでもない。つまり、米国の心理学者マズローが唱えた欲求段階のうち、生理的欲求はすべて満たされていることになる……そのうえ、奇妙な幸福感が全身に広がっていた。

「よかった。では、わたしの後についてきてください。隣の部屋で始めましょう」医師は重そうなドアを開き、わたしはおずおずとその後ろに続いた。部屋の中央には、巨大な装置が据えられている。眼科で目の状態を調べるために使う装置と、歯科で坐らされる椅子を組み合わせたような、いかにも最先端らしき機械だ。わたしはいささかたじろいだ。笑気ガスは、まさにこんな場面で使われるものではなかろうか。

「わが社の感覚テストは、たいていこの装置から始めます。フランソワーズが説明したとおり、まずはここであなたの好みの傾向を調べ、その初期設定値に基づいてさらなる刺激を与える実験に進むというわけです。この段階で、何か質問はありますか、ブレイク博士？」

質問？　そんなものは、頭脳のどこかで凍りついてしまったらしい。

「いいえ、いまのところは」質問を思いつかないなんて、わたしらしくもないけれど。

「では、その椅子にかけて、楽な姿勢をとってください」

わたしは装置に歩みより、おそるおそる〝歯医者の椅子〟に腰をおろした。脚、頭、腰をしっかり支えてくれる、おそろしく坐り心地のいい作りだ。

「あなたの着用しているスーツについて、もう少し詳しくご説明しますね。その生地はあなたの体温、全身の所定の位置の脈拍、とりわけ性器周辺の血流の増減を計測できるように作られています」

医師は、いよいよ作業にとりかかろうとしているようだ。もしも、すでに計測が始まっているのだとしたら、脈拍が上がりはじめている――それも、急速に――のも見られてしまっているにちがいない。

ミューア医師は先を続けた。「さらに、あなたの脳の感覚神経路の活動も記録できるようになっています。あなたには、何の不快感もありません」

そう、それはいかにも安心に聞こえるけれど、わたしの不安はつのるばかりだった。

「非常に高感度の装置を使っていますので、正確な計測のためにも、あなたの動作は制限されることになります。とはいえ、実験中はできるかぎり快適にすごしていただくために、わたしたちは手を尽くすつもりです」

またしても、わたしの人生はある時点を境に、実験する側からされる側へ劇的な転換をとげてしまったのだと、あらためて思い知らされずにはいられなかった。この件については、あとでじっくり考えてみなくては。

ふいに、質問がひとつ頭に浮かんだ。よかった。

「計測中、ここにはほかに誰か来るのかしら？」ジェレミーが行った実験の記憶が、ふいに脳裏によみがえる。誰があの場に立ち会っていたのか、わたしには見えなかったけれど、正直なところ、知らずにいたほうがいいのかもしれない。

「わたしと、助手としてフランソワーズが立ち会うだけです。何か、ご不満はありますか？」

「いえ、それならいいわ」前回の実験が男性主導だったことを考えると、今回、女性がふたり立ち会うだけというほうが、なぜか安心に思える。セックスにかかわることというより、むしろ医学の実験として考えることができるからだろう。

「それでは、準備はよろしいですか、ブレイク博士？」そのうえ、この女性たちはみな、わたしにちゃんと肩書をつけて呼んでくれる。

とはいえ、わたしは本当に準備ができているのだろうか？「そうね、これ以上待っても何が変わるというわけでもないし……あっ、もうひとつだけいいかしら？」

「ええ、もちろん」

「あなたがたのどちらでも、この感覚テストの被験者になったことは？」

ふたりの女性はすばやく目を見かわした。「ええ、ふたりとも」ミューア医師がにっこりする。「わが社の施設では、こうした実験を行う側の人間は誰でも、被験者として参加することができることになっています。このテストに関しては、わたしたちも喜んで参加したんですよ」

「なるほどね」よかった、少し気が楽になった。

「ほかにも何かご質問は？」

「いえ、いまのところは何も」

「それでは始めましょうか。どうか、くつろいでいてくださいね」そう、何度となくそう言われてはいるものの、だからといってすぐくつろげるわけではない。わたしは深く息をつき、もぞもぞと身じろぎして体勢を整えた。頭からつま先まで、すっぽりと覆われているのはありがたい。この恰好なら、あまりひどいことは起きないわよね？

椅子に身体を預けると、背が後ろに半分ほど倒れ、お尻がいくらか沈み、太股と膝のほうがやや高い位置で支えられている状態となった。わたしにとっては、楽な体勢だ。

「ブレイク博士、腕と脚をもう少し開いてください。肌どうしが触れあわないように」

指示にしたがって、手足を伸ばす。

「ありがとうございます」医師はどこまでも丁寧だ。やがて、まるで磁石に引きつけられるように、椅子にぐぐっと沈みこむ奇妙な感覚をおぼえる。かなりの力がかかっているようで、手足を上げてみようとしても、ぴくりとも動かない。頭も同じように押さえつけられて、わたしはいまや、これから始まる感覚テストをおとなしく待つしかない状態だ。

「だいじょうぶですか、ブレイク博士?」ミューア医師が声をかけてきた。

「ええ、たぶん」不安ではあるけれど、テストを中断させるほどではない。

「それでは、まずは初期設定値を定めるための計測を、一分以内に開始します。計測終了までは、もうこちらから声をかけることはありません。三十分ほどにわたって、映像、匂い、音を組み合わせた刺激を受けていただきます。おちついて、身体を動かさずに、目を閉じない、それだけ気をつけていてください」背後でドアの閉まる音。どうやら、わたしひとりになったのだろう。おちついて——難しくはあるけれど、無理な注文ではない。身体を動かさずに——そもそも、動けないのだけれど。目を閉じない——ジェレミーの実験とは正反対で、なかなか興味をそそられる。やがて、機械音声が十から秒読みを始めた。つい頭をもたげたり、指やつま先を動かしたりしてみずにはいられなかったけれど、全身がしっかりとこのスーツに拘束され、椅子に固定されてしまっているようだ。五——四——ああ、何もまちがったことをせずにすみますように——二——何を思ってももう遅すぎる——一——さあ、始まる!

感覚テストの開始とともに、いかにも複雑な装置がぐぐっと顔の前に近づいてきた。

ぶつかるかと思った瞬間、それは銀色のスーツに覆われていない唯一の部分、わたしの顔にそっと触れる位置で停止した。両目をふさぐ形になるところを見ると、この装置が視覚に刺激を与えるのだろう。

呼吸を整えようとしたそのとき、ふいにさまざまな美しい外国の風景の画像が脳に送りこまれてきた。素敵な熱帯の砂浜、壮大な峡谷、青々とした森に滝、どれもすばらしい美しさで、いくらかゆったりとした気持ちになる。そして、この施設にいっさい窓がないのは、外界の景色の影響を避けるためだったのだと悟る。

ゆっくりと見入るひまもなく、画像の切り替わる速度も変化する。今度はさまざまな表情を浮かべた顔が次々と続いた。笑っている顔、悲しげな顔、生き生きとした顔、痛みをこらえている顔、悲嘆にくれている顔。やがて、また速度が上がったかと思うと、今度は貧困や戦争の、心が痛む画像に切り替わった。子を持つ母として自分は何を思うのか、そんなことまでじっくりと考えている余裕はないままに、さらに画像は切り替わる。今度はどんどん怖ろしさの増す光景が浮かび、わたしは顔をそむけようとしたけれど、頭はぴくりとも動かなかった。

ほんの数秒だけ目を閉じ、また開いてみると、そこにはさっきとまったく同じ拷問の光景が浮かんでいる。まるで、わたしの瞳孔を感知しながら画像を切り替える速度を調整しているかのようだ。同じ人間に対してこんなにも残酷なことができるなんて、思わず吐き気がこみあげる。全身を震えが走っても、身体はあいかわらず微動だにしない。

やがて、戦争とそれにまつわる残酷な光景も終わり、今度は赤ちゃんや、砂浜を歩く幸せそうな恋人たちの画像に切り替わる。全身の筋肉がふっと緊張をゆるめ、わたしは安堵の吐息をついた。そして、今度は——奇妙なことに——家事の画像が流れ、次はゲイのカップルたち、そして男女のカップルたち、さらには緊縛——何百もの画像が、次々とめまぐるしく流れていく。魅力的な、あるいは興奮させられる画像もあれば、嫌悪感をそそるだけの画像もあった。

そして、今度はオナニー、クンニリングス、そしてフェラチオ。官能的な画像から、しだいに猥褻《わいせつ》な画像に変わっていくのを見ながら、わたしはふと、これはどれもキリスト教の七つの大罪——憤怒、強欲、怠惰、傲慢、色欲、嫉妬、暴食——にまつわる画像ではないかと思いついた——それぞれの罪の特徴について、古代から現代にいたるまでの考察を、画像で表現しているのだ。そんなふうに考えると、ふと頭がくらくらする。

どの画像も、それが何なのかをわたしが認識した瞬間、次の画像に切り替わる。心理学者として、連想を利用したこの手法にはなじみがあるけれど、画像に対するわたしの反応までもこの速度で計測しているとすると、それはもうわたしの知らない高度な技術水準だ。すばらしい。

やがて、ふいにわたしの子どもたちが目の前に現れた。心臓が動きを止め、次の瞬間、喉までどきんと跳ねあがる。反射的に身体をよじって立ちあがろうとしたけれど、もちろん、そんなことはできるはずもない。あれは、子どもたちがわたしの携帯に送ってきた画像だ。ここの人々がこれを持っているのは、何の不思議もない。自分の携帯を、わたしはもう何日も目にしていないのだから。まるで心臓をえぐりとられたような痛みをおぼえながら、わたしは一心に子どもたちの天使のような顔を見つめた。涙がぼろぼろと流れおち、いっそ、わっと泣き出したくなるのをこらえる。ああ、どうしようもなくあの子たちに会いたい。苦痛に満ちた叫びが漏れそうになった瞬間、目の前の子どもたちは幻のようにかき消えた。

もう、こんなことを続けてはいられない、あふれ出す感情をこれ以上こらえきれないと思ったそのとき、ふいに宗教的な画像が目の前に次々と現れはじめた。ブッダ、キリスト、マホメット、マザー・テレサ、さまざまな宗教の象徴、古代の象徴、ピラミッド、ストーンヘンジ、イースター島……あまりにめまぐるしい速さで切り替わっていくため、ひとつひとつの認識が追いつかない。刺激を受けすぎた脳を休ませるため、しばらく目をつぶろうとした瞬間、今度は赤いドレスをまとって目隠しをした、ジェレミーと週末をすごすわたしの画像が現れた――あまりの驚きに、思わず硬直する。感情も、呼吸も、反応もすべて凍りついたまま、わたしは次の画像を待った。

ドレス姿の画像がふっと消え、次に現れたのは手錠をはめられたわたしの手首の接写。

さらに、なすすべもなく椅子に坐るわたしと、その太股に馬乗りにまたがっているジェレミーの姿が現れた。恥ずかしさに頬が紅潮するのを感じながらも、どうしてこんな秘密の写真をイクセイド製薬が持っているのだろうといぶかしむ。それに、こんなことは考えたくないけれど、この会社が持っているのなら、ほかにどこまで流出しているのだろう？　こんな写真が公になったら、わたしは心理学者として破滅してしまう。

じわっと体温が上がったような気がする。室内には、ふと音楽が流れはじめた。愛する人とすごすひとときを、よりいっそう忘れられないものにしてくれるような曲。さらに、ジェレミーとダンスをするわたしの画像がいくつか続く。中には、わたしが見たことのないものすらあった。いかにも大切に守ろうとしているかのようなあの人のまなざしが、画像の中の自分に注がれているのを見て、わたしはもうどうにかなってしまいそうだった。

そのとき、ふいに空気の匂いが変わる。ああ、この人たちはいったい、わたしに何をするつもりなの？　爽やかで男らしいムスクの香り、まさにジェレミーの匂いが、ふわりとわたしを包んだ。この刺激に乳首がたちまち反応し、期待に充血してくるのがわかる。あの人がわたしに触れている画像を見るだけでも胸がいっぱいなのに、耳から、そして鼻からも刺激を受けて、もうこれ以上は耐えられない。いまや、まるであの人の指が音楽に合わせてわたしのあそこを愛撫し、身体の奥深くからとめどなく体液が流れ出していうような気さえする。

目を閉じた瞬間、ジェレミーにもう一度その手で触れてほしいと、自分がどれほど願っていたかをあらためて思い知る。無理だと知りながらもあの人を思い、わたしは心の奥で悲痛な叫びをあげた。充血する性器、うずく乳房をなだめようと、反射的に手が動きそうになる。それでも、やはり微動だにしない身体に絶望し、思わず唇からはっきりと聞こえるすすり泣きが漏れてしまった。

そして、すべてがやんだ。音楽も、匂いも、画像も。わたしを椅子に縛りつけていた力も。何もかもがふいに停止し、やっと呪縛が解けたかのように、わたしは自由になった。

「すばらしかったですよ、ブレイク博士。刺激の初期設定値を定める材料は、すべてそろえることができました」

えっ、何ですって？　われに返るまで、しばらく時間がかかった。

「この体験の後は、しばらく疲労を感じることと思います。うちの多くの参加者もそうですから」ミューア医師の冷静な声を聞いているうちに、いくらか自分をとりもどす。

「フランソワーズがお部屋にご案内しますので、しばらくゆっくりお休みください」

出ていけと、こんなにもきっぱりと言われてしまうなんて、いつ以来の経験だろうか。

あの画像にこんなにも強い感情をかきたてられてしまった直後だからこそ、どう反応していいのかわからない。そう思った瞬間、訊かなくてはならないことを思い出した。

「最後の一連の画像は、どこから手に入れたんですか?」

「契約書によると、この治験の結果はいずれあなたにお渡しすることになっています。こちらが提供できる情報は、それですべてです」

なるほど、ここに到着して以来わたしが受けてきた礼儀正しい対応の下には、こんな断固とした壁が隠れていたのだ。

「ありがとうございました、ブレイク博士。次の実験でお目にかかるのを楽しみにしています」この先に何が待ち受けているのかはわからないけれど、いま体験したことは氷山の一角にすぎない気がしてならなかった。

＊　＊　＊

しばらくここで休むようにと、フランソワーズがいかにも豪華な部屋に案内してくれた。ひとりになれたことに安堵の吐息を漏らし、わたしはトイレに行くために銀色のスーツを脱ごうとした。数分間にわたって必死になり、無駄にあちらこちらへ身体をひねったあげく、このスーツは脱げないのだと悟る。誰かが見ていたら、さぞかし滑稽な姿だったにちがいない！　排尿のときは開くことのできる、覆いのついた合わせ目が股間にあることに気づき、わたしはようやくおちついた。

ベッドの硬めのマットレスの中央に横たわったとたん、急に疲労がどっと押しよせてくる。眠りに落ちる寸前、銀色のスーツをまとった腕に触れたわたしは、いまだあのブレスレットがはまっていることに気づいた。ああ、よかった。あの人たちが外そうとしたのかどうかはわからないけれど、これがまだ手首にあるというだけで、こんなにも幸せな気分になるなんて。見えないし、指でじかに確かめることもできないけれど、手首の皮膚にはたしかにあのブレスレットが触れている。それ以上は目を開けていられなくなり、わたしは夢を見ない眠りに落ちていった。

＊　＊　＊

どれくらい眠っていたのだろう。ふと目が覚めたわたしは、しばらくの間、鏡に映る銀色の自分をじっと見つめていた。髪がまったく見えない自分の顔も、服のつなぎ目のないのっぺりとした身体の曲線も、どうにも奇妙な眺めだ。顔を拭く温かいタオルと冷たいタオルが置いてあり、交互に使うと、生きかえったように顔がさっぱりした。

ふいにノックの音がして、わたしははっとした。愛想のいい世話係のフランソワーズが部屋に入ってくる。「ゆっくりお休みになれましたか、ブレイク博士」

頭の中に、陰謀論めいた推測が次々と浮かんだ。この部屋には、隠しカメラがあるにちがいない。それどころか、催眠ガスをじわじわ送りこまれていたとしても不思議はない——そんなものは躊躇せずにいくらでも使う人々だと、そもそもの最初にわたしも思い知らされている。とはいえ、ここでひと眠りしたおかげで、さっきよりもかなりおちついた気分になれたことは確かだ。

「それでは、次の実験にご案内しますので、いっしょにいらしてください」どうやら、時間を無駄にする気はないらしい。戸口に立ち、わたしがすぐに指示にしたがうのを待っている。自分のここまでの性の歩み、欲望の内容にいたるまで、あんなにも赤裸々に明かしてしまったいま、フランソワーズの礼儀正しさはさらに奇妙に感じられた。

言われたとおりついていくと、さっきのミューア医師が待っていた。「ブレイク博士、おかえりなさい。どうか、楽になさってください」医師が示したのは、さっきの計測で使ったのとよく似た椅子だったけれど、画像を見せるためのかさばった装置は取りつけられていない。一見したところ、さっきよりは単純な仕組みに見える。わたしは腰をおろした。

「ここも感覚テストのための部屋で、触覚を刺激する実験が行われます。今回は、オーガズム時に分泌される体液を採取し、分析します」

ミューア医師はわたしがオーガズムに達することに自信満々のようだけれど、はたしてこんな環境で可能なものかどうか、わたしは興味をそそられた。実のところ、いまのわたしはまったく〝そんな気分〟ではないのだけれど、それはあえて医師に告げるまでもないだろう。わたしとしては、そんな実験などさっさと効率よく終わらせてしまいたいだけだ。医師はあれこれ椅子の調整をすると、わたしにまっすぐ向かいあった。

「何かご質問は？」

「ひとつだけ。この実験の被験者となった女性は、これまでに何人くらい？」

「二千三百五十八人です。全世界で、ということですが」

「そう、わかりました」うわあ、わたしが思っていたよりもはるかに多い。まるで、オーガズム用モルモットになった気分！

「ほかには何かありますか？」

「いいえ」わたしはもう、この人たちの礼儀正しさにつきあっていられない気分だった。

「よかった。それでは始めましょう。わたしは隣の部屋にいます」医師はすぐに出ていった。

またしても、わたしの身体は椅子に吸いつけられ、身動きがとれなくなった。今回はさらに、脚を載せていた部分が左右に分かれ、大きく脚を開くはめになる――両足をあぶみ金《がね》に掛けて広げた、大昔のお産のような体勢だ。尊厳も何もあったものではない。近くに立っていたフランソワーズが、控えめに視界に入ってきたかと思うと、中央がくぼんだ半円形のトレイをわたしのあごと胸の間に差し入れて、下がどうなっているのか見えないように固定した。プライバシーへの配慮とでもいうのだろうか。

銀色のスーツの股間の合わせ目を、フランソワーズが開いているのがわかる。ひんやりした空気が、わたしの感じやすい部分に触れた。本能的に脚を閉じようとしたけれど、当然ながら動かない。まるで子宮がんの検査を受けるような恰好で、わたしはもうそんな心がまえでいようと決心した。そんな検査は誰もがしょっちゅう受けているのだし、わたしだって平気だ。さらに、フランソワーズはわたしの左右の乳房にも同じことをした――胸にも開けられる合わせ目があっただなんて、それまでまったく気づかずにいたけれど。つまり、全身をくまなく覆われたまま、乳房と性器だけむき出しにされてしまった状態だ。この特別あつらえのスーツのおかげで、少しは露出への恥ずかしさが軽くなっているのか、それともかえって恥ずかしく感じてしまっているのか、それさえもわからない。

室内はおそろしく静かで、フランソワーズが手にしている棒のかすかな震動が、まるで反響しているかのように耳を打つ。天井に視線を向けると、ここは病院の診察室のような気がして、少しは運命を待つのが楽になった。女性にこんなことをされるのは初めてだけれど、考えてみると、そもそもこんな場所に来たことさえないのだから仕方がない！　どんな刺激を加えられようと、とうてい〝そんな気分〟にはなれそうになかった。

やがて、乳房にゆっくりと円を描くように、柔らかく震動する棒の先端が動きはじめた。注意ぶかく、乳輪には触れないようにしているらしい。最初は右の乳房、次に左。呼吸がおちついてきて、わたしはいくらか緊張を解いた。実のところ、とても気持ちのいい震動だ。やがて、マッサージの最後に棒の先端がわたしの乳首の先端に触れ、思わず身ぶるいが走る。フランソワーズは、同じ手順をくりかえした。これなら、ずっとやってもらっていてもいい……と思ったところで、どうやら終わってしまったようだ。残念。

今度はさっきの柔らかい震動が、わたしの外陰部をじらすようにゆっくりと動きはじめる。呼吸はすっかり安定し、わたしはこの感覚に慣れはじめていた。やがて、その棒はわたしのヴァギナの入口を出たり入ったりしはじめた。さほど奥まで入れるわけではなく、ただ震動と圧力の変化が感じとれる程度に。わたしはかすかに身をこわばらせ、その動きに慣れようとした。その棒は、今度はわたしの外陰部の周辺を撫でる。大きく開かれてむき出しになっているクリトリスが、その快い刺激に応えるのがわかった。この心地よさになじむにしたがい、こんな場所で本当にオーガズムに達するのかどうか、またしても考えずにはいられない。たしかに緊張は解けたけれど、これはみんな物理的な刺激にすぎない――どこまでも科学であり、心の入る余地はないのだ。

やがて、ヴァギナに侵入してくる棒の圧力が、そして震動がはっきりと強くなったのがわかった。抜き差しされる刺激の強さに、思わずうめき声を漏らす。フランソワーズは、まちがいなく出力を上げたようだ。

さらに、別の器具がわたしのクリトリスを集中的に責めはじめ、その快感に乳首が硬くなる。さあ、そろそろアクセル全開だろうか――わたしの呼吸は荒くなっていた。いまだ天井を見あげながら、意識をしっかり保とうとするけれど、乳房はさらに温かいシリコンのカップのようなものに覆われ、規則的な動きで吸われたり揉まれたりしはじめた。そのうえ、何かがしょっちゅう乳首をついばんだりひねったりしている。その刺激のあまりの強烈さに、わたしがそのたびに漏らす鋭い叫びが、しんとした部屋にしだいに頻繁に響くようになってきた。そのほかに聞こえる音といったら、フランソワーズがわたしの身体に触れている棒の震動だけで、こちらもどんどん激しさを増している。このセックス体験機とでもいうべき奇妙な機械の据えつけられた部屋で、わたしはもう、正気を保っていられなくなりそうだった。

しだいに刺激が強まり、合間に乳首をついばむ動きまでもが強まって、気がつくと、部屋に響くわたしの声は、かなりやかましくなりつつある。動けるものなら、とっくに背中を弓なりに反らしていたことだろう。いまや絨毯爆撃のように加えられる刺激を、微動だにせず受けとめつづけるしかないのだ。しかもこんな、そう、こんなにも強烈な刺激を。浣腸を受けておいてよかったと、ひそかに思わずにはいられない。あの処置によって、わたしの刺激に対する反応は、はたして大きく変化したのだろうか。

性感帯あたりの体温は、隣の部屋でミューア医師が見つめているであろう計測器を振り切る勢いで、どんどん上がりつづけているにちがいない。身体が受けている刺激から、わたしは必死になって意識を切り離し、ほかのことで気をまぎらわそうとしていた。最後には達してしまうにしても、そこまでの時間をできるだけ遅らせなくては。そんなに簡単な女だと思われてしまってはたまらない！　ヴァギナに深く突き入れられる気持ちのいい刺激は、その昔、ジェレミーがくれた紫の卵の使い心地と、どこか似ていた。ああ、だめ、あの人のことを思い出したりしたら、わたしはもう保《も》たなくなってしまう。ゆっくりと規則的に胸を揉まれる合間に、時おり軽く噛むような刺激――こちらははっとするほど激しくなっていて、その刺激に煽《あお》られるように、わたしのクリトリスはどんどん過敏に反応しはじめていた。もう、意識が保てない。Ｇスポットをもこんなに的確に、容赦なく刺激されて、呼吸は浅く、荒くなるばかりだった。ああ、もうだめ……無の空間が、いまにもわたしを呑みこもうとしている……もうこれ以上は無理……

自分の吐息が、そしてうめき声が聞こえた。この病院めいた静けさの中で、できるだけ声をあげたくないと懸命にこらえてはいたけれど、もうすべてを受け入れて力を抜いた瞬間……解放のときが！　ああ、なんて素敵なの。大きく息をつき、身体を震わせると、こんな快感を与えてくれた器具を包みこむように、あそこが何度か収縮するのがわかった。身体のほかの部分はまったく動かせないため、いま感じとれる自分の反応は、この連続する収縮だけだ。わたしは目を閉じてしばしこの部屋のことを忘れ、興奮がゆっくりとおちついていくのを待った。

やがて、すべての器具がてきぱきとわたしの身体から取り外されていく。外された瞬間、肌にひやりとする空気が触れ、わたしは思わず息を呑んだ。まもなく、銀色のスーツの開かれていた部分はみな、何ごともなかったかのように閉じられていく。視界の隅で、フランソワーズが注意ぶかく何かにラベルを貼り、それをミューア医師のところへ持っていくのが見えた。やがて、ふたりとも部屋に戻ってきて、わたしの視界をさえぎるトレイを外し、椅子の磁力めいた拘束を解いてくれる。電解質パウダーを溶かした水のグラスを、医師はわたしに差し出した。

「すばらしかったですよ、ブレイク博士。あなたにとっても、そんなに不快な体験ではなかったでしょう?」唇の隅に浮かんだ意味ありげな笑みは、これまでの被験者の女性たちにも、けっして不評ではなかったという事実を示唆しているのかもしれない。

「まあ、どうにか」

さっきまで自分があげていた声のことを思うと気恥ずかしかったけれど、実のところ、もう一度やれと言われたら断れない気もする。わたし、いったいどうしちゃったのかしら?　でも、こんな素敵なオーガズムに達して、緊張を解き、ホルモンを分泌させ、晴れやかな気分になれるなら、断れなくても仕方がない。誰にとっても幸せな話だもの、ね？　もしかしたら、この会社は本当に〝紫の錠剤〟を開発してのけたのかもしれない。そうでなくとも、この技術はいつだって、高水準の大人の玩具に応用できる。これは、不景気にもけっして負けない市場分野だ。

「よかったら、ここで指を針でついて、にじんだ血を採取させていただきたいのですが」そうそう、血液を採取する話はすっかり忘れていた。

「ええ、どうぞ」すぐさま銀色のスーツの手袋のような部分が外されて、人差し指がちくっとする。一滴の血が絞り出されて、シャーレに落ちた。これなら、注射よりもはるかにましだ。

「これで、初期値設定のための実験を終わります」

「この先も、こんな実験が続くのかしら？」

「いいえ、次はまたちがう形式ですね。続くふたつの実験では、さっき受けていただいたアンケートの答えや、画像を見ての反応、そしてもちろん、いまのオーガズムの結果に基づいて導き出した、さまざまな形態の性的な要素について、あなたの興奮の度合を測ることになります」

「そして、その反応の変化も、このスーツで計測するのね？」

「ええ、そのとおりです。このスーツの開発が、わが社の実験で正確かつ一貫した結果を出すのに大きく寄与したといってもいいでしょう」

「ほかにもいくつか質問をしてもいいかしら？」わたしのいつもの好奇心が、ようやく目ざめたようだ。

「もちろんですとも」

「この施設にいる被験者の数は、通常は何人くらい？」

「女性の、ということでしょうか？」

「女性だけなのかと思っていたわ」

「いいえ、わが社のほかの薬品開発のための治験には、男性も、子どもたちも参加していますので。ここの部署では、五十人の女性の被験者を収容することができます。いま、ここにいる女性は二十人ですが、週末までにはさらに三十人が参加する予定です」

「そんなに？　どこから来るのかしら？」まさか、ここがそこまで大がかりな施設だとは。街頭でオーガズム実験への協力の呼びかけに応え、まるでレモネード売りの屋台に並ぶように列を作る人々の姿が目に浮かぶ。

「みんな、有償のボランティアのかたたちです。わが社では協力していただいた時間と程度に応じて、謝礼をお支払いしているんですよ。東欧では失業率が高く、もっと西へ移り住みたいと考えている難民も多いんです」

「なるほど」自分の仕事が社会に貢献していると、この医師は心から信じているらしい。

「それはみな、〝紫の錠剤〟開発のために？」

「いいえ。わが社がとりくんでいるのは薬品の開発であり、〝紫の錠剤〟はその中のひとつの製品にすぎません。さあ、そろそろよろしいですか？　わたしはほかの部屋の実験も受け持っていますし、あなたも次に備えて休んでいただかなくてはなりませんから。フランソワーズがお部屋へご案内します」

またしても、出ていけときっぱりと言いわたされてしまったけれど、わたしはこの施設そのものが、どうにもうさんくさく思えてならなかった。いかにも公明正大にやっているように見えるし、ミューア医師とのやりとりでも公明正大にしか聞こえないけれど、どこまでも礼儀正しい態度、専門の研究施設らしい見かけの陰に、何か怖ろしい秘密が隠されているのではないかという気がしてならないのだ。

そんな思いをめぐらせている間もなく、すでに戸口にはいつも愛想のいいフランソワーズが、わたしを部屋に案内しようと待っている。次には何が起きるのか、神のみぞ知るというわけだ。いかにも詳細に聞こえるものの曖昧なミューア医師の説明では、結局のところ何もわからない。けっして恐怖を感じているわけではないけれど、どこかちぐはぐなこの施設の様子に、警戒感はつのるばかりだ。またしても、わたしは未知の領域に足を踏み入れようとしている……今回は、少なくとも目は見えるし、いろいろ質問もさせてもらえるけれど。でも、こんなこと、いくらやってもなかなか慣れないものね！

またしても、わたしは部屋へ無事に送りとどけられた。銀色のスーツに縁どられた自分の顔が、鏡の中でいかにもオーガズムに達した後らしく輝いている。わたしのことを知らない人でも、この輝きは見てとれるものだろうか？　ジェレミーだったら、いまだ紅潮している頬に一目で気づいたにちがいない。ここで起きていることをあの人が知ったら、いったいどう思うことだろう。奇妙なことに、それは想像してもそれほど恥ずかしくない。わたしがどんな体験をしたか、あの人はきっと熱心に聞きたがるだろうし、わたしもぜひ話してきかせたい。

そう思うと、いまここにジェレミーがいないことに胸が締めつけられる。いったい、どうしてまだ、わたしを助けにきてくれないのだろう？　もしかしたらこの施設は地下深くに作られていて、発信しているはずの信号が届かないのかもしれない。銀色の袖に隠れたブレスレットの感触を意識しながら、わたしはぼんやりと思いをめぐらせていた。

* * *

いまだ戸口に立っていたフランソワーズが、こちらに笑みを向けた。「何かご質問か、必要なものはありますか、ブレイク博士？　なければ、しばらくはひとりでお休みいただくことになりますが」

もちろん、尋ねたいことはある。「次も、いままでのように被験者はわたしひとり？」「いいえ、次はグループでの実験なので、ほかに有償ボランティアの参加者がいます」ほかの有償ボランティアの参加者とやらも、やはりヒースロー空港から誘拐されてきたのだろうか。ロバートと子どもたちは、わたしの身に何が起きたか、知らずにいてくれることを願うしかない。うまくいけば、こんなことはもうすぐ終わる――家族は何も知らないまま、また元の生活に戻る、それがわたしにとっては理想的な結末だけれど……

「ほかにも何かありますか？」声をかけられ、不安なもの思いからふとわれに返る。

「いいえ、もういいわ。ありがとう」

フランソワーズはドアを閉め、去っていった。

長椅子に置いてあった、現在イクセイド製薬が試験中の製品紹介パンフレットを手にとる。ページをめくるにつれ、その中のいくつかの製品は、すでにもう似たようなものが市場に出回っていることに気づき、わたしはいささか驚いた。潤いを補ったり、血流を増やしたり、女性のオーガズムの快感を増したりする、さまざまなクリーム。人為的に作られたホルモンや化学物質を肌や大切なところに塗ってまで、わたしたちは本当に、さらなる刺激を必死になって求めているのだろうか？　精力をつけようと、あるいは媚《び》薬《やく》効果を求め、何世紀にもわたって漢方のフカヒレのスープや鹿のペニスが珍重されてきた時代から、わたしたちは何も変わっていないのかもしれない。そのために動物が殺されたりしないというだけでも、わたしたちはこうした人工の薬品をありがたがるべきなのだろうか。

わたしは頭を振った。こんな世界的な問題を解決するつもりなどないし、少し疲れてもいる。この部屋にはほかに気をまぎらわすものもないので、わたしはベッドに横たわり、次の実験が始まるまでひと眠りすることにした。

＊　＊　＊

しばらくすると、またフランソワーズが迎えにきて、今度はさっきと逆の方向に歩きはじめた。またしても、この奇妙な施設をいかにも楽しんでいる様子の、礼儀正しくにこにこした人々と何度となくすれちがう。この銀色のスーツを着ていても、いまやもう自分が目立っているような感覚はない。ここに来てまだそれほど時間が経っていないのに、もうなじんでしまったようだ。

今回はさっきよりも広い円形の部屋に通され、壁ぎわに立たされた。わたしより先に、すでに五人の銀色スーツ姿の女性が、それぞれ世話係に付き添われ、同じような姿勢をとっている。わたしの後から、すぐにもうひとりが入ってきた。

わたしの身体はしっかりと壁に押しつけられ、身体のどの部分も触れあうことがないよう、両手と両脚を開くように指示された。世話係はみな、自分の担当する被験者が正しい姿勢をとっていることを確認していた――それぞれが近い位置に立ちながら、けっしてお互いに手が届かないように。世話係たちが無言のままうなずきあい、部屋を出ていくと同時に、ゴムのような手ざわりの壁はわたしたちの銀色のスーツを磁力めいた力で引きつけ、しっかりと固定した。どうやら、しばらくはこの姿勢のままらしい。

わたしたち被験者は、当然ながらお互いの顔をちらちら眺め、それぞれがどこに立っているか、どんな気持ちでいるかを探ろうとしはじめた。とはいえ、知らないものどうし、なかなか気持ちまでは読みとれない。不安そうな女性も何人かいたけれど、ひとりは見るからに、そう、かなり興奮しているのがわかった。スーツごしに、乳首が立っているのが見える――やれやれ、まだ何も始まっていないのに。ひとりは退屈そうな表情を浮かべ、もうひとりは疲れた顔をしている。おもしろいことに、誰ひとり口を開くものはない。

自分の顔がどんなかはわからないけれど、いかにも好奇心に目を輝かせ、次に起こることを楽しみにしているように見える気がする。それほど待つまでもなく、全裸の男女がひとりずつ、部屋に入ってきた。被験者の誰かが息を呑む音が聞こえ、やがて静けさとともに、全員の視線が部屋の中央に向けられた。

どこにスピーカーがあるのか、静かなオペラの曲が流れはじめ、その男女は周囲のわたしたちなどまったく目に入らない様子で、お互いに向かいあって立った。やがて、繊細なソプラノの歌声が始まるとともに、最初はおずおずとためらいながら、ふたりは唇を重ねあった。抱きあって、お互いの頬を優しく撫でる。いかにも愛しあっている恋人たちらしいしぐさだ。

ソプラノに代わってテナーが歌いはじめると、ふたりの動きはしだいに情熱を増していった。欲望のおもむくまま、手や舌を効果的に使ってお互いの裸体を愛撫する。男性のペニスが勃起して女性の腹部に押しあてられ、女性の乳首が硬く隆起して男性のたくましい胸に触れるまで、さほど時間はかからなかった。

音楽の、歌声の変化につれてふたりの欲望が高まり、それにつれて身体の状態が変化するのを、わたしたちは間近にはっきりと目撃することになった。まるで、官能的なオペラを非合法にこっそり鑑賞しているような気分だ。思わず、ほかの被験者の様子をうかがわずにはいられない。向かいに立っていた被験者の女性は、目の前のふたりと息づかいがぴったりそろい、自分もその場面に参加したくてたまらないように見える。すっかり魅入られてしまっているようだ。その隣の女性はあきれたように目玉をぐるりと回しているし、別の女性はひどく動揺していて、どうにか手を動かそう、身体を壁から引きはがそうと、顔を真っ赤にしてもがいている。目を閉じ、音楽だけに聴き入っているらしい女性もいた。

目の前の恋人たちに視線を戻したとき、さらにふたりの全裸の男女が部屋に入ってきた。なんと、まあ。これから何か劇的なことが起きるといわんばかりに、音楽が静かになる。恋人たちは、ふたりの登場にいささか驚いたように見えた――けれど、すぐに歓迎してお互いに抱擁しあう。音楽のテンポが上がったかと思うと、ふいにふたりの男性、ふたりの女性の身体がいっせいにからみあいはじめた――まるで四人が一体であるかのように、お互いの身体を愛撫し、唇を這わせる。

音楽が高まるとともに、わたしは室内の空気に含まれる酸素が、はっきりとフェロモンに変わったのを感じたような気がした。いま目の前にくりひろげられている光景から視線をそらすことなど、とうていできはしない。四人の身体は汗と欲望に濡れて光り、それでも貪欲にお互いの肉体を探りつづける。四人が口々に漏らすあえぎが、音楽に重なって聞こえはじめた。

空気はじっとりと重い。誰かがセックスをしているところを、こんなにも近くで見るのは初めてだ――何か密《ひそ》やかな、禁じられたものを垣間見ているような気分になるけれど、それでもなぜか、悪いことをしているという感覚はない。これまでポルノに興味を持ったことはないものの、機械や画面を通してしまえば、それがフィルターとなって刺激を和らげてくれるはずだ。でも、いまわたしたちが見ているのは、それよりももっと生々しく、隔ててくれるものすらない現実だ。逃げる場所すらないこの円形の室内に、欲望の共振する音が響いている気がする。

ひとりの被験者が、これ以上はもう耐えられないとでもいうように、うめき声と吐息を漏らした。目の前の男女に触れたい、自分も触れられたいとどんなに願っても、わたしたちみんなと同じように、その女性もまったく身体を動かすことができず、ただ、この欲望が濃厚に溶け出した空気に身を浸しているしかないのだ。わたしも欲望のおもむくままの行為を目のあたりにして、下腹部におなじみの熱さが広がり、身体のそこここが反応しはじめているのを感じていた。いまや、壁ぎわに立つ女性の誰もが、はっきりと乳首を隆起させている。目をつぶっている女性さえも例外ではないのは、わたしたちの欲望をかきたてているのが、けっして目から入る刺激だけではないからだ。

音楽が、またしても変わる。さっきよりも暗く、緊張をはらんだ曲調とともに、汗で濡れた四人の身体は、いったんそのからみを解いた。

黒い柔らかな紐が何本か、天井から下りてくる。後から入ってきたふたりが、最初の恋人たちを思わせぶりに引き離すと、その腕に器用に紐を巻きつけ、手首をしっかりと縛りあげた。いまや、最初のふたりはそれぞれに両腕を頭上に掲げさせられ、お互いに触れることのできない位置に立ち、ただ視線だけをしっかりとからみあわせている。室内の緊張が高まった。

あてもなくさまよう音楽とともに、後のふたりはゆっくりと時間をとって自分たちの捕らわれ人を眺め、次はどんな快楽を味わおうかと考えるかのように、縛られたふたりの肌をそっと撫でた。今度は何が起きるのか、期待に下腹部と乳房がどくどくと脈打っているのがいささかきまり悪かったけれど、いまやわたしはすっかり目の前の光景に釘付けになっていて、ほかの被験者の女性たちには、すでにあまり注意を払う余裕がなかった。この興奮は、どうしてかふたりが縛りあげられたために、よりいっそう高まってしまったようだ。

縛られた男性のほうに、ふたりは目隠しをした。縛られた女性のほうはなすすべもなく、男性の勃起したペニスがいよいよ硬く張りつめるのを見ているだけだ。女性は明らかにそれを見て興奮していたし、わたしのほうもさらに一段階、心臓の鼓動が速くなる。自由に動ける男女は、縛られた男性に舌を這わせ、愛撫し、やがてオーガズムに導いた。それまでの前戯のおかげで、男性の全身に震えが走るまで、そう長くはかからなかった。

達する直前、男性の目隠しが外されて、わたしたちは射精する瞬間の男性のゆがんだ顔を、はっきりとこの目で見ることができた。男性が陶酔のうめき声をもらすと、その足もとにひざまずいていた女性が、発射された精液を一滴残らず口で受けとめ、飲みこんでしまった。わたしには、いまだにあれがどうしてもできないのだけれど。唇を舐める女性の様子は、まるで万能の霊薬を与えられたかのようだ。そう、いつの日か、わたしも同じことをしてみてもいいかもしれない。あれが大いなる力に満ちた液体だなんて、そんなふうに考えたことはいままでなかった……

その男性とまったく同じ快感を味わったかのように、縛られていた女性も同時に背中をのけぞらせた。ぐったりとした男性は放っておいて、ふたりは次にその縛られた女性に視線を向ける。女性もまた目隠しをされ、ふたりの愛撫をただ受けとめるしかない状態に置かれた。

ジェレミーとの記憶が怒濤《どとう》のようによみがえってきて、わたしは切なげなうめきを漏らしてしまった。ほかの被験者たちが、こちらにちらりと視線を投げてきたのがわかる。もしも壁にしっかりと固定されていなかったら、わたしはきっと脚がふらつき、床に崩れおちてしまったにちがいない。身体全体に熱いものが広がり、激しい感情が湧きあがって、いまにも押し流されそうになる。

わたしの目の前で、ふたりは女性の乳首を、指を吸った。やがて、内股を軽く噛みながら奥に進んだ二本の舌が、女性のヴァギナをとらえる。いまや、わたしのそこも、音楽に合わせて熱く脈打ち、縛られた女性の身体と共振しつつあった。ほかの被験者の目から自分の反応がどう見えるか、さっきまでは気になってならなかったのに、いまや目の前にくりひろげられている、合意した大人どうしの美しく官能的な行為に、わたしはただただ圧倒されてしまっている。

見ているだけで、こんなにも自分が大きな影響を受けてしまうだなんて、これまで思ってみたこともなかった。考えてみると、わたしはこれまで、ほかの女性がオーガズムに達するところを見たことはない。自分の姿を鏡で見たことすらないのだ。目の前の光景にすっかり魅了されつつも、わたしは目をそむけることのできない自分に、ひそかに仰天してもいた。いつだって、わたしはセックスを個人的な秘めごとだと考えてきたのに。でも、ジェレミーがわたしを同じような高みに導いたとき、あの人の目にわたしはどう映ったのか、それをこの女性で見てみたくてたまらない。どうか、さっき男性にそうしたように、この女性も達する前に目隠しを取ってくれればいいのだけれど。

縛られた女性の背後に回った女性が、男性に向かって太股を開かせると、女性のあえぎ声はますます激しさを増した。男性が指を動かしながら、縛られた女性の乳首に歯を立てると、女性のあげた声が円形の室内に響きわたる。男性のペニスはいまや猛々しくそそり立っていて、それを女性に深々と突き立てる光景を思い浮かべ、わたしははっと息を呑んだ。もはや、実際に目の前で起きていることと、自分の身体が感じようとしていることの区別がつかなくなってしまっているのだろうか。男性は指をヴァギナの奥深くまで突き入れ、目隠しを取った瞬間、親指でオーガズムへの最後の仕上げをした。これまで、わたしはこんなにも誰かの顔を真剣に見つめたことがあるだろうか。まるで、人を惹きつけてやまないモナリザの絵に、視線を吸いつけられてしまったかのようだ。

その瞬間、女性はふっと動きを止め、息も止め、ぴくりとも動かなかった。まるで、何か天上の力が働いて、身体も心も、快感に凍りつかせてしまったかのようだ。音楽がふと柔らかくなり、わたしも、ほかの被験者たちも、息を呑んでなりゆきを見まもる。わたしはその女性と共振しあい、いっしょに飛んでいるような気分を味わっていた。やがて女性は鋭い叫び声をあげて大きく息をつき、ふたたび生命を吹きこまれたかのように、凍りついていた身体を何度か激しく痙攣《けいれん》させた。音楽はその絶頂に合わせて一気に激しさを増し、オーガズムの名残の体液が太股にしたたるのと同時に、ふっと静かになる。女性の目はいまだ焦点が合わず、身体はぐったりと紐にぶらさがっていた。

そのとき、快感のあまりのうめき声が別の方向からあがった。向かいに立っていた被験者が、中央の女性と同じようにオーガズムに達した表情を浮かべている。まさか、信じられない。こんなことって、本当にありうるのかしら？　でも、自分のあそこがたしかに濡れていること、いまもまだ呼吸が浅いことを考えれば、答えは自ずから明らかだった。室内を見まわせば、ほとんどの女性が欲望に目をうっすらと曇らせている。わたしだって、ずきずきとうずくクリトリスから考えても、きっと同じ表情を浮かべているにちがいない。

まったく、何という体験なのだろう。壁に貼りついて立っていただけなのに、こんなにも消耗してしまうなんて。被験者の誰ひとりとして、触れられたわけでもなければ、実際に快感を味わったわけでもない、ただ見ていただけなのに――わたしたちの銀色スーツは、まちがいなくイクセイド製薬が大喜びしそうな結果を計測しているはずだ。

＊　＊　＊

部屋に戻ると、着替えの入ったわたしのスーツケースが置いてあった。残念ながら、ハンドバッグは見あたらなかったけれど。フランソワーズの説明によると、残る最後の実験まで、しばらくこの部屋でくつろいでいてほしい、このスーツはもう脱いでかまわないということだった。お楽しみの時間も終わりということだろうか。それでも、フランソワーズに手伝ってもらい、わかりにくい合わせの部分を開いてスーツを脱がせてもらうと、いくら着心地のいいスーツだったとはいえ、ようやく解放された気分になった。自分の肌にもさわれないなんて、どうにもおかしな気分だったから。

フランソワーズは裸身にはおるためのローブをわたしに手渡すと、銀色のスーツを丁寧にたたみ、何やら特別な容器に収納した。この施設の実験室を見学させてもらいたいのもやまやまだけれど、いまはとにかく、身体を洗って眠りたい。わたしはもう、へとへとに疲れていた。あの四人の男女は、いまごろどんな気分なのだろう……こんなことには、もう慣れっこなのかしら？

くつろいで、しばらくうとうとしていると、部屋に響いた声に起こされた。最後の実験があと十分で始まるので、荷物をまとめて待機していてほしいという。さあ、あと一息……これで、約束の七十二時間も終わるはずだ。実のところ、ここに来てから時間の感覚を失ってしまっていて、はっきりとはわからないのだけれど。わたしはスーツケースの蓋を閉め、ベッドの端に腰をおろして、フランソワーズの最後のノックの音が響くのをおとなしく待とうとした。何が起きるのか思いをめぐらすと、最後の実験がいささか不安なのも確かだ。でも、わたしは勇気を奮いおこした。ついにここまで来たけれど、いまだこれといって危険な目にあってはいない。いまさら、いったい何が起きるというの？

やがて、わたしは別の部屋に案内された。まるでロマンティックなロウソクの明かりのように、肌を柔らかく官能的に見せる照明が点った部屋だ——もちろん、ただの電気による明かりをそう見せているだけだけれど、わたしにはありがたかった。

家具はほとんどないものの、巨大なお手玉のような黒いクッションソファが置いてある。何か、奇妙に誘いかけてくるようなソファ。わたしは腰をかがめ、そのベルベットのような柔らかい生地に指を走らせてみた。

黒い壁には、ラベンダーのような薄紫の絹のスカーフが、まるで流れる水のように飾りつけられている。単純だけれど、お洒落で素敵なインテリアだ。スカーフはなめらかな手ざわりで、指の間にはさんで滑らせてみても、厚みがわからないほど繊細な生地だ。

部屋の片隅には小さなテーブルがあり、水のグラスのかたわらには、かのいわくつきの〝紫の錠剤〟が置いてある。そして、反対側の隅にはさらに驚いたことに、銀のアイスペールにドン・ペリニヨンが冷やしてあって、シャンパン用の細長いクリスタルのグラスが三個並んでいる。どうやら、ここに誰か来ることになっているらしい。

先に開けて飲んでいるべきなのか、それとも来訪者を待つべきなのだろうか。まずは私が〝紫の錠剤〟を服まないうちは何も始まらないと、さっき説明を受けたところだ。最終的に錠剤を服まない決心をしたら、わたしはそのままさっきの部屋に戻され、〝終了時の聞きとり調査〟を待つことになるらしい。それが終われば、最後に指を針でつつき、にじんだ血液を採取して、わたしの契約上の義務はおしまいとなる。やっと自由の身になれると思うと、自分でも驚くくらい気分が高揚した。いっそ、恍惚状態と表現してもいいくらいに。

ふりかえってみると、最初はあんなに不安だったけれど、わたしは本当にすばらしい待遇を受けてきた。ここですごした時間は本当にわくわくしたし――どこまでも正直になるなら――欲望をそそられさえした。自分自身について、性欲について、女性の性衝動について、女性の性的興奮障害を治したいという製薬会社の願望について――そして、もちろん金もうけについても、多くを学ぶことができた。こんなたぐいの製品についての考察に、資本主義の現実を無視するわけにはいくまい。

とはいえ、もうすぐ子どもたちと話せる、ジェレミーと会える――どこにいるのか知らないけれど――と思うと、いまから先走って浮きたった気分になってしまう。わたしはもうあれこれ考えるのをやめ、自問自答で気持ちが揺らぐ前に、認可寸前といわれる〝紫の錠剤〟に歩みよると、さっさと服みくだしてしまった。はい、これでよし。

こうして心を決めてしまうと、さっきよりも自信が湧き、ずいぶんと気が楽になる。それとも、あの奇妙な銀色のスーツを脱いで、自分の荷物から出した黒と白のドレスをまとい、楽なスリップオンの黒い靴を履いたのがよかったのかもしれない。理由はどうあれ、わたしはもうドン・ペリニヨンを開けることにした。

そのとたん、どこか東洋風の官能的でしなやかな曲が部屋の中に流れはじめた。それを聴きながらグラスにシャンパンを注ぎ、こんな〝試練〟――わたしはそんなふうに考えていた――を、どうにかここまでくぐり抜けた自分にひとりで乾杯する。わたしが性的興奮障害などに悩んでいないことは、ここの人たちも確認したにちがいない。最近の性生活の激動をふりかえれば、わたし自身もその結果に納得だ。でも、ジェレミーがあんなふうに突然、わたしの人生に再び入りこんでくる前だったら、わたしははたしてこの実験で同じような結果を出せたのだろうか？　もしかしたら、そのころのわたしは、まさにこの薬の適応例だったのでは？

おそらくこの最後の実験は、わたしのいまだ満たされない性的妄想を土台に組み立てられているのだろう――さまざまな快楽、欲望、未知の要素を組み合わせて。正直なところ、どんなものになるのか自分でも想像できない――わたし自身でさえ、まったく見当がつかないものを、ここの研究者たちはどうやって探り出すのだろうか。わたしはジェレミーとの体験で、すべての欲望を満たしたつもりになっていたのだけれど、いまになってみると、ジェレミーと再会したら試してみたいことも、いくつか思いつかないではない……

つい大胆な想像をめぐらせてしまい、わたしは頬を赤らめてシャンパンをもうひと口飲み、あらためてこの部屋を見まわした。この施設における、わたしの最後のセックス実験。わたしにとっても、きっと示唆に富んだものになるにちがいない。ありがたいことに、もし途中でやめたいと思ったら、いつでも部屋を出ればいいのだという――それで、すべてが終わるのだと。いまだ選択権はわたしの手にあるのだから、いまはあれこれと悩むまい。

さらに何口か、美味しいシャンパンを喉に流しこむ――お酒を口にしたのはいつ以来だろう。〝紫の錠剤〟の効果はいまだわたしにはまったく現れていない。少なくとも、自覚できる範囲では。このことは、心に刻んでおかなくては。

ドアが開き、はっとするような美しい女性がゆっくりと入ってきた。肌は黒く、豊かな腰に浅くはいた薄手の白いハーレムパンツには、両脇にスリットが入っている。おそろいの生地のスカーフをホルターネックのように巻いて豊満な乳房を包み、肩はむき出しのままだ――その生地ごしにも、乳首が立っているのがはっきりとわかる。引き締まった腹部と背中も露出していて、その黒い肌と、白い薄手の生地との対照がくっきりと目を惹いた。漆黒の髪は、重厚な質感のアフロ・スタイルだ。

わたしに目もくれず、その女性は音楽に合わせて思わせぶりな足どりでドン・ペリニヨンのボトルに歩みより、グラスに自分のぶんをそそいだ。わたしはその場に立ちつくしたまま、息を呑んでその女性に見入るばかりだった。しなやかな筋肉のついた腕は、流れる絹のような動きを見せる。やがて、その女性はようやく目をあげ、手にしたグラスをわたしに向かって掲げて、無言の乾杯のしぐさをしてみせると、これまでに見たこともないほど豊かで官能的な唇にグラスを当て、ゆっくりとシャンパンを喉に流しこんだ。その美しさにすっかり魅せられてしまったわたしは、思わず感嘆の吐息をつきそうになった。

無言のまま、女性はそのグラスを置くと、三個めのグラスにシャンパンを注いだ。わたしはいまだその場に凍りついたままだったけれど、下腹部が期待に熱くなってくるのがわかる。自分が濡れはじめていることに気づいて、わたしは衝撃を受けた。これはさっきの錠剤の効果にすぎないはず、きっとそうよね？

その女性は左右の手にひとつずつドン・ペリニヨンのグラスを持ち、堂々とその場に立っている。その存在感が、静かな部屋を満たした。

　ドアが開き、色白のアジア人女性が姿を現した。子鹿のようなぱっちりとした目に、完璧な形をした華奢な鼻。軽やかにはずむような足どりで部屋に入ってきて、わたしたちに加わる。身につけているのは、ひとりめの女性と色ちがいの黒いハーレムパンツで、こちらはへそにピアスをし、そこから腰にチェーンをぶらさげている。やはり漆黒の、信じられないほどつやつやした髪は一本の三つ編みにして、背中から形のいいお尻に垂らしていた。黒い肌に白い服、白い肌に黒い服、驚くほど調和した組みあわせだ。ふたりめの女性はわたしを見てにっこりし、興奮した様子でシャンパンのグラスを受けとった。

　ふたりは無言のままゆっくりとシャンパンを喉に流しこみ、香りのいい泡を味わってから、同時に唇を舐めた。ようやく呪縛が解けて動けるようになったわたしも、釣られて同じようにグラスを唇に運ぶ。ふたりがわたしの視線をとらえた。わたしだけが、次に何が起きるのか、不安の色を目に浮かべている。グラスのシャンパンを飲みおえるまで、わたしたちはじっと見つめあっていた。

　ミズ・アフリカ（と、心の中でわたしは名づけた）はわたしの手からグラスを取り、部屋の真ん中に導いた。誘いかけるような音楽のテンポが上がり、わたしの鼓動も追いかけるように速くなる。

これがわたしのひそかな欲望なのだろうか？　女性を相手に？　まさか、そんなことがあるはずないのに。でも、こんな服装をしたこのふたりが、このうえなく美しく、そそられてしまうのも確かだ……ああ、どうしよう……ジェレミーが知ったら、どんなに見たがることか！　ふと、天井の真ん中にひっそりと配置されている保安灯を見あげる。きっと、この部屋での出来事も、何もかも記録されているにちがいない。その記録を、いつかはあの人に見せられるかも。そう思うと、なぜか勇気づけられて、次に何が起きるのか、わくわくする気持ちが湧きあがってきた。そうよ、きっと錠剤のせいだわ！

ミズ・アジアは爪でわたしの肩に触れ、ドレスの縁をゆっくりとたどった。やがて、ドレスの生地ごしに乳房をなぞられて、はっと息を呑みながら、爪が身体の反対側へ動いていく感触を味わう。ミズ・アフリカは背後に回り、わたしのドレスのファスナーを開いた。そっと触れただけで、ドレスは肩から床へなめらかに滑りおちた。さらに靴の片方、そしてもう片方も、ゆっくりと脱がされる。わたしたちをつなぐのは音楽と、このお互いが触れあう感覚だけ。興奮に肌が紅潮し、神経がぴりぴりと張りつめているけれど、ここでやめてほしいなどとは、これっぽっちも思わない。

かきたてられた欲望の生み出す緊張が部屋を濃密に満たし、身体が火照《ほて》る――どこもかしこも。ブラが外されると、訴えかけるように立った乳首が現れた。ブラが床に落ち、パンティが脚を伝って下ろされる。わたしは部屋の真ん中に立ちつくしたまま、ふたりが次はどう動くのか、わたしのどこに触れるつもりなのか、奇妙なほど心奪われていた。

ふたりがわたしの周囲を回ると、それぞれの乳房が身体を撫でていく。わたしははっと息を呑んだ。薄手のなめらかな生地ごしに乳房が乳房を、乳首が乳首を愛撫する、生まれて初めての感覚に、ただ酔いしれる。

まるでわたしをいったん呪縛から解くかのようにふたりは離れていき、わたしの服と靴をきれいにまとめてテーブルの下に置いた。それから、美しい動きで壁からラベンダー色のスカーフを外し、まるで新体操のリボンのように、それをふわふわと部屋の中で回転させる。その薄手の生地は、やがてわたしの身体に柔らかく巻きついた。音楽に合わせ、ふたりが身体をひねったり、回転したり、わたしの周囲を回ったりすると、絹のようになめらかな生地が、わたしの素肌をじらすように撫でていく。その感触を味わううち、下腹部にじわりと欲望が満ちてくるのがわかった。スカーフは乳首をふわりと撫でたかと思うと、太股の間を勢いよく滑る。やがて、クリトリスが充血してどくどくと脈打ちはじめるまで。

音楽の調子がかすかに変わった。ベースの音が軽やかになり、自由自在に舞うかのようなギターの旋律が響くなか、ふと気がつくと、わたしは薄手の絹で全身をすっぽりと包まれようとしていた。つま先から足首、そしてすねから太股へと、ふたりは左右それぞれの脚にスカーフをぐるぐる巻いていく。脚のつけねに達し、優美な動きで左右のスカーフを交差させた瞬間、わたしははっと息を呑んだ。それからもふたりは流れるように回転を続け、音楽とぴったり合った動きでわたしのお尻に、腹部に、乳房にスカーフを巻きつけていく。腋《わき》の下に達すると、ふたりはわたしの腕に注意を移し、肩から指先までを柔らかく包みこんだ。

ふたりの秘密のハーレムに入れてもらったと想像すると、わたしの身体は期待と欲望に激しく脈打ちはじめる。わたしはこれまで女性とこんな関係を持ったことはないし、それがどんなものなのか、想像することからも目をそむけてきた。女性どうしが触れあい、その身体の秘密を探る……それだけの勇気が、いまのわたしに本当にあるだろうか?

わたしの呼吸が、しだいに浅くなる。ふたりはいまやわたしの首を、唇を、鼻を、額を、ふんわりと包みはじめた。頭まですっぽり包んでしまうと、高く結ったポニーテールの根もとにスカーフを縛って留める。このポニーテールは、最後の実験に備えて、フランソワーズが唯一わたしに求めた条件だったけれど、これでその理由がわかった。浅くせわしない吐息が薄手の絹にさえぎられ、その熱さが唇の周りに広がる。自分がどれくらい興奮しているか、もう否定のしようはない。

いまや、わたしの視界には紫がかったピンクの霞《かすみ》がうっすらとかかっている。全身は繊細で官能的な生地に包まれたミイラのようだ。五感のすべてが研ぎすまされ、欲望はじりじりとふくれあがるばかりだ。ふたりが一歩下がり、できばえを確認する間も、乳首とあそこがずきずきとうずく。この異国めいたセックスの儀式のせいで、太股の間はたっぷりと濡れている。欲望が高まりすぎて頭がぼうっとし、いまにも気が遠くなりそうだ。

ふたりは包まれたわたしの片腕をとり、巨大なベルベットのお手玉のようなクッションに導いた。柔らかなお手玉に深々と沈みこみ、美しいふたりの顔を見あげる。これは夢ではないのだろうか？　もうすぐ汗びっしょりになって跳ねおき、もしかしたら自分にはバイセクシュアルの気があったのだろうか、これまでまったく自覚していなかったのにと、思い悩むことになるのでは？　この経験の後、わたしは同性愛傾向を測るキンゼイ指標で、属するカテゴリーを変えることになるのだろうか。わたしは自分自身のことを、いまだにまったくわかっていないのかもしれない……

そんなもの思いにふけっていたわたしは、信じられない衝撃でわれに返った。ふたりがそれぞれ、わたしの乳首を吸いはじめたのだ。ああ。そんな。まさか。

驚きにあえぐその呼吸も、思わず漏らしたうめき声も、薄手の生地にふわりとさえぎられる。ふたりの唇が、舌がちらちらと動いて乳首を愛撫し、ふたりの手はわたしの太股を、腹部を、腕を撫で、揉み、まさぐった――すべては柔らかな覆いごしに。唇をそっと指でなぞられ、その快感に思わず吐息が漏れる。さらに、舌が唇の中に侵入してきたけれど、生地にさえぎられて奥までは達しない。そんなことに気をとられている間に、わたしはクッションの上でふたりの思うように姿勢を変えられていた。

今度はうつぶせにされ、背中を、お尻を、腋の下を、足の裏を吸われ、歯を立てられる感覚を味わう……まるで、全身のすべての神経の先端が、皮膚のすぐ下まで浮きあがってくるような気がする。尾てい骨のすぐ近くの感じやすい部分をそっと撫でられ、太股の内側を吸われ、さらにその奥に近づくにつれ、わたしはいまにも叫び出しそうだった。

すべての愛撫は、肌を包むこの薄い層のおかげで、さらにわたしの欲望をかきたてる。けっして急がず、力をこめることもなく、ふたりは完璧なテンポで指を、舌を走らせていった。きょう、すでにあれだけのことを経験した後だけに、わたしはもういまにも、ほんのわずかなひと押しでいってしまいそうだ。

思考がぼやけ、快感にひたりつづける身体が意識の中心に浮かびあがる。こんなにも深い陶酔を味わわせてくれるのはジェレミーだけだと信じていたのに……これまでに経験したことのない、リズミカルで濃密な快感。この室内いっぱいに、わたしたち三人の女としてのエッセンスがあふれ出しているようだ。三人の身体がからみあい、黒と薄紫と白が思いもよらない形に交じりあう。

その感覚にすっかり心奪われたわたしは、もうこれ以上、ただ受け身でいることに耐えられなかった。このふたりがやっているように、わたしもまたふたりの身体に触れてみたい。柔らかな絹に包まれた手を伸ばし、乳房に触れて、乳首が反応してくれた喜びに満たされる。でも、伸ばした手には念入りにキスをされ、また遠ざけられて、わたしは再びあおむけにさせられた。今度は上半身が巨大なお手玉に深々と埋もれ、両脚が持ちあがる。

ミズ・アジアがわたしの両脚の間に立ち、わたしの両手を身体の脇にしっかりと押さえつける。それから、いたずらっぽい素敵な笑みを浮かべ、目が合った瞬間、わたしの太股の間に顔を埋めた。どうしよう、まさか、本当にそんなことが？　薄手の絹を通してふわりとヴァギナに息が吹きかけられ、わたしは頭を後ろにのけぞらせ、全身をびくりとさせた。こんなに感じてしまっていいの？　きっとあの錠剤のせいにちがいない、そうに決まっている。でも、このふたりの上手なことといったら。もともとの性的指向がどうあれ、これだけの技を駆使されたら、どんな女性だって陥落せずにはいられまい。

ミズ・アフリカはわたしの頭のほうに立ち、肩をしっかり押さえつけると、美しい唇をわたしの乳房へ近づけていく。あおむけの顔に豊かな乳房が当たり、わたしはもう幸福のあまり息が止まりそうだった。

ふたりはぴったりと調和したリズムで動きながら、計算しつくされた快楽の軌道にわたしを送り出している。その舌に、吐息に愛撫され、吸われ、歯を立てられて、何度となく頂に上りつめたわたしは、もう自分の名前さえ思い出せなくなりつつあった。この絹の布地も、あちらこちらへ引っぱったり、締めたりと、自由自在に利用され、さらに快楽が信じられないほどに高まる。

部屋がゆっくりと回転しはじめたような気がした。わたしの呼吸は、すでに浅く、荒い。鼓動が速まりすぎて、性感帯がいまにも燃えあがってしまいそうだ。早くこのエネルギーを解放してしまいたくて、大きな声が漏れてしまうけれど、ふたりはそこでも熟練の手並みを見せた——わたしがもうぎりぎりの瀬戸際にさしかかるたび、流れをさえぎってテンポを変え、こんなに恋い焦がれている終着点から目をそらさせるかのように、またしても別のうずくほどの快感を与えてくる。わたしはもう何をすることもできず、ふたりに自分の身体を差し出して、好きなようにしてもらうしかなかった。主導権を握っているのはふたりであり、オーガズム寸前の地点まで連れていっては、それをこいねがうわたしを引きとめる、そのくりかえしだ。快楽の拷問、とでもいうべきだろうか。興奮が高まるあまり、呼吸もできず、意識すら薄れてくる。このふたりと肌を触れあわせてさえいないのに——この営みが始まってから、一度として。

それがいけないのかもしれない、そんな思いがふと頭に浮かぶ——触れあっていないから、終着点にたどりつかないのだろうか。ううん、だめ、もし本当にそうだとしたら、この拷問がさらにひたすら続くことになってしまう。ああ、そんな。これ以上は、もう絶対に耐えられない。

絹地ごしに這う舌を、吸う唇を感じ、歯を立てられ、つねられて、乳首もクリトリスもすっかり充血して腫れぼったくなり、痛みにも似た快感に耐えながら、わたしはもうぎりぎりのところで、ただ乱れつづけるしかなかった。

あえぎ、またしても叫び声をあげたとき、ふとすべてが止まった……わたしはもう抗う力もなく、ふたりがわたしの膝を曲げさせ、太股を大きく開かせるままにしたがうしかなかった。無理のない程度に開けるだけ開かせると、ふたりは両脚をしっかりと押さえつけた。ヴァギナを覆っていた絹のスカーフが、そっと開かれるのがわかる。そして、うずく外陰部に沿って柔らかな息がふっと吹きかけられ、充血した熱いクリトリスにまっすぐ命中した瞬間、わたしは達した。おののき、爆発し、がくがくと震え、天井にぶつかるかと思うほどに身体がはずむ。意識はふっとこの部屋を離れ、どこか彼方へ飛び去った。

時間の流れも、自分が誰かもわからないまま、わたしはこの異国の女性ふたりの前にぐったりと横たわっていた。いまだ全身をすっぽりと包む絹の布地は、一ヵ所だけが開き、熱く濡れて脈打つ部分がむき出しになっている。やがて、ふたりはその布を丁寧にほどいていった。頭、手足、胴体と、覆っていたものが取り外されるにしたがい、意識がはっきりと戻ってくる。完全に絹のスカーフを巻きとってしまうと、裸体にはおるようにローブが渡された。いまだ敏感な乳首に、やわらかい木綿の布地がこすれるざらっとした感触。ふたりのおかげで、わたしの肌はすっかり感覚が研ぎすまされてしまったようだ。

こんなにも深いオーガズムに、何も挿入されることなく達してしまうなんて、そんなことがありうるのだろうか。たしかに、快感にもだえていたあのとき、ジェレミーの太く硬いペニスで激しく突いてもらえるなら、どんなことでもするとは願ったけれど。いまも、そう思っただけで下腹部がうずき、苦しげなうめき声が喉から漏れてしまう。

こと〝紫の錠剤〟においてはイクセイド製薬がきっと勝者となると、わたしも認めないわけにはいかなかった。

ドアをノックする音がして、ヴォトルベッツ医師が姿を現した。いつもの小さな黒いかばんを抱え、おなじみの聴診器を首に掛けている。入ってくるやいなや、医師はふたりの女性に部屋を出るよう促した。あれだけのことをいっしょに体験したのに、さよならも言わずにお別れだなんて、考えてみると奇妙な話だ。ずっと、わたしたちはひとこともしゃべらなかった——もっとも、わたしはあえぎ声やらうめき声やら悲鳴やら、さんざんうるさい音をたててはいたけれど。わたしたちは小さく手を振りあって、ふたりは部屋を出ていった。わたしはいまだ巨大な黒いお手玉の上に横たわり、いま起きたことに呆然自失したままだったけれど、ローブの下は裸なのが気になって、帯をしっかりと結びなおした。

ヴォトルベッツ医師はこちらに歩みよってくると、かばんを開けた。また、この人の診察かとぼんやりと思った瞬間、医師はわたしの耳に口を寄せ、そっとささやいた。

「何も言わないでください。今夜、あなたをここから連れ出さなくてはなりません」

びっくりして「えっ……？」と言いかけたとき、中指を医師につかまれ、針でつつかれたせいで、ついそちらに気をとられる。痛っ！　やれやれ、せっかくの素敵な気分も、これでだいなしだわ。むっとして医師の目をのぞきこむと、そこには緊迫した表情が浮かんでいた。

「ここには、もうあまり長くいられないんですよ。何かがおかしいと、連中が感づくのでね」指からにじんだ血をスライドガラスにとり、カバーガラスをかけると、医師はわたしに手を貸して立たせた。

「ここにあるのはあなたの服ですか？」

「ええ」

「それはよかった。急いで着替えて、わたしについてきてください」

「わたし、自分の部屋で着替えます。シャワーも浴びたいし――」

「ブレイク博士、あなたには危険が迫っているんですよ。あなたが契約書に則ってここを出ていける機会は、後にも先にもこの一度だけ――わたしに同行するしかないんだ」

医師はわたしのひじをつかみ、部屋の隅に重ねてある服のところへ引っぱっていくばかりか、なんと服を着せようとしはじめるではないか。わたしはぎょっとして制止した。

「わかったわ、だいじょうぶ、自分で着られます」ブラとパンティを医師の手からひったくり、そそくさと身につける。「いったい、何があったの？」

「頼むから、大きな声を出さないで、何ごともないふうをよそおっていてください。この部屋は監視されているんだから」そう、それはわたしも予測していた。

「わかりました、でも、何があったのか説明して」話しながら、頭からドレスをかぶる。

「あなたの血液を検査したところ、興味ぶかいことにきわめて特異な結果が出ましてね。実験が終わって解放する前、今夜あなたが眠っているうちに、さらに一リットルの血液を採取しようという準備が進められているんです」

「ええっ？　でも、そんなこと、できるはずがないわ。契約書の条項にだって、ちゃんと――」

「わかってますよ。だからこそ、わたしはあなたを逃がしに来たんだ。少なくとも、ブレイク博士、わたしは約束は守る男です。この治験施設の医師たちは、あなたとマダム・ジュリリークの結んだ合意を無視しようとしている。マダムがこれにかかわっているのかどうかはわからないが、そんな危険なことを、わたしは見すごせないのでね。ふたりでこの施設を無事に脱出するためにも、あなたにはわたしの指示をすべて守ってもらわなくてはなりませんな」

「でも、あなたなら信用できるって、どうしてわかるの？」わたしは医師の白衣の襟をつかみ、自分のほうへ引きよせた。近くで見ると、なかなか素敵な顔立ちだ。肺いっぱいに、医師の香りを吸いこむ。いやだ、さっきの錠剤のせいで、いまだにホルモンがどうかしてしまっているにちがいない。わたしは真っ赤になり、あわてて手を離した。

「ごめんなさい、わたし……」

ありがたいことに、医師はわたしの行動をまったく意に介していないようだった。

「それはあなたが判断することです、ブレイク博士。だが、どちらにせよ、五秒以内に決めてください」

その言葉に衝撃を受けているひまもなく、部屋のドアが開きはじめたと思った瞬間、医師はわたしのお腹にこぶしを叩きこんだ。痛みに身体をふたつ折りにしているところへ、ミューア医師とフランソワーズが入ってくる。これは、いったいどういうこと？でも、そんな疑問を口にすることもできないまま、わたしはこの思いがけない一撃に、苦しげにあえぐばかりだった。

「ヴォトルベッツ先生、あなたがまだ施設に残っていたとは驚きましたね。血液のサンプルは採取しましたか？」お腹を押さえて前かがみになった姿勢のまま、ヴォトルベッツ医師とふたりの女性をちらりと見やると、医師は誰にも気づかれないほどかすかに、そっとわたしに向かってうなずいた。

「ブレイク博士は最後の実験を終え、ひどい火照りを感じている。実際、異常な体温と心拍の上昇が見られた。博士の健康状態には、最終的にわたしが責任を負っているのでね、こうしてここに呼ばれたわけだ。博士自身、いまはひどい吐き気に見舞われ、いまにも嘔吐しそうだという。だから、この後遺症が治まるまで、博士をクリニックに連れていってわたしの観察下に置くことにしたのだ」

「それはお気の毒に、ブレイク博士。いまもそんな症状が出ているんですか？」こちらに向きなおったミューア医師の声には、かすかな疑いの響きがあった。

ふたりの医師にちらと目を走らせたわたしは、ヴォトルベッツ医師を信じることにした。その問いに答えようとして、またしても吐き気に襲われたように空えずきをしてみせ、さらに痛みに耐えているかのように、お腹を抱えて身体を折る。

「あらあら、たいへんだわ。わかりました。これは何か手当をしなくてはなりませんね。本当にお気の毒です」

ヴォトルベッツ医師はわたしの身体に腕を回し、さっさと部屋から連れ出しにかかった。「症状が治まってきたら、わたしが博士の部屋に送りとどけておくよ、エドウィナ」

「ああ、そうですね。よろしくお願いします」ミューア医師は当惑したように頭を振り、わたしたちを見おくった。それから、戸口の手前に立つフランソワーズをふりかえる。

「この治験の被験者には、いまだに時おりこんな吐き気が起きるのよ。いまのうちに徹底的に原因を探っておかないと、これから――」

ヴォトルベッツ医師に通路に連れ出されたわたしには、そこまでしか聞こえなかった。医師はわたしをどんどん引っぱり、角を曲がり、さらに長い通路を歩く。いまはいった い何時なのか、さっぱりわからなかったけれど、今回は白衣を着た職員も、銀色のスーツをまとった被験者も、まったく姿が見えない。医師は無言のまま、わたしの肩にしっかりと腕を回し、迷いのない足どりで実験施設の迷宮の中を歩いていく。と、ふいにとあるドアを開き、わたしを非常階段に引っぱりこんだ。「ついてきてください」医師はささやいた。「音をたてずに、急いで」

理由もよくわからないまま、その気迫に押され、わたしは言われたとおりにした。踊り場をはさんで階段をふたつ下り、また非常口を出て、その先の通路を急ぎ足の医師を追って歩く。左側はコンクリートの壁、右には横長の窓が続いていた。かなり濃い色をつけたガラスだったけれど、じっと目をこらしてみると、その向こうには何百人もの顔が、列を作って並んでいる。疲れた顔、うんざりした顔――男女どちらも――さらには、いかにもつらそうな目をした子どもたちまで。

目にしたものが信じられずに、わたしは棒立ちになった。先を歩いていたヴォトルベッツ医師は、わたしが後をついてきていないことに気づき、つかつかと戻ってくると、わたしのひじをつかんだ。

「お願いです、ブレイク博士、一秒たりとも無駄にはできないんだ」まじまじと窓の向こうを見つめているわたしを、無理やり引っぱろうとする。

「これはどういうこと？」わたしは分厚い色つきガラスに顔を寄せ、もっとじっくり見ようとした。「この人たちは？」

「説明している時間はないんです。お願いだ、急いでください。ここで見られたらおしまいなんだ」

「向こうの人たちにも、わたしたちが見えるの？」

「いや、詳しくは、安全なところにたどりついてから説明しますよ。お願いだから、急いでください。怖ろしい危険が迫っているんです」わたしは最後にもう一度、窓の向こうの人たちに目をやった。あるものはスーツケースを、あるものは着替えだけを背負って、あちらこちらへ追いたてられているように見える人々。ふと、第二次世界大戦で強制収容されたユダヤ人たちのことが頭に浮かび、わたしは激しく頭を振って、そんな思いつきを脳裏から追い出そうとした。まさか、そんなことがあるわけないわよね？

　医師はわたしを引きずるようにして窓から引きはがし、やがて十字路にさしかかる。いくつかの鍵の中からひとつ選び出した医師は、それを電子ロックのボックスに差しこんで蓋を開け、暗証番号を打ちこんだ。かたわらのドアが開くと、上へ続く螺旋階段が現れる。医師はわたしを階段室に引っぱりこんでドアを閉め、こちら側からも暗証番号を打ちこんで鍵をかけた。それから、わたしたちはひたすら螺旋階段を上っていった。こんな運動をさせられたのはもう三年前だったか、ジムで体験したあのぞっとするステップ・エクササイズのクラス以来だ。

「あの、あとどれくらい？」わたしはあえぎながらも、必死になって息を殺そうとしていた。しばらく何も食べていないことが、いまになってひどくこたえている。頭がくらくらし、全身に疲労がのしかかってくるようだ。

「あと、まだ少しありますがね」医師は優しく答えた。「ほら」差し出された手を握り、わたしは必死になって階段を上りつづけた。ぐるぐると、ひたすら上へ。階段がこんなにも長いなんて、いったいどういうこと？　摩天楼のてっぺんをめざしているかのようだ。やがて、わたしたちはやっといちばん上にたどりついた。最後の段の上に崩れおち、ぜいぜいと荒い息をついているわたしをよそに、医師はまた鍵の束からひとつ選び出し、ドアを開けた。

　新鮮な空気がふわりと舞いこんできて、もうどれくらい戸外の空気を吸っていなかったかを、あらためて思い出す。肺には心地よいけれど、あまりに薄着のわたしは、思わず身ぶるいした。戸口から、外に足を踏み出す。もう本当にうんざりだけれど、どうしても考えずにはいられない――今度は、いったいどこに連れてこられてしまったの？

第七部

人生は、自然な変化の連続である。
それに逆らってはならない、悲しみを生むだけだから。
現実は、現実として受けとめなさい。
すべてのことはあるがまま、自然に流れていくにまかせなさい。

——老子

アレクサ

あたりはかなり暗かったけれど、周囲を水に囲まれていることはすぐにわかった。ありがたいことに、さほど遠くないところに陸地が見える。

「泳がなくてはならないのかしら？」実のところ、自分にそんな体力が残っているとは思えない。まったく、この数時間は、なんと奇妙な体験だったことか……それどころか、実際には数日、一週間近くは奇妙な体験が続いたことになる。いけない、いまはそんなくだらないことを考えるのはやめなくてはと、わたしは自分に言いきかせた。

ヨーゼフ・ヴォトルベッツ医師は、何やら鉄柱のようなものの前で、しきりに手を動かしている。小舟のもやいを解いているようだ。ああ、よかった。

「ほら、乗ってください。それから、これを着て」医師のまとっていた白衣を差し出される。さらに完璧な扮装《ふんそう》をするために、聴診器も渡されるのではと思ってしまったわたしは、いまだに頭がまっとうに働いていないようだ。

ひそかにありがたかったのは、小舟にはオールが一対しかなかったことだ。懸命に漕《こ》ぐ医師をよそに、わたしは周囲を見まわした。後方には、絵はがきになりそうな灯台が立っている。どうやら、わたしたちは地下の治験施設から階段を上り、あそこから出てきたのだろう。ふいに、わたしはあることに気づいた。

「いやだ、まさか！　ここ、ブレッド湖？」

「そうですよ。来たことがあるんですか？」

「もう何年も前に、このへんを回ったことがあるの」スロベニアに来た観光客なら、誰でもそうするように。「イクセイド製薬の治験施設は、ここの湖底にあるのね？」

「ええ。もっとも、公には治験施設とは知られていませんがね。ここは、ヨーロッパの東西を結ぶ、便利な通り道とされています。そんなものの存在を知るものは多くないし、あの舟小屋が非常用の出入口だと知っているものはごくわずかですが」

信じられない！　ヨーロッパで最高とはいわないまでも、ここはスロベニアでもっとも美しい、お伽噺《とぎばなし》のような景観の観光地だ。わたし自身のお伽噺のような体験は、はたしてどんなふうに終わるのだろうか、マダム・ジュリリークの息のかかった広大な地域から、無事に逃げおおせることができるのだろうかと、ぼんやりと考える。少なくとも、いまはヨーゼフのおかげで、順調に進んでいるようには見えるけれど。

背景には、ユリアン・アルプス山脈がぼんやりと浮かびあがっている。わたしの記憶が正しければ、ブレッド島に教会が建てられる以前は、ここはスラブの愛と豊饒《ほうじょう》の女神、ジヴァの神殿があったという伝説が残されているはずだ。自分の人生はどこまで奇妙な方向へ突き進んでいくのだろうと思うと、あらためて衝撃を受ける。わたしは頭を振り、もうそんなことについては考えまい、まずはどこかへたどりつくまで何も質問はすまいと心に誓った。わたしには、もうどうにも手に余る事態だ。ボートを懸命に漕ぐ医師も、わたしの沈黙をありがたいと思っていることだろう。

＊　＊　＊

ボートをつなぐと、わたしたちは村に入ってすぐの、医師の叔父さんの家にたどりついた。熱烈な歓迎ぶりから察するに、どうやらヨーゼフは自慢の甥《おい》らしい。叔父さんがわたしのほうに頭を傾け、甥に尋ねかけるように眉をあげると、医師はかぶりを振った。

ヨーゼフの叔父さんは、小柄ながらがっしりした体格で、ごま塩の口ひげをたくわえ、着古した服をまとっている。あれこれ尋ねるべきではないとわかっている様子で、すぐにこぢんまりした清潔な家にわたしたちを通してくれた。暖炉の炎は夜気の冷えこみを寄せつけず、室内には美味しそうなシチューの匂いが漂っている。匂いを嗅ぐだけで、身体の中まで温まりそうだ。ヨーゼフは居間の奥の小さな寝室にわたしを案内してくれた。

「時間がなかったので、たいしたものは用意できませんでしたがね。どうか、好きなように使ってください」ベッドの上には、何枚かの服、タオル、石鹸、歯みがきが広げられている。わたしは貸してもらった白衣を脱ぎ、ありがたくカシミアの柔らかなカーディガンに着替えた。

「ありがとう、ヨーゼフ、なんてお礼を言ったらいいか。あまりにいろいろありすぎて、まだ衝撃から立ちなおれていないような気がするの」もう、そろそろ慣れてしまってもおかしくないけれど！「ひとつ、お願いしてもいい？」

「ええ、もちろん」

「ほんのちょっとでいい、子どもたちと話したいの。申しわけないけれど、あなたの携帯を貸していただけないかしら。あの子たちとは、もう……もう何日も……」ふいに感情がこみあげてきて、喉が詰まる。「ごめんなさい」

ヨーゼフは同情のこもった目でわたしを見つめ、部屋を横切ってくると、その腕で優しくわたしを抱きしめた。よく知らない男性にそんな親愛の情を示されることに慣れていなかったわたしは、とっさに身体をこわばらせた。そんな気配を感じとったのか、医師はすぐに腕を離し、代わりにティッシュをとって差し出してくれた。こんなに親切で繊細な男性が、何か悪いことを企《たくら》んでいるはずはない。

「ありがとう。わたしはただ、あの子たちの無事を確かめて、わたしも元気よと伝えてやりたいだけなの。あの子たちは、しばらく母親の声を聞いていないから」

わたしの気持ちを理解しているらしい、悲しげな表情がヨーゼフの目に浮かんだ。

「わかりますよ。ただ、通話はできるだけ短く。わたしの電話は、連中がすでに通話記録をとっているかもしれない。念のためにセルグ叔父の携帯を使ったほうがいいでしょう」

ヨーゼフがきびすを返し、部屋を出ていこうとしたそのとき、玄関を乱暴にノックする音がした。医師はあわててかたわらのドアを指し、こっちに隠れようと必死に身ぶりで示しながら、けっして音を立てないよう、指を唇に当ててみせた。できるだけ静かに、その指示にしたがう。いったい、今度は何？

耳をすますと、わたしには理解できない、おそらくはスロベニア語の会話が聞こえてくる。ヨーゼフはドアの隙間に、じっと目を当てていた。何かを訊かれ、叔父さんが声を荒らげる。ヨーゼフはドアを静かにきっちり閉めると、扉板に背中をもたせかけた。ほんのしばらく目をつぶったその表情は、まるで何か心に描く恐怖と不安から、わたしを守ろうとしているかのようだ。神経をとがらせているのが、こちらにもひしひしと伝わってくる。静まりかえった室内に、わたしの鼓動の音だけがやかましく響いているような気がした。

ふと、かのアンネ・フランクの境遇が頭に浮かぶ。見つかったらさらに悲惨な運命が待ち受けている状況で、少女は日常的にどんな感情を味わっていたのだろうか。見つかることを考えただけで、わたしは吐き気がこみあげてくるのを感じた。あの人たちは、わたしを施設に連れ帰るつもりなのだろうか？　わたしの血液を採取するために——本当に、そこまで必死になってそんなものを手に入れようとしているの？　ああ、幸いどうにか出てこられたいま、あんなところへ絶対に戻りたくはない。どうしても、子どもたちと話さなくては。こんな緊張がまだ続くようなら、もうわたしの心臓は耐えられない。

会話がやみ、この小さな民家の玄関が閉まる音がする。わたしもヨーゼフも、ふっと安堵の吐息をついた。ヨーゼフはわたしの肩に手を置き、じっと目をのぞきこんだ。

「やつらはこの村のすべての家をしらみつぶしに訪ね、助けを求めている女性を見なかったかと聞きまわっているようです」顔をしかめる。「あなたの特徴を挙げていましたよ――ほっそりした体格に、茶色の波打つ髪を肩のすぐ下まで伸ばし、緑色の瞳で、英語をしゃべる女性だと。まちがいなく、あなたが逃げたことに気づいたようだ。とりあえずはどうにかやりすごしましたが、ここにも長居はできません。まずは食事をとって、いくらかでも体力を回復してから、ここを出ましょう。携帯は、いま持ってきます」

わたしは寝室に戻り、ベッドの端に腰をおろした。あまりの疲労に、立っていられなくなりそうだったのだ。戻ってきたヨーゼフは、不安げな表情を浮かべながら、わたしに携帯を差し出した。「あまり長く話さないように。急がなくてはならないし、ここからの通話を探知されてはまずいので」それから、同情をこめてつけくわえる。「わたしは席を外しましょう」ヨーゼフは部屋を出て、ドアを閉めた。

携帯のような科学技術を、ようやくまた手にできたと思うと、指が震えるのがわかる。何か妨害が入る前にと、急いで家の番号を押し、わたしは深く呼吸して、心の準備を整えた。

「もしもし?」いかにも眠そうな声。

「あ、ロバート、わたしよ。起こしちゃった?」

「やあ、アレックス……いや、朝にはまだ早すぎる時間だしね」

「あら、じゃ、子どもたちは寝ているのね」落胆が胸に広がった。

「ああ、もちろん。学校が始まるのは、日が昇ってからだしね」眠そうにほほえんだ気配。「調子はどう？」

「えっ、ええ、元気よ。ただ、ちょっとだけでも子どもたちの声が聞きたくて……」

「まさか、起こしてほしいわけじゃないだろう？　ふたりとも、きみからときどき来るメールはちゃんと受けとっているよ。どうも、かなり忙しいらしいね」

「あー、そうね、けっこう忙しかったのよ」わたしがときどきメールを送っている？なんとまあ、都合のいい話だろう。「ずっと電話できなくて、ごめんなさい」

「本当にだいじょうぶなのか？　なんだか声がおかしいよ」

わたしは頬を伝う涙を抑えきれずにいた。「だいじょうぶ、ちょっと忙しくて疲れているだけ。じゃ、あなたも子どもたちもみんな元気なのね？」

「ああ、みんな元気だ。ジョーダンは学校で新しいグループ学習にとりかかっていて、同じ班の子どもたちが何人かうちに来たよ。エリザベスは学校の音楽会の練習を熱心にやっている。あの子にとっては、当然ながら重要な行事だからね」

そんな、いかにも日常会話めいた言葉に、わたしは胸がいっぱいになっていた。こんな話を、いつまでもずっと聞いていられたら。

ドアにノックの音がした。どうやら、もう時間切れらしい。

「ああ、ロバート、話の途中なのにごめんなさい。わたし、もう行かなくちゃ。ほら、えーと、また別の会議があるのよ。ゆっくり話せなくて残念だわ。あの子たちが起きたらすぐに、母さんはあなたたちが大好きよ、って伝えてやって。わたしの代わりにぎゅっと抱きしめて、キスも忘れずにね」

「もちろんさ。きみは本当にだいじょうぶなのか？　いつもと様子がちがうようだが」

背筋を伸ばし、わたしはだいじょうぶなのだと、あらためて自分に言いきかせる。子どもたちが無事でベッドに寝ているなら、それでいい。ヨーゼフが部屋に入ってきて、わたしのかたわらに立った。

「ええ、ただ、ほんのちょっと疲れているだけ。あなたも子どもたちも、愛してる。また電話するわ。それじゃ」通話を切り、待っていたヨーゼフの手のひらに名残惜しいながらも携帯を返すと、頰を流れていた涙をあわてて拭う。ジェレミーにも電話したかったけれど、考えてみると、わたしはあの人の携帯の番号をそらで憶えてはいなかった。ずっと、携帯のアドレス帳から電話する習慣がついてしまっていたのだ。どちらにしろ、いまここで二ヵ所に電話をかける時間があるとは思えない。ヨーゼフは、いまだにさっきの来訪者を気にしている様子だった。

「ありがとう、ヨーゼフ」わたしの身の安全を、そして心の平穏を確保するために、この医師がどれほどの危険を冒してくれたかを、あらためて心に刻む。ヨーゼフはわたしの手を引いて台所のテーブルに案内してくれた。ハンガリー風ビーフシチュー《グヤーシュ》はすばらしく美味しく、滋養が身体にしみわたる。こんなにちゃんとした食事をとるのは何日ぶりだろう。お腹がいっぱいになると、ふいにロンドンの空港に降りてからこれまでの、すべての出来事がずっしりとのしかかってきたかのように、わたしは疲れを実感した。

食事が終わると、ヨーゼフはシャワーを浴びる時間をくれ、それからわたしを連れて家を出て、停めてあった車に向かった。

セルグ叔父さんは水を何本か、パン、そして果物を、旅の食料として甥に渡した。きっと、長い旅になるのだろう。わたしは叔父さんに、親切なもてなしを感謝した。わたしたちが身を寄せたことで、この人に何も迷惑がかからないよう、いまは祈るしかない。

叔父さんは、まるで本当の姪《めい》であるかのようにわたしを抱きしめ、それから寒くないようにと、毛布を渡してくれた。ほとんど英語は話せないようだけれど、身ぶり手ぶりからだけでも、温かく魅力的な人柄が伝わってくる。自分のお腹を撫でてみせ、さっきの料理がどんなに美味しかったかを伝えると、叔父さんの顔に大きな笑みが浮かんだ。こんなに心からの笑顔を向けてもらったのは、この一週間で初めてのことかもしれない。

ヨーゼフはわたしを助手席に乗せ、自分は運転席に乗りこんだ。シートベルトを締め、渡してもらった毛布を身体の上に広げる。訊きたいことはいろいろあるけれど、満腹なうえに骨の髄まで疲れきっていて、いまにも眠りに落ちてしまいそうだ。ヨーゼフは無言のまま真剣な表情で車を発進させ、わたしたちは何が待つとも知れない闇を走りはじめた。

ジェレミー

アレクサのブレスレットの信号を最後に受けとってから、もう何日も経っていたが、ぼくはいまだにヨーロッパのこの地方を離れられずにいた。理性では、もうアレクサは……死んだと――この言葉も、いまだに頭の中でさえなかなか使えない――受けとめていたものの、何か大切なこと、すぐ目の前にあるものを見のがしてしまっていると、ぼくの勘が言いはってきかないのだ。それはおそらく、あいつの身体が忽然《こつぜん》とどこかへ消えてしまっているからだろう。こんなふうにひとつの家庭を壊しておいて、子どもたちに、きみたちのお母さんは死んでしまった、二度とその姿を見ることはできないなどと、どうして告げることができるだろう？　この二日間ほど、ぼくはそんな思いに苛《さいな》まれつづけていた。

マーティンが合流したのを機に、ぼくはサムを説得し、フォーラムのほかの会員を調べてもらうことにした。どうやら、ローラン・ベルトラン博士は、フォーラムが延期されるやいなや、別の約束を入れているらしい。ドイツのシンドラー教授はできるだけ早くサムと会い、研究の最新の成果を見せたいと願っていたので、サムもロンドンに向かい、ほかの英国のふたりの会員も交えて非公式の会合を持つことになった。ぼくをここに残して長くなじんだ研究の世界に戻ること、そしてもちろん、ここでぼくたちが直面している窮地にしばらくは目を向けずにいられることに、多少なりとも安堵していたにちがいない。

リュブリャナに着いて以来のぼくたち自身の足どりを、あらためて綿密に調べなおしてみようとするぼくに、サリーナは辛抱づよくつきあってくれた。もしかすると、ぼくが何も面倒を起こさないよう見はっていろと、マーティンが命じただけかもしれないが。何か根本的なところを見おとしてしまっている、ぼくはそう思えてならなかった。

ここに着いてすぐ、マーティンの部下のひとりをあの城の監視につけたところ、もうあの城には誰もいないようだという報告が戻ってきた。もう一度あそこに戻り、ぼくたち自身の手で調べなおしてみるべきだと、ぼくはマーティンを説得した。城の庭園をくまなく歩きまわり、窓から中をのぞきこむ。ぼくは壁に立てかけてあった園芸用の格子《トレリス》によじのぼり、二階の窓をのぞこうとして危うく転落しかけ、サリーナとマーティンをぎょっとさせてしまった。これからは、ふたりともぼくを自由に行動させてはくれまい。だが、そこまでしても、中に人がいる気配はなかった。ここにいた全員がこんなにもすばやく荷物をまとめ、思いがけなくも出ていってしまったとは、どう考えてもおかしすぎる。

ブレッドの病院へ戻ってみると、ぼくたちはそこでもおかしな事実に直面した。もちろん、病院が閉まっていたわけではないが、アレクサが運びこまれてきたという夜、勤務についていた職員がひとりも見つからないのだ。その職員たちは次はいつ勤務につくのかと尋ねても、誰も知らないという。

まるで、姿を消したアレクサにかかわっていた人間はみな、〝沈黙の掟《おきて》〟にしたがって行方をくらましてしまったか、それとも文字どおり宙に消えてしまったかのようだ。ぼくたちのたどろうとした道はすべてふさがれ、あるいはふっと消え失せてしまう。マーティンも、ぼくと同じくらい苛立ちをつのらせていた。

たったひとつ見こみのある手がかりは、フォーラムの会員であるローラン・ベルトランと、イクセイド製薬ヨーロッパ法人代表取締役のマドレーヌ・ド・ジュリリークとのつながりだ。この何ヵ月か、ふたりは何度となく電話で連絡しあっているばかりか、若いころにはスイスの教養学校《フィニッシングスクール》にともに在学していたことも明らかになった。このつながりが重要かどうかはいまだわからないものの、マーティンはこのふたりの女性の行動を監視し、新たな情報を得るために、部下をそれぞれひとりずつ派遣した。だが、これも最初に考えていたより難しい任務だったらしく、新たな報告を待つだけの日々が続いている。

いま、いったい何をすべきなのか、その方針さえなかなか決まらない。だが、ぼくはこの心臓が止まりでもしないかぎり、絶対に諦めるつもりはなかった。

＊　＊　＊

マーティン、サリーナ、ぼくの三人は、リュブリャナのカフェでSサイズのブラック・コーヒーを飲んでいた。何ひとつ見落としたくない、すべての手がかりを徹底的に洗いたいという思いでリュブリャナにとどまってはいたものの、刻一刻と、ぼくの落胆は深くなるばかりだった。送られてきたばかりの資料をふたりが読んでいる間、ぼくはしばらく店を出て、ライオネル・マッキノン——研究フォーラム会長——に電話をかけた。アレクサンドラはもうフォーラムとかかわりがなくなったと告げたものの、何が起きたかを詳しく説明する気にはなれない。ぼくにとって、いまだそれはあまりに生々しすぎ、どうしても言葉にできなかったのだ。ぼくはいま、現実を否認しながら生きているのかもしれない。

なかば夢うつつのような状態で、ぼくは石畳の道を歩きつづけた。沈む寸前の陽光が雲の隙間から射しこんできていることにも気づかず、脳裏にさまざまな思いを駆けめぐらせながら。

たとえアレクサが生きていたとしても、ぼくはもう絶対にあいつをどんな実験にもかかわらせるつもりはなかった。あいつは特別な存在だと、ぼくはずっと思ってはきたが、それでもあいつを説き伏せて協力させた実験の結果には、どれほど衝撃を受けたことか。

ともにすごしたあの週末の実験は、思いもかけない一連の結果を生むことになった。アレクサの神経系が過度の刺激を受け、神経内分泌細胞が自発的にアドレナリンを分泌すると、血液中に分泌された下垂体ホルモンもそこに加わって、神経経路の活動が盛んになるのと同時に、セロトニンとオキシトシンの水準が思いもよらないレベルにまで達したのだ。

この異例かつ意外な発見も、われわれの精神疾患治療薬の開発にとって明るい兆しと思われたが、何よりもすばらしい成果が見られたのは、アヴァロンで行われた血液検査だ。対立遺伝子から生ずる赤血球抗原が、きわめてめずらしい特徴を見せたのだから。

まさかアレクサの血液が、未知の自然治癒因子を明らかにするきっかけとなるとは、さすがのぼくも思いつくはずはなかった。以前からそう思ってはいたが、あいつこそはまさに謎そのものの存在といっていい。

こうなると、ことは精神疾患治療薬にとどまらない、きわめて大きな問題となってくる。もっとも残念な展開は、結局はアレクサの血液型がきわめて特異なものだった、というだけに終わることだろう。だが、最高にうまくいったとしたら、あいつの血液からがん細胞と戦うすべが見つかるかもしれないのだ。

残念ながら、人類にとっては最善のこの可能性のおかげで、アレクサには怖ろしい危険が忍びよることとなってしまった。われわれのコンピュータに何ものかが侵入したことを知って、ぼくは急遽《きゅうきょ》、アレクサの血液の特徴はAB型なら誰にでも見られるものだという説を、詳細を省いて流すことにしたのだ。だが、もしも真相をやつらに知られていたら……いや、とっくに知られていたのかもしれない。だからこそ、アレクサはやつらの手に落ちてしまったのだ。

この奇妙な実験結果について、ぼくは研究パートナーのエド・アップルゲイトと丹念に分析を重ねてから、アレクサに会ってちゃんと説明したいと考えていた。さらなる発見が積み重なっていくにつれ、電話やメールでこんなことを話すには、あまりに危険が大きすぎるように思えたのだ。コンピュータへの侵入はその後も続いていたし、あえて危険を冒す気にはなれなかった。そこで、結果の一部をチューリッヒで発表し、AB型の被験者のボランティアを集めたことも含めてマスコミやインターネットに公表することで、ほかの科学者や研究者たちの目をアレクサからそらそうとした。

これは戦略として成功したと、少なくともそのときはそう思っていたものだ。だが、結局はどこかの企業がわれわれの研究結果を不法にのぞき見て、その実験のよりどころであるアレクサを実際に奪いとろうと決心してしまったことになる。

そもそもの最初に、ぼくが自分の勘を信じてさえいたら、こんな怖ろしい結果にはいたらなかっただろうに。あの脅迫状が、ぼくはどうにも気になってならなかったのだ。自分の愚かさに、怒りがとめどなく湧きあがる。ぼくがあいつの人生にふたたび足を踏み入れさえしなかったら、あいつはいまでも幸せな二児の母で、こんな怖ろしい運命をたどらずにすんだのだ。ぼくはずっと、どうにかほかのことを考えよう、こんな現実から目をそらそう、そのうちにいつかこんな悪夢から目ざめることができたらと願っていたのだが。

考えることさえつらい、言葉にすることなどとうていできないと、ずっと先延ばしにしてきたが、もう一度ロバートに電話をかけなくてはいけないことはわかっていた。番号を選び、心をおちつけ、湧きあがってくる感情をこらえようとする。しなくてはいけないことを、これ以上ずるずると引きのばしていてはいけない。深く息を吸いこむと、ぼくは呼び出し音に耳を傾けた。

「やあ、ロバート。ジェレミーだ」抑揚のない声で挨拶をする。

「ジェレミー。うーん、これは驚きだな。きょうは、みんながうちに電話をかけてくる日らしい」

「みんな？　どういうことなんだ？」

「ほんのちょっと前、アレックスが電話をかけてきたんだ。そして、今度はきみときた」その言葉が脳に伝わるまで、一瞬の間があった。

「何だって？　本当なのか？　ついさっき、アレクサと話した？　いったい、どうやって——いつ——」

「まあまあ、おちついて、ジェレミー。そちらは何もかもうまくいっているのかい？　アレックスはなんだか様子がおかしかったし、そんなきみの声を聞くのも初めてだ。いったい、何が起きているんだ？」

「きみが話した相手はアレクサで、一〇〇パーセントまちがいないんだね？」

「まちがいないさ、だって——」

　ぼくは高まる鼓動をこらえ、ロバートをさえぎった。「その電話があったのはいつか、正確にわかるか？」

　一瞬の沈黙があり、やがて電話の向こうで子どもの話し声がした。子どもたちがロバートに話しかけてきたのだろう。ぼくは苛立ちを抑えようとした。「お願いだ、ロバート、理由はまだ話せないが、本当に重要なことなんだ」

「アレックスはいま、きみといっしょじゃないのか？」

「話せば長すぎていまは説明できないが、そう、いまはいっしょじゃない。電話はいつだった？」

「一、二時間前かな」

「元気そうだったか？　まちがいなく本人だったんだね？」

「ほかに誰が電話をかけてくるんだ？　本人に決まっているじゃないか」ロバートはむっとしたようだったが、それは無理もなかろう。「疲れてはいたようだったが、子どもたちの様子を訊きに電話してきただけだったよ」希望と安堵と愛情が、みるみる胸のうちを満たす。

「ああ、ロバート、なんと礼を言ったらいいか。すまない、もう切らなきゃいけないんだが、また、ちゃんと話せるときに電話するよ」ぼくは電話を切るとカフェへ駆けもどり、マーティンとサリーナの会話に割りこんだ。

「マーティン、アレクサのブレスレットから新たな信号は？」

「どうした、何があった？」ぼくの緊迫した表情を読みとり、マーティンは手早くラップトップの画面を開いた。「もう何日も音沙汰がないのは、きみも知っているだろう」

「もしかすると、いまなら新たな信号を受信しているかもしれないんだ。つい一時間前に、ロバートがアレクサと話したそうだ」声に興奮が、希望があふれるのを抑えきれない。「まだあのブレスレットをつけているかどうかはわからないが、生きているのはまちがいなさそうだ」マーティンのラップトップに結果が出るのを待つ、永遠とも思える時間、ぼくは店内をいらいらと歩きまわっていた。

「きみの言うとおりだ、ジェレミー。アレクサの現在位置が表示されている。ここはたしか……」

ぼくもマーティンも、いま目にしているものが信じられない思いだった。しばらく、呪縛にかかったかのように画面を見つめる。サリーナが深く息をついた。三人がずっと溜めこんできた緊張と不安が一気に抜けていくのを感じながら、ぼくたちはお互いの身体にしっかりと腕を回し、背中を叩きあった。ようやくまた肺が空気を吸えるようになり、ようやく心臓が蘇生して、ふたたび鼓動を打ちはじめたような感覚を噛みしめる。

マーティンはまた画面に視線を戻し、発信位置の特定にかかった。どうやらクロアチア国内を、南部の港町スプリト方面に向かっているようだ。地図に見入ってあれこれと考えをめぐらせていたとき、ふいに携帯が鳴り、ぼくは飛びあがった。

「クインだ」

「クイン博士？　ジェレミー・クイン博士ですね？」いくらか訛りのある男の声だ。

「ああ、本人だ。そちらは？」

「わたしはヨーゼフ・ヴォトルベッツ医師です」心にふと疑念がきざす。そう、あのブレッドの病院で耳にした名前だ。

「アレクサはそこにいるのか？」

「その件でお電話しました。ええ、わたしが救出して――」

「無事なのか？　いつ会える？」この突然の知らせに圧倒され、ぼくは震えが止まらなかった。すべての毛穴から安堵が染みこんでくるような気がする。

マーティンが電話を替わるといい、ぼくから携帯を受けとると、詳しいことを取り決めにかかった。脇で聞いていても、話がどう進んでいるのかよくわからない。いまはただ、ヴォトルベッツ医師の言葉に嘘がないこと、ぼくのアレクサが無事であることを祈るばかりだ。またしても無駄な追跡になることだけは、どうしても避けたい。電話で話しあう真剣な声から察するに、マーティンも同じことを考えているようだ。

アレクサ

目がさめると、あたりはいまだに暗かったけれど、じわじわと太陽が地平線の向こうを昇ってきている気配がする。医師のほうを見やると、疲れた顔ながらおちついた表情だ。

「どこに向かっているの、ヨーゼフ？　ずいぶん長いこと運転しているようだけれど」

わたしは助手席にかけたまま、できる範囲で伸びをしようとした。

「ええ、かなり。追跡されていないことを確かめたくて、海岸沿いの道を選んだので。

いまはとりあえずの目的地として、ドゥブロヴニクに向かっています」

「何か新しい情報は？」

「連中は夜通しあなたを探していたようだ。あまり大々的に探索をかけるわけにはいかないんですよ、城やあの治験施設にあなたを運びこんだやりかたが、そもそも強引でしたからね」ちらりとこちらに視線を投げたヨーゼフは、水のボトルを渡してよこした。「あなたの逃亡を手助けしたのがわたしだということも、ほどなく露見してしまうでしょうな」

「そうなったら、あなたはどうなってしまうの？」

「そうですね、まずは職探しをしなきゃならないかな」ヨーゼフはひきつったような笑いを漏らした。

わたしは水をひと口飲むと、ヨーゼフを見つめてしばしもの思いにふけった。「どうしてこんなことを？　わたしのために、すべてを危険にさらしてまで？」

「イクセイド製薬には、悪いやつが何人かいましてね。善人も多いんですが、いまのところ、会社の主導権を握っているのは悪人どものほうなんですよ。ほしいものを手に入れるためなら手段を問わない、危険もいとわないという連中だ。わたしはもう、他人の生命を危険にさらしてもかまわないと考えている連中の下では働けないし、信頼もできないんです。あなたが契約書に署名したのは、わたしも知っている。われわれは、その契約書に沿って実験を進めなくてはならないはずです。だが、望んでいる結果が得られないとなると、あそこの科学者たちは、あなたが同意していない実験までやりたがった。自分の価値観に照らして、それは絶対に許せないことなのでね、わたしもついに最終的な決断を下したというわけです。わたしは辞職しなくてはならないでしょうが、あそこに残ることは、わたしの良心が許しません。あとは、どうかあなたがわたしを信じて、いっしょに逃げてくれるよう祈るばかりでしたが」

わたしはしばし無言のまま、その言葉を嚙みしめていた。この人は、わたしのためにそこまでの危険を冒してくれたのか。目を上げると、しだいにはっきりと曙光《しょこう》に浮かびあがりつつある雄大な海岸線が広がっていた。「ありがとう、ヨーゼフ。いったいどうしたら、あなたにお返しができるのかしら」

「あなたはあれだけの目にあわされたんだ、アレクサンドラ、お願いだからわたしにお返しなど考えないでください。そもそもこんなことにあなたを巻きこまずにすんでいたらと、つくづく思いますよ」

「ヨーゼフ、あの施設を脱出する途中に、わたしたちが見かけた大勢の人たちは何だったの？」いまはふたりだけとはいえ、この話題に医師がどう反応するのかわからず、わたしは穏やかな口調で尋ねた。

「あれはイクセイド製薬が開発している薬品の治験に、報酬を受けて協力しようという東ヨーロッパの人々ですよ」

「それは安全なのかしら？」

「治験によって、安全度に差はありますね。あの被験者たちは自らの身体を危険にさらすことによって、自分たちの、そして子どもたちの生活水準を少しでも向上させようとしているんだ。イクセイド製薬は報酬を払い、宿を提供する。たしかに、中にはいくらか安全度の低い治験もあります。だが、薬品というものは、いつかは人間を対象にした治験を行わなくてはならないんですよ。それを抜きにして、いきなり市場に出すわけにはいきませんからね」

　人類がどうやって抗ウイルス薬、あるいは化学療法を偶然にも発見するにいたったか、わたしはあらためて思いをめぐらせた。さらには女性向けに開発されたピル、子宮内リング、避妊用インプラント……身体の自然なホルモンの働きを人為的に操作することに、わたしたちはどんどん慣れていってしまう。誰かが実験台にならなくてはならない、たしかにそのとおり。新薬のために、多くの人々が被験者となる。今回、わたしもそのひとりとなったわけだ。イクセイド製薬の〝紫の錠剤〟が成功するとしたら、それは女性たちがほんの数時間、あるいは数日の性欲昂進《こうしん》のために、躊躇なく体内の自然なバランスを変化させてしまうということだろうか？　今回わたしが体験させられたのは、つまりはそういうことだ。わたしは身ぶるいし、そんな思いを頭から振りはらった。

「あなたが目撃した人々は、それぞれ血液型で分類されていましてね。ハンガリー人は、ヨーロッパでもっともAB型の比率が大きいので、あなたがイクセイド製薬の血液採取を拒んだ場合に備え、代替案として呼びあつめられていたんですよ」

「なるほどね」おやおや、これはまずい方向に話が進んでしまいそうだ。そちらの話は、いまはしたくない。わたしはわざと話題を変えた。

「これからどうするの、ヨーゼフ?」

「まずは、あなたを安全なところへ送りとどけますよ。それから、わたしは家内のところに戻ろうかと思っています。もう何日も会っていないんでね」

「あら、奥さまがいらしたのね? ごめんなさい、わたしったら、そんなことも訊こうとしないで」わたしは心が痛んだ。自分のことばかり考えて、こんなふうに助けの手を差しのべてくれた人にも生活があり、家族がいると思いいたらなかったことが恥ずかしい。「お子さんは?」

「いや、残念ながらまだ。家内はいちど子宮外妊娠をして、予後がよくなかったんですよ。まあ、科学はどんどん進歩しますからね、希望を捨てたわけじゃないんですが」ヨーゼフは感情を隠し、作り笑いを浮かべた。

「ごめんなさい、ヨーゼフ。でも、あなたの言うとおり、未来がどうなるかなんてわからないわ。世界はめまぐるしく変わっていくから」医師の気持ちを思うと悲しくなる。

ずっと以前、自分もどれほど子どもがほしくて躍起になっていたかを思い出さずにいられない。走りつづける車の中、ふたりは無言のままそれぞれのもの思いに沈んでいた。

ふとヨーゼフが車を停め、わたしははっとした。なんと美しい景色だろう。そこは岬に隠れた入江の小さな波止場だった。停泊しているヨットやモーターボートは、およそ三十隻足らずというところだろうか。

ヨーゼフは車を降りると、さっとこちら側に回り、降りようとするわたしに手を貸してくれた。ようやく脚を伸ばしながら、新鮮な潮風を肺いっぱいに吸いこむ。目をこらすと、水平線を越えて昇りつつある太陽が見えた。

わたしはヨーゼフに連れられて長い突堤を歩き、こぎれいなスピードボートに近づいていった。ボートに坐っているふたりの人影が見える。ほんの一瞬、どうかヨーゼフが本当にわたしの味方でありますように、これが罠ではありませんようにと祈らずにはいられない。人を見る目はそれなりにあるはずと、わたしは不安をこらえて自分に言いきかせた。

陽光と影に、ゆっくりと目が慣れていく。ボートに坐っていたひとりが立ちあがり、こちらに歩いてきた。濃紺のシャツに、クリーム色のカーゴパンツ。一瞬の後、わたしは気づいた。腕を大きく広げ、わたしに向かって揺るぎない足どりで近づいてくるのは、ほかならぬジェレミーではないか。まるで、夢の中からふいに姿を現したかのように。

わたしはためらいがちに一歩を踏み出し、それから全力であの人の腕の中に飛びこんだ。あの人も力のかぎりわたしをその胸に抱きしめ、ふたりの頬を涙が伝った。こんなにも誰かを強く抱きしめたことは、これまでにあっただろうか。愛情と安堵がとめどなく胸にあふれ、わたしはただ、あの人の温かい身体に顔を埋めて泣きつづけるばかりだった。

やがて目をあげ、ジェレミーの美しく煙った緑の瞳をのぞきこむと、あの人は柔らかい唇を重ねてきた。最初はそっと優しく、まるでわたしが壊れてしまうのを怖れるかのようだったけれど、すぐに激しく、飢えたように求めてくる。その手でわたしの顔をしっかりと包みこみ、情熱的なキスを交わすうち、ふたりの涙は混じりあっていった。まるで、これが最後の別れであるかのような抱擁。ジェレミーの激しさは、まるでわたしがただの幻ではなく、実在していることをくりかえし確かめようとしているかのようだった。こんなにも切実に、わたしは自分以外の誰かを求めたことがあっただろうか。この激しさから、ジェレミーもまた同じなのだということが伝わってくる。どうか、これが夢などでありませんように。これ以外の現実なんて、もう絶対に受け入れたくない。

やがて、わたしたちはようやく息をつき、人前で延々とくりひろげてしまった抱擁を解いた。濃厚なキスに、いまだ頭がくらくらする。ジェレミーはわたしの肩を、もう二度と離したくないといわんばかりにしっかりと抱いていた。わたしは満面の笑みを浮かべ、辛抱づよく待っていた医師を見やった。

「幸せそうですね、アレクサンドラ」

「ヨーゼフったら、秘密にしてたのね！」医師はいかにも無邪気な顔で肩をすくめてみせた。「ジェレミー、こちらはヨーゼフ。どうやら、わたしが紹介するまでもないみたいね」ふたりは握手を交わした。

「きみにはどうお礼を言っていいか。きみが助けてくれたこの女性は、ぼくにとって本当に大切な存在なんだ」ジェレミーは空いていたほうの手を、自分の心臓に重ねた。その言葉に、わたしはまた涙があふれてくるのを感じた。

「思わぬ未公開シーンを見せてもらった気がしますよ」笑みを浮かべたヨーゼフの言葉に、わたしは頬を赤らめた。「こんな目にあわせてしまって、あなたには本当に申しわけなかったと思っています」すまなそうな口調でそう言うと、ヨーゼフはわたしの両手をとり、それぞれにそっとキスをした。「おふたりとも、どうか幸せになるように願っていますよ」ジェレミーがしぶしぶ抱いていた肩を離してくれたので、わたしはお別れに医師と抱きあった。

「本当に何もかもありがとう、ヨーゼフ。あなたの恩は、一生忘れないわ」ジェレミーとヨーゼフは、男どうしがよくやるように、そそくさとお互いの肩を抱いた。万感の思いをこめ、でも、どこまで相手の身体に触れていいのか、とまどっているかのように。

「アレクサンドラを、早く人目につかないところへ隠してください、クイン博士。無用な危険は、できるだけ避けなくては」

「二度とアレクサをぼくの目の届かないところへやりはしないよ、ヴォトルベッツ先生。また連絡する」

最後の別れの言葉を交わしていたとき、ふいにタイヤがきしる音がして、道を鋭角に曲がった車が、この波止場に向かってすさまじい勢いで走ってきた。

「ジェレミー、アレクサを早く乗せるんだ」ボートの中から、男性の声がした。

ボートのエンジンがうなりをあげはじめたかと思うと、ジェレミーはわたしを抱えあげ、ボートの中に放りこんだ。それから、自分も続いてボートに飛び乗り、わたしの隣に腰をおろす。ボートが全速で発進し、しばし言葉を失っていたわたしは、遠ざかっていく波止場を見ながら、座席のクッションによろけて倒れこんだ。

最後に視界に焼きついたのは、おびえた顔のヨーゼフに向かって男がふたり、銃をかまえて突堤を走っていく光景だった。近づいてくる男たちを見て、ヨーゼフは両手を頭の上に挙げた。ボートはどんどん速度を上げ、海に突き出した岸壁を曲がる。それから何が起きたのか、わたしには確かめるすべはなかった。

ジェレミーがわたしを抱きよせる。わたしたちは無言のまま抱きあって、誰も追ってこないかどうか、周囲に油断なく目を配っていた。ほかのボートが見えなくなり、見わたすかぎり海面に舟の影がないのを確かめて、エンジンの音がいくらかゆるむ。

「ああ、アレクサ、こうして無事に戻ってきてくれたなんて、いまも信じられないくらいだよ。ヴォトルベッツの言うとおりだ、早くきみを人目につかないところへ連れていかないと」ジェレミーはボートを操縦している男に叫んだ。「さっさとここを離れよう、マーティン」その人物もうなずきかえす。

スピードボートは進路を変え、雄大な岬に沿って走りはじめた。わたしはこの十分間に起きた一連の出来事にいまだ呆然としていたし、エンジンの音がすさまじすぎて、会話ができる状態でもなかったので、ジェレミーの温かい身体に抱きよせられたまま、黙ってじっと周囲の光景の移り変わりを眺めていた。

やがて、ボートが速度を落としたかと思うと、目につかない小さな入江に停泊していた、豪華な大型クルーザーが姿を現す。スピードボートは器用に向きを変え、その堂々たる船腹に横付けした。

「うわあ、人目につかないところって、この船のこと？」わたしは仰天した。「あなたって、本当に何についても、やるときは徹底的にやるのね」ジェレミーの手につかまりながら、わたしはおそるおそる渡り板に足を踏み出した。

「きみにかかわることには、いっさい手を抜かないつもりだ」まるでつらい思い出がよみがえったかのように、ジェレミーはそう言いながら顔をゆがめた。船内に入り、外海に出てしまえば、ひとまず安心できる。それからなら、ここしばらくのお互いの激動の運命について、たっぷり話をする余裕もあるだろう。

第八部

わたしたちは、年をとったから遊ぶのをやめるわけではない。遊ぶのをやめるから、年をとってしまうのだ。

——オリバー・ウェンデル・ホームズ

アレクサ

この豪華クルーザーに乗りこんだとたん、わたしの世界はまた一変した。こんな豪華な船など、これまで足を踏み入れるどころか、目にしたことさえない。外のデッキも、船内の談話室や食堂も、すべて美しい無垢《むく》板張りの床だ。右舷デッキには露天風呂。ここまで乗ってきたスピードボートは、専用の収納庫に魔法のように収まってしまったので、わたしたちはこの大型クルーザーにすっぽりと呑みこまれてしまったことになる。

ジェレミーはマーティンをわたしに紹介した。アヴァロンでわたしたちの警護をしていてくれた人物で、ジェレミーとレオがこの件にかかわっているかぎり、当分はわたしたちと行動をともにすることになるのだという。そして、サリーナ。小柄で強靭《きょうじん》、頭の回転が速く、いかにもその道のプロという感じの女性だ。ジェレミーとも互角にやりあえそうで、わたしは一目見て好きになってしまい、喜んでサリーナと握手した。シェフや船長、そのほか船まわりの雑用をこなす数人の乗組員などとも顔合わせをする。

その間じゅう、ジェレミーは二度と離すまいとでもいうように、しっかりとわたしの肩を抱えていた。わたしも、二度と離してほしくはない。正直なところ、これだけのことをいちどきに受け入れられる気はしなかったけれど、考えてみると、このところずっと、わたしの人生は激変ばかりだ。激動の日々はまだまだ続く、というところだろうか。

「これだけのクルーザーを、どうやって準備したの？」

「これはレオの親しい友人のクルーザーでね……来月まで使う予定がなかったので、よかったら来週いっぱいまで、船と乗組員をまるまる貸そうという申し出があった――こちらも、喜んで受けたというわけだ」

「なるほどね」船のさらに奥の船室へ案内され、わたしはラウンジのソファに指を滑らせた。世の中には、怖ろしいほどの大富豪がいるものだ。この状況にいささか気圧されたわたしは、新薬の治験に自分たちの身体を差し出そうと列をなす人々の顔を思いうかべずにはいられなかった。

「だいじょうぶかい、アレクサ？　少し横になりたいんじゃないか？」

「そうね、そのほうがよさそう。あなたと話しあわなくちゃいけないことがたくさんありすぎて、どこから始めたらいいのかわからないのよ」この一週間の出来事に、わたしは身も心もすっかり疲れはてていた。そのあげくに、ジェレミーと夢の豪華クルーザー旅行――まるで、竜巻に巻きこまれたあげく、オズの国に落ちてきたドロシーのようだ。

「わかっているよ、アレクサ、ぼくもまったく同じ気持ちなんだ。ぼくは、てっきりきみがもう……ここ何日か、ずっと……」ジェレミーの目に涙があふれ、それ以上は続けられなくなる。わたしはその肩を抱いた。わたしがここにいること、ここにいっしょにいることを、ジェレミーが実感できるように。仮に立場が逆になり、ジェレミーの生死もわからない日々が続いたとしたら、わたしもどれほど苦しんだことだろう。誰にとっても、そんなことはつらすぎる。

「携帯を借りてもいい、ジェレミー？　わたし、どうしてもエリザベスとジョーダンに電話したいの。もう、最後に話したのがはるか昔に思えるわ。いまなら家にいるだろうし、起きている時間だから」

「もちろんだ。ぼくは乗組員に、もう船を出してもいいと話してくるよ。すぐに戻る」ジェレミーは愛情のこもった目でこちらの目をのぞきこみ、いかにも名残惜しげなキスをすると、しぶしぶわたしの手を離した。

子どもたちのにぎやかなおしゃべりを耳にして、胸にあふれてきた安堵は、その勢いでわたしを押し流し、それから優しくそっと包みこんだ。胸の奥につかえたかたまりは、ようやく溶けはじめたようだ。ふたりとも、いかにも幸せそうで、おしゃべりで、わたしの身に起きたことなど、何も気がついていないらしい。どうやら、イクセイド製薬がわたしの代わりに送ったメールというのも、ごく他愛ない普通の文面だったようだ。ああ、よかった！　わたしはこの世界に感謝の祈りを捧げた。

ふたりはわたしと同じくらい、離れていることが寂しくてたまらなかったらしい。何かわたしをびっくりさせるものを用意していて、そのことについて話したくて仕方ないけれど、どうにか我慢しているようだ。そう、どうにか、ぎりぎりのところで。ふたりが愛おしくて、わたしは胸がいっぱいになった。何もかもうまくいっていると、ロバートもうけあってくれた。食事もちゃんととっているし、ロバートが忙しくて料理できないときのために、わたしの母が食べるものをいろいろと送ってくれた、と。

わたしはこの何でもない日常のあれこれ、どんな大金とも換えられない親である喜びに、声をあげて笑った。こちらでどんなとんでもないことが起きていても、子どもたちは何も知らずに、そんなありふれた日常を生きている。こんな騒ぎに巻きこまずにすんだ、そのことが何よりもありがたかった。

戻ってきたジェレミーに、携帯を返す。わたしの顔には笑みが浮かび、胸は愛情でいっぱいだ。ああ、この圧倒的な安堵。「ありがとう」

「子どもたちは元気だったかい？」

「ええ、何もかも順調みたい。こっちで起きていることは何も知らずに、わたしを何かびっくりさせる計画を立てていて、そのことですごく興奮していたわ。本当に可愛いの」

「ちゃんと紹介してもらえるときが待ちきれないよ。現代に生きるほんものの妖精たち、というところかな」

「もう、たまらなく素敵な子どもたちよ。引き離されてみて初めて、どんなに大切な存在だったかわかるの」わたしの声が震えたのを聞きつけ、ジェレミーが腕を伸ばして抱きよせる。わたしはその胸に顔を埋め、幸せな涙にくれた。「たとえば、何よりも寂しいのは、あの子たちにおやすみのキスができないことね。自分の子どもをベッドに寝かしつけ、きっちり毛布をかけてやって、おやすみなさいのキスをする、そして眠りに落ちていくのを見まもるのは、何よりすばらしい親の特権じゃないかしら。安らかな、天使のような顔をして、何か可愛らしい夢を見はじめるのよ」頬を流れおちる涙を、ジェレミーが指で拭ってくれた。

「本当にすまなかった、アレクサ。きみをこんな危険な目にあわせるつもりじゃなかったんだ。ぼくを許してくれる？」

「愛しているわ、ジェレミー、これまでと同じように。たしかに、わたしはいろんな目にあったけれど、どうにか抜け出すことができて、いまはあなたといっしょにいられる。子どもたちがそばにいないのは寂しいけれど、それでも電話で話せたし。こんなこと、わたしたちなら乗り越えられるはずよ」

ジェレミーの顔には、こちらの胸が痛くなるほどの苦痛が刻まれていた。背伸びしてその唇に、あごに、頬にキスをし、少しでもその苦痛が和らげばと願う。すぐに表情は和らいだけれど、それでもキスを続けていると、今度はジェレミーのほうから唇を重ねてきて、わたしたちはしばし時を忘れた。ああ、どんなにこの人が恋しかったか。

「よかったら、お風呂にお湯を張ろうか？」そう言いながら、わたしのうなじに唇を這わせ、両手をわたしのお尻に置く。その唇で、手で触れてほしい場所が、わたしの脳裏に次々と浮かんだ。

「素敵。お風呂なんてもうしばらく入っていないし、この服も早く脱ぎたいの。わたし、臭うんじゃないかしら」

「きみはすばらしい香りがするよ。さあ、服を脱ぐのを手伝おう」ジェレミーはわたしの肩からカーディガンを抜きとり、ドレスの背中のファスナーを下ろし、ひとつひとつ床に落としていった。残ったのは、わたしがジェレミーとの再会に備え、新しくそろえた黒い下着だ。やっと、ジェレミーもそれに目をとめてくれた。「新しいのを買ったんだね？」

「あなただけに見せるために……」洗面台の鏡に映ったジェレミーに向かい、わたしはいたずらっぽくそう答えた。でも、ふと気がつくと、それは心ならずも嘘になってしまっている——ジェレミーより前に、もう何人もがこの下着を見てしまったのだから。笑みを浮かべ、わたしの身体にじっと見入っていたジェレミーが、ふと眉をひそめた。

「どうしたの？」その様子がひっかかり、わたしは尋ねた。

ジェレミーはブラのストラップを肩から落とし、胸を覆っていたカップを外した。目に映ったものが信じられないという顔で、わたしの乳房からお腹へ指を走らせる。わたしも視線を下に向け、何がそんなに衝撃だったのかを見てとった瞬間、ジェレミーはわたしの向きを変えさせて、まっすぐに向かいあった。ああ、どうしよう。わたしたちの関係では、こんなこと、これまでに一度もなかったのに。

無言のまま立ちつくすわたしの身体を、ジェレミーは綿密に調べていった。脚のつけねでためらった指が、内股でぴたりと止まる。やがて、ジェレミーが口を開いた。

「いったい、やつらはきみに何をしたんだ？」

自分が恥じるべきなのか、怒るべきなのか、狼狽すべきなのか、わくわくすべきなのか、それとも誇らしげにすべきなのか、それさえわからない。まるで、福引きで大当たりを当ててしまったかのように、わたしはさまざまな感情が胸にあふれるのを感じていた。その目に浮かんだ表情を見れば、ジェレミーもまた、胸のうちにあふれるさまざまな感情をもてあましているようだ。この人の胸に、最後に残る感情はどれだろう？　それがはっきりと定まってしまう前に、わたしはずばり本題に入ることにした。

「本当にいろいろなことをされたのよ、ジェレミー。痛い目にあわされたことはなかったけれど、ちょっと怖かったことはあったわ」城へ連れこまれたときの、あのつらい旅を思い出す。「でも、治験施設では、お互いの合意に基づいたことしかされていないし、正直なところ、わたし自身も学ぶことがたくさんあったの」

「だが、きみの身体には細かい青あざがたくさんあるじゃないか。きみのことをよく知らなかったら、キスマークかと思うところだ」まるでうぶな若者のような言葉を使ったジェレミーに、わたしはふと口もとがほころんでしまった。「おかしいかい？」ジェレミーはおもしろくなさそうだ。

「そうね、ごめんなさい」わたしはどうしても真顔に戻れずにいた。「あなたはおかしくない？」

「アレクサ、きみはぼくの目の前で誘拐されて、さまざまな国を連れまわされ、あげくに何日も姿を消してしまって、ぼくはきみが死んだものと思っていたんだ。そして、やっと見つかったかと思ったら、身体には無数の青あざやら何やらが残っている。よくもまあ、にっこり笑って『痛い目にはあっていない』などと言えるものだね」ジェレミーは動揺した口調で、わたしをまた鏡のほうへ向かせ、両腕を挙げさせて、腕の内側のあざがわたしにもよく見えるようにした。

「本当なのよ、ジェレミー。それ、どこも痛くないの」わたしは眉をあげてみせ、ジェレミーの論理的頭脳がどんな地点に着地するのかを待った。

「まさか、まさかきみは……それを楽しんだのか？」仰天した表情だ。

「そうね、自分でも驚いたけれど、思っていたよりずっとよかった」

「ほかの男たちと？」

わたしはためらった。

「お願いだ、本当のことを話してくれ、ぼくは知らなきゃならないんだ。いったい、どうしてそんな痕がついたんだ？」

「相手は女性ふたりだったわ」

「痛い目にはあわなかったんだね？」

「それどころか、すごく素敵だったわよ」わたしは目を見ひらき、ジェレミーの反応を見まもった。この人はいつだってわたしに、〝あちら側の世界〟――つまり、女性との――を探るように勧めてきたけれど、わたしにはこれまでそんな勇気がなかったのだ。ほんの何度か、ジェレミー自身がそんな機会をわたしに提供しそうになったこともあったけれど、結局は何もしなかった。それを、ついにわたしは体験したのだ……まあ、向こうからの一方的な行為だったとはいえ。

「うーん、なるほど……それなら、また話は別なのかな」この新しい情報を咀嚼《そしゃく》しようと、ジェレミーの心と身体が反応しているのがわかる。さっきまでの恐怖と怒りが、しだいに好奇心と感嘆へ変わりつつあるようだ。

「本当よ、ジェレミー、あなたのほうがよっぽど、わたしをひどい目にあわせてきたくらい……まあ、同時に素敵な目にもあわせてくれたけど」ついにわたしはこらえきれなくなり、声をあげて笑い出した。自分の感情をもてあまし、途方にくれているジェレミーなんて、これまで見たことはなかったのに。それは、なぜか力づけられる眺めだった。

「ジェレミー」きっぱりと告げる。「わたし、そろそろお風呂に入れたら嬉しいわ」

「うーん、ああ、お風呂ね。そうだな」いまだどこか腑《ふ》におちないという表情のまま、ジェレミーはお風呂の準備にかかった。その間に、わたしは自分の身体をじっくり検分しなおすことにする。たしかに、思っていたよりも痕がいっぱい残ってはいるけれど、さほどひどいというわけではない。「きみのさっきの言葉は、まさにそのとおりだったな、アレクサ」

「わたし、なんて言ったかしら?」勢いよく浴槽を満たしつつある水音に負けないように、わたしは声をはりあげた。

「話しあわなくちゃいけないことがたくさんある、とね」

そう、これはおもしろい話しあいになりそうだ。

＊　＊　＊

どんなにこのお風呂が気持ちよかったか、とうてい言葉では言いあらわせない。わたしはもう、湯気の立つお湯に溶けていきそうだった。ラベンダーとジャスミンの混じりあった芳香があたりにただよい、この何日間か身体をむしばんでいた緊張が、ようやくほどけていくのがわかる。ジェレミーも服を脱ぎ、浴槽に入ってきたことに、とりたてて驚きはなかった。一瞬たりとも離れていたくはない、伸ばした手の先からわたしがふっと消えてしまったあの体験を、二度とふたたびくりかえしたくないという気持ちは、しっかりと伝わってきていたから。

わたしが戻ってくるべき場所はこの人のそばなのだと、はっきりわかってはいるけれど、ふたりが先に進むためには、その前によく話しあって解決しなくてはならない問題もたくさんある。わたしはジェレミーの脚の間に坐り、くつろいでいた。ジェレミーの腕は、誰にも渡さないといわんばかりにわたしを抱きかかえている。こうして、頭をこの人の胸にもたせかけていると、ここしばらくは味わえなかった安心感が胸を満たすけれど、でも、ここは本当に安心できる場所なのだろうか。わたしはあえて訊かなくてはならない。「わたしはここにいて、本当に安全なの？　行方をつきとめられてしまう心配はない？」

「いい質問だ、アレクサ。ぼくたちがアヴァロンを出てから何があったのか、すべてを説明させてくれ」

＊　＊　＊

それからの二十四時間で、ジェレミーは何もかも語ってくれた。これは、本来ならロンドンで再会したときに、わたしにきちんと説明するつもりだったのだという――残念ながら、その計画は力ずくで変更されてしまったけれど。

脅迫状のことを聞かされたときは、頭がくらくらするのを感じた。ともにすごしたあの週末、どうしてジェレミーがあんなに神経をとがらせているのか、つねに心の奥にひそんでいるかのような不安の正体は何なのか、当時はなかなか理解ができなかったものだ。ジェレミーにとって、どれだけ対処が難しい問題だったか、いまふりかえると合点がいく。大切に守りたいという一心で、ときにわたしたちは愛するものに潜在的な危険を知らせず、ただ遠ざけておく道を選ぶ。脅迫状が本気なのかいたずらなのかもわからず、お互いに対する気持ちもまだしっかりと確かめあっていない状態では、明快な結論を下せないのも無理はない。

わたしたちがもっとお互いを信頼し、心を開いて話しあってさえいたら、結果はちがったかもしれない。それまで鈍感にもずっと気づかずにいた、ロバートの性的指向のことを知ってさえいたら、あんなにもためらったり、不安になったりせずにすんだだろう。あの週末、わたしにはじっくり考える余裕がなかった。すさまじい勢いで運命が展開していくのを、ただ呆然と見ていただけだ。ジェレミーとわたしが身も心もしっかりと結びついていた時代は、もうかなり昔のことになる……だからこそ、わたしたちのどちらも、本来なら確かなはずのお互いへの信頼が、どこか揺らいでしまっていたのだろう。

自分のとった行動をふりかえるのは大切だけれど、どんなに考えたところで、過去の出来事も、自分たちが下した決断も、いまさら変わることはない。そもそも、いまならちがう決断を下していただろうか？　わたしにはわからない。子どもたちを危険にさらすのは絶対に避けたい以上、わたしの代わりにジェレミーが下した判断も、それでよかったのかもしれない。それに、あの週末の出来事をわたしが楽しまなかったといえば、それは嘘になる。大人になってこのかた、あんなに楽しい思いをしたことがなかったといってもいい。そう考えるのは、無責任なことなのだろうか？

わたしは自分の意思でジェレミーの実験に協力し、その結果、自分についてさまざまな洞察を得たし、学ぶことも多かった。結局のところ、わたしはつねに後悔のない人生を送ろうとしているのだ。

自分の赤血球の特異さについては、いまだになかなか受け入れられずにいる。正直なところ、ひどい衝撃だったといってもいい。ジェレミーが話してくれた自己治癒能力の可能性についても、何か現実味のない話にしか思えなかった。

子どもたちにも遺伝するのかと尋ねてみたけれど、それはジェレミーにもよくわからないらしい。いまの段階では、子どもたちを調べることもしたくはないのだという。高まる脅威や危険に気づいてしまったいま、ジェレミーはひどく警戒心をつのらせており、〝知らずにいればそれだけ安全〟という方針をとろうとしているかのように見える。研究者として、本来はまったく逆の生きかたをしているはずなのに。でも、おそらくジェレミーにとって、わたしは誰よりも大切な存在なのだろう。それをはっきりと理解したいま、疑惑の影を飛びこえて、わたしは世界でいちばん幸福な女性となった。にっこりして、甘やかすように自分を抱きしめる。たとえ、わたしの謎めいた血液を盗もうとしている人々がいるとしても……とはいえ、そう思うと、背筋を寒気が走りぬける。

気がつくと、わたしはまたしても無意識のうちに、あの肌身離さずつけているブレスレットを撫でていた。ジェレミーの話によると、地中深く、あるいは水中深く潜ったとしても信号を追跡できるよう、いま改良品を作っているところだという。イクセイド製薬の治験施設はブレッド湖の湖底にあったため、信号が届かなかったのだ。改良がうまくいくよう、心から願うしかない。二度とジェレミーがわたしを見失わないように。

＊　＊　＊

航海を二、三日続けると、わたしもすっかり生きかえった気分になった。潮風が肺に心地よく、どちらかというと白すぎる肌にも、陽光が適度な色味を与えてくれる。あんなことがあった後で、ロンドンにすぐ戻るのは気が進まなかったので、せっかく船もあることだし、わたしたちはバルセロナに向かうことにしたのだ。

ありがたいことに、肌に残った痕もかなり薄れてきた。それを見るたびに、ジェレミーはいささか暗い表情になる――その気持ちはわからないでもない。わたしをこんな目にあわせてしまったと、自分を責めてしまうのだそうだ。そんなわけで、わたしたちは明かりを消し、優しく、とびきりロマンティックに愛を交わした。いま、ふたりがいっしょにいることの神秘に浸り、上陸後に待ち受ける現実からは目をそむけながら。

最後の夜には外甲板でディナーを楽しみながら、ジェレミーはわたしに、イクセイド製薬の治験施設で起きたことすべてを、何ひとつ端折らずに話してほしいと切り出した。アンケートの質問ひとつひとつと、それに対するわたしの答え、それぞれの段階でわたしが何を感じたか、何に驚いたか、何を怖ろしいと思ったか――何もかも。いま自分がそんなことを話したい気分なのか、この人にそんな詳しい内容を知ってほしいかどうか、最初は確信が持てなかったけれど、ジェレミーはじっとそこに坐ったまま、わたしを励まし、心を開くよう促しつづけた。そして、辛抱づよく何時間もずっと耳を傾け、ひとつの言葉、ひとつの表情にいたるまで、すべてを真剣に受けとめてくれたのだ。

いったん口を開いてしまうと、すべての抑制が解けて、わたしはとどまるところを知らず話しつづけた。自分が味わった恐怖や不安、マダム・ジュリリークのせいでジェレミーに対して抱いた疑惑、裏切られたと思いこんだときの怒り、すべてを言葉にして口に出すことが、わたしにとっては必要だったのだろう。

わたしの話に耳を傾けていたジェレミーは、自分を責める言葉に反応するよりも、わたしの感情をより気づかってくれているようだった。わたしが真に求めていたのは、こんな心理療法だったのかもしれない。あの〝オーガズム工場〟――と、ジェレミーは呼ぶ――でのわたしの体験について、思慮ぶかい質問を投げかけるとき、その表情が微妙に変化するのを、わたしは見てとった。おそらく、わたしがどこかのおぞましい地下牢に監禁されていたわけではないのだと知って、ジェレミーもまた、どうにか事実を受け入れられるようになったのだろう。どちらにとっても、それでいくらか心が軽くなったのは確かだ。わたしが実際に目にした光景、実際に参加した行為についての説明を聞くときは、真剣な熱意がその目に宿った。わたしの行動や反応をあれこれと批評するためではなく、わたしの考えかた、感じかたをできるだけ深く理解したいと、ただそれだけを願っているように。

　話していく過程で、わたしは自分の心が浄化されていくのを感じていた。ジェレミーがわたしを助け、これからの人生をともに送るためにどれだけ必死になってくれたか、わたしと子どもたちを守ろうという覚悟がどれだけ強いかを知り、ふたりの絆はさらに堅固なものとなった――これから先、わたしたちはけっして離れず、ともに生きていかなくてはと誓うほどに。

ジェレミー

　いよいよ明日はバルセロナに到着し、それから米国へ飛ぼうという前夜、アレクサは色っぽい黒のネグリジェを身につけ、ぼくはボクサーショーツ姿でおしゃべりを楽しんでいた。その合間に、あいつの魅惑的な曲線を眺め、そのなめらかな手ざわりを楽しむという特権を味わいながら。

　バルセロナからはまずボストンに飛び、アップルゲイト教授と会った後、ぼくの身の回りのものをまとめ、タスマニアのアレクサの自宅へ送っていく予定だと、そうあいつは信じこんでいる。あの誘拐事件は、ぼくの心にいまだ生々しい傷を残しており、アレクサをひとり旅させる気にはなれなかった。これは、当分は尾を引きそうだ。

マダム・ジュリリークの行方をつきとめ、アレクサをどうするつもりなのか、その意図を探り出すまでは、マーティンとサリーナをぼくたちの警護につけておくべきだと、レオはモイラを通じて伝えてきた。レオの存在には、またしても感謝するしかない。ぼくはもう、これまでにどれほどの恩義を受けていることか。

実は、胸を躍らせながらこっそりと進めている計画がある。ロバートも子どもたちを連れて渡米し、フロリダ州オーランドでぼくたちと落ちあうことになっているのだ。たしかに、ロバートはすばらしい男だ。自分の子どもの父親になるならこの人だとアレクサが選んだのも、悔しいながら納得せざるをえない。アヴァロンから帰ってきたアレクサと、自分たちの結婚生活について率直に話しあってからというもの、ロバートはレオの弟のアダムとよく連絡をとっているのだという。子どもたちはぼくたちに預け、ロバートはさらにロンドンに飛んで、アダムと何年かぶりの再会をはたすのだ。さて、どうなることか。うまくいくといいのだが。

エリザベスやジョーダンと親しくなるのに、ディズニー・ワールドはもってこいの場所だろう。アレクサも、ここ最近のできごとを、ほんのしばらくでも忘れていられるかもしれない。もっとも、あいつの回復力はめざましく、性的欲求も高まるばかりだ。ぼくは最初のうち、当分は辛抱づよく自分の欲求を抑え、今回受けた痛手が癒えるのを待たなくてはと思っていたのだが、そんな心配はいらなかったらしい。どちらにせよ、文句を言うつもりはさらさらないが、子どもたちと再会したら、そこからはぼくたちも子どもたちを最優先に考えなくてはならなくなる……そして、これから自分たちの生活をどんな形に構築していくか、遅かれ早かれ決断しなくてはならない。いつまでも、地球のあちら側とこちら側に分かれて暮らしていくわけにもいかないのだから。

誰もがこの秘密の計画にわくわくしている。ありがたいことに、エリザベスとジョーダンはどうにかまだ秘密を守ってくれているが、電話をするたび、ふたりの様子には笑わずにはいられなかった。何か秘密の計画があるらしいとアレクサも察しをつけていて、ふたりが何を目論んでいるのか、あれこれと楽しく想像をめぐらせている。そんなあいつを眺めているのは幸せだ。何もかもがうまくいっているという感覚を、ぼくは久しぶりに味わっていた。

アレクサの手首の内側を撫で、髪をもてあそぶ。「じゃ、本当にしたいんだね？」

「ええ」

「あのオーガズム工場での経験の後、きみは以前より自分の欲望を自覚し、敏感に反応するようになったみたいだな」

「あなたへの欲望なら、しっかり自覚しているわよ、ジェレミー。わたしを興奮させるのは、あなたにもともと備わっている能力だから」

「ありがとう、そう言ってもらえると嬉しいよ」それに、実のところ安心もしたと認めざるをえない。「じゃあ、本気で……」

「あなたが思っているよりもずっと、わたしはいま、あなたとしたいの。ジョーダンとエリザベスがいるところでは、こうはいかないもの。恋人どうしであるよりも、親であることが最優先、最重要になってしまうのよ。わたしたちだけの時間じゃなくなるの。わたしの意識も、つねに子どもたちに向けられるようになってしまう。ふたりだけのこんな時間を、一瞬も無駄にしたくはないのよ」

深い吐息をつくと、アレクサはぼくの身体にまたがり、ぼくの両腕を押さえつけた。ぼくがよくとる体勢だ。あいつの輝くような顔、肩から乳房の上あたりまで流れおちる暗い色の髪を見あげ、ぼくはほほえまずにいられなかった。その気になれば、押さえつけている手は簡単にふりほどける。アレクサも、それをわかってやっているのだ。

「だったら、いまは恋人どうしだな」

まるでぼくの考えを読みとったかのように、アレクサは答えた。「そうよ、いまは絶対にそうでなくちゃ。この体勢は気分がいいの」

「きみがそんなにこの体勢を好きになってしまうなんて、ぼくは少し心配したほうがいいのかな」

アレクサは声をあげて笑った。「もっと好きなのもたくさんあるけど……」

まちがいなく、アレクサは以前よりも陽気になったし、さらに——思いきって指摘するなら——あの週末のときよりも奔放になった。不安が頭をよぎらないでもないが、いかにも幸せそうには見えるし、自分の身体にも、ぼくたちの関係にも自信が持てたらしいのも確かだ。もしかしたら、その〝紫の錠剤〟工場も、アレクサに自分の性的な欲求を楽しむ機会を与えてくれたということになるのかもしれない。いまのあいつは、見ても触れてもすばらしい！　ぼくの全身が、その意見に賛同していた。そもそも、生涯かけて愛する女性が望んでいるのなら、ぼくがそれを拒んでどうする？

「それじゃ、ぼくを信頼してくれているんだね？」

「ええ、もちろん、ジェレミー。いったいどうしたら、わたしの気持ちを証明できる？　あの週末、どうしてあんなさまざまな圧力をかけて極限状況を作り出さなければいけなかったのか、いまのわたしにはよく理解できるわ。それに何より、あなたがしたことは何もかも、わたしを愛しているからだったこと、わたしと子どもたちを守り、わたしを奪いかえそうと戦ってくれたことも知っているし」アレクサはそっとぼくの頰を撫でた。「あなたはいつも忘れているようだけれど、理由も状況もわからなかったときでさえ、わたしは自分の意思で決断を下したのよ。わたしはあなたを選んだ——あの週末の、すべての段階で。いまだ体験したことのない限界の向こうへ、あなたはわたしを押しやったけれど、わたしはそれを楽しんだ。いろいろ質問はしたかもしれないけれど、それでも楽しんだのは確かよ。あなたはわたしの本質を見抜いて、これまでにないほどわたしの心を開いてくれた――あなたが言ったとおり、まるでバラのつぼみが開くように。いまだって、いくらか色はあせたかもしれないけれど、いまだバラは咲きほこっているのよ。それもみんな、わたしがあなたを愛しているからだし、これまでも、そしてこれからもずっと、あなたがわたしを愛していると知っているから。信じて、この気持ちには、これまで想像したこともないほどの信頼がこもっているのよ」

その瞳に浮かんだ一途な思いを見て、ぼくはもう胸がいっぱいになった。なんとすばらしい愛の言葉だろう。こんなにも雄弁に愛を語ってもらえるとは、まったく想像していなかったが、これはまさにぼくが必要としていた言葉だったのかもしれない。「きみときたら、いつだってぼくを驚かせてくれるんだな」

アレクサはぼくの顔に、軽いキスの雨を降らせた。ぼくの身体にまたがったまま、柔らかい唇でそこここに触れ、三日ほど伸ばした無精ひげに頬をすりよせる。この感触が好きだなんて、ぼくにはいまだ信じられないのだが。

「あなたとわたしは、いっしょに生きる運命だったのよ。わたしたちの新生活が、本当に待ちきれない。いろいろと考えなくてはならないこともあるけれど、きっとどうにかなるわ。でも、いまはそれよりも……」

「何かな、ブレイク博士？」

アレクサはじらすようにぼくの唇を舌でなぞった。「そう、いまこの瞬間からは、クイン博士、プレイする時間よ」

「ああ、まちがいない」

　ぼくはくるりとアレクサをひっくり返し、さっきまでと逆の体勢に持ちこんだ。唯一のちがいは、ぼくが力をゆるめないかぎり、アレクサはここから逃げられないということだ。まずはお返しに羽毛のように軽いキスを降らせておいて、しだいに貪欲な熱っぽいキスに移っていくと、あいつはぼくの下で快感に身をよじった。その身体にまたがったまま、ナイトテーブルの引き出しから黒い革の腕輪をふたつ取り出す。あの週末に使ったのとそっくり同じ、左右の手首をつないでおけるように、どちらにも留め具がついている。表情を注意ぶかく見まもると、あいつもあの腕輪だと気づいたようだ。

「これを使ってプレイしたいかい、アレクサ？」ぼくは、けっしてあいつが嫌がることを無理強いはしない。たとえ、本当はそれを望んでいるように見えたとしても。ぼくもまた、教訓から学んでいるのだ。

　アレクサはうなずいた。この拘束具を見た瞬間から、その乳首は硬く隆起している。自分から差し出してきた手首に、ぼくは黒い革のベルトを巻きつけた。あいつの目を見れば、もう下もすっかり濡れているのがわかる。もう片方の手首にもベルトを巻きつけるうち、ぼくのペニスもみるみる生命力を吹きこまれた。そんなぼくを、アレクサは熱いまなざしで見つめている。こんなときはいつも、あいつはずっと無言のままだ。固唾《かたず》を呑んで、次に何が起きるのかを真剣に待ちかまえているのだ。

ネグリジェの肩紐を片方ずつ滑り落とす。治験施設の円形の部屋で、二組のカップルが演じたという行為の話を聞かせてもらったとき、ぼくはこの寝室の隅の梁《はり》がそれを再現するのにぴったりだと思いつき、ずっとその計画を温めていたのだ。そう、もしもアレクサがその気になってくれたらと。今夜、ついにその機会が訪れた。

初めてほかの女性がオーガズムに達するのを見たと、アレクサが話してくれたとき、ぼくはそのオーガズムの様子を、そして自分がどう感じたかを描写するあいつの官能的な唇を眺めながら、ペニスが硬くなるのを感じていた。話をさえぎることなど、できるはずはない。あいつが何を体験し、何を感じたか、そのすべてをぼくはどうしても知らずにはいられなかったのだ。あいつが何に興奮するかを知ったいま、ぼくもその欲求を充分に満たしてやることができるのだと、あいつに、そして自分自身に証明しなくては。

ぼくは注意ぶかくアレクサをベッドから抱きあげ、梁の下に立たせた。アレクサの目が驚きに丸くなる。以前からこの梁に気づいていたかどうか、表情からは読みとれなかったが、生き生きした表情から察するに、あいつもこれを望んでいたのかもしれない。少なくとも、ぼくの意図をすぐに察して笑みで応え、両腕を頭の上に高々と挙げてくれた。こんなにも展開を先読みし、いかにもあいつらしいやりかたで協力してくれるようになっていたなんて。ぼくは手首のベルトの留め具をつないで、丸い木の梁に結びつけると、一歩後ろへ下がり、アレクサの美しい裸体が拘束されている姿を観賞した。

「その姿勢でどこも痛くない？」ぼくの問いに、あいつはやはり無言のままうなずいた。まるでハイヒールをはいているかのように、アレクサはつま先立ちになっていた。すぐにでも飛びつきたいほどの、美しい身体。丸い乳房はぼくの唇をしきりに誘いかけていたが、いまはまだ早い。まずはウエスト、腰、腹部の官能的な眺めにじっくりと目を楽しませる。ぼくはもう、どうしようもないほどその姿に惹きつけられていた。

周りをゆっくりと歩き、後ろ姿もたっぷり楽しんでから、通りすがりに肩胛骨《けんこうこつ》に優しいキスをする。それから頬を両手で挟み、魂の奥までのぞきこもうとするかのように、その瞳にじっと見入った。息が切れるまで濃厚なキスをすると、拘束された身体が荒い呼吸にあえぐ。ああ、どれほどきみに会いたかったか。ぼくのすべてともいえる存在。長年にわたりいろいろな意味で、ぼくはアレクサに拒まれてきた。だが、ぼくたちはついにお互いのものとなったのだ。こんな夢が現実となり、ぼくはもう歓喜の絶頂にいた。

身体をかがめ、アレクサの腹部に唇を押しあてる。誘いこまれるように舌をへそへ、あいつの身体の中心に差し入れて、ぐるぐると回しながらその周囲の肌を吸う。あえぎ声があがったのを聞きつけて、ぼくは顔をあげ、顔に浮かんだ反応を確かめた。手は太股の間に滑りこませ、ぼくの読みとった表情がまちがいないか、じかに確認する。

いまや、あの細かいあざはほとんど消えてしまっていたが、ひとつひとつの痕がどこにあったか、ぼくはちゃんと憶えている。いまこそそのすべてを、ぼくのこの唇でつけなおす機会がやってきたのだ。計算しつくした順序にも、綿密な計画にも頼らずに進むのは初めてのことかもしれない。

アレクサの身体をじっと観察し、その声に耳を傾けて、どこを吸い、舐め、嚙むのかを決めていく。ぼくの奥底で原初の欲望が燃えあがり、この身体をぼくのしるしで埋めつくしたい、ぼくだけの女に他者の口が残していった痕跡をすべて蹂躙《じゅうりん》してやりたいという衝動に駆られて突き進んでいるかのようだ。あいつの身体のいちばん敏感な場所に、舌が、唇が、歯が、とどまるところを知らず襲いかかっていく。

「ああ、いいわ、ジェレミー」

「こうされるのは好きかい？」

「ええ……でも……」ぼくはゆっくりと乳首を吸いながら、唇を大きく開いて乳房の広い部分を覆った。舌をぎゅっと乳首に押しつけておいて、ふいにその先を軽く嚙みながら、指でヴァギナのひだをそっと撫でる。

「ああ……もう……」

「でも、の次は何を言おうとしたんだ？」反対側の乳房にも同じことをくりかえしながら、ぼくはヴァギナをじらすように指でなぞりつづけていた。「言ってごらん」あいつの声はますます高くなる。寝室のドアに鍵をかけておいてよかった。「やめてほしい？」

今度は両脚を開かせて、内股のうっすらとピンク色をした肌に唇を当て、歯を立てていく。痕が残らないキス、残るキスをとりまぜて。

「いや……いや、やめないで」

アレクサの肌はいまや美しく紅潮し、その目は快感に溺れてしだいに焦点を失いつつある。あまりに早く一線を踏みこえてしまう前に、ぼくはひとまず愛撫の手をゆるめた。まだまだ、こんなことで終わらせるわけにはいかない。

一歩後ろに下がり、その美しい身体をじっくりと観賞する。

「きみはすばらしいよ、アレクサンドラ。欲望と愛を全身から発散しているかのようだ。ぼくはもう、きみを崇拝するしかない。ひと晩じゅうだって、ずっとこうしていられそうだ。こんな方法を、どうしてこれまで試してみなかったんだろう？」

「お願い、見ているだけなんてひどい。わたしに触れて。あなたを感じていたいの」

「ちょっとひと息入れないとね、愛しいアレクサ。きみはもう、すぐにでもいってしまいそうだ」じれったそうなため息をついたあいつは、欲望に煙った目のまま、寝室の片隅にその身体をさらしている。

ぼくはナイトテーブルに歩みより、さらにふたつのものを取り出した。

ベッドの端にそれを置き、自分もそのかたわらに腰をおろす。アレクサは目を見はった。ああ、なんと雄弁な表情を浮かべる目なのだろう。あいつは下唇を舐めながらも、やはり沈黙をつらぬいた。

　脚を組み、あごに手のひらを当てて、次の段階にどう進むべきかをしばし考える。ここらで、ふたりとも喉をうるおすのもいいかもしれない。ぼくはアレクサに歩みより、その唇に優しくキスをした。

「すぐに戻る」

「ジェレミー、こんな状態で放っておくなんてひどいわ！」

「ああ、よかった、また口をきいてくれて。もっといろいろしゃべってくれよ、愛しいアレクサ。きみがどう感じているのか、ぼくはつねに知っていたいんだ。ぼくが戻るまで、よく考えておいてくれ」その尻を、軽く叩いてやらずにはいられない。その顔に浮かんだ表情を見れば、ちゃんとぼくの話を聞いていたようだ。

　ぼくはアイスペールによく冷えたサンセールのボトルを入れ、グラスをふたつ用意して部屋に戻った。

「喉が渇いただろう？」

　アレクサはうなずいた。

　高々と掲げられた腕から身体の曲線に沿って、冷えたボトルをそっと滑らせる。火照った身体がひやりとしたのか、アレクサは身体を震わせた。「ごめん、きみの返事が聞こえなかったから。飲みたいかい?」

「ええ、お願い」

ぼくはボトルを開け、グラスにいくらかワインを注ぐと、さっと味見をしてから、アレクサの唇に近づけた。「どう、美味しいかな?」

「完璧ね」

「きみと同じだ」誘惑にかられ、ほんの一瞬だけ乳首を吸うと、アレクサはあえぎ声をあげた。「きみが黙りこくってしまうと、楽しんでいるのかどうか心配になるんだよ」

「わたしのこと、よく知っているくせに」

「もっと飲む?」

「ええ」

「ほら、もっとたくさん口に流しこんでごらん。ちびちびとしか飲まないのはもったいないよ。いいかい?」アレクサは大急ぎでそのワインを飲みほすと、もうこらえきれないという様子で笑いはじめた。

「ジェレミーったら!　わたしのこと、ずっと吊るしっぱなしになんかしておけないのよ」

「うーん、吊るしっぱなしでも、ぼくはかまわないんだが。実際にも、比喩的にも」

「でも、あなたはそんなことしないはず」

「たしかにね」ぼくもひと口ワインを飲み、ボトルをペールに戻した。「この部屋にどんなにプレイするための道具がそろっているか、気がついた？」

「ええ」そのたったひとことに、どれほどの欲望がこめられていることか。

ペールから氷をひとつつまみあげる。「いかにも暑そうだし、すでにもう高まりすぎてしまったようだから、少し冷やすのもいいかなと思ってね」腋の下から乳房へ、ぼくは氷を滑らせた。ゆっくりと乳首の周りに円を描き、へそを通って、最後にヴァギナへ差し入れると、両脚を閉じさせ、ぼくの脚でぎゅっとはさみつける。

「こんなこと、前にもやらなかったかな？」いまや、ぼくたちの顔はすぐ近くにあった。あいつの呼吸は、浅くなりかけている。「あのときも、きみは楽しんだ？」

「ええ」

「どれくらい？」

「とっても」

「ほかの男もいっしょだった、そこがよかったのか、アレクサ？　ぼくたちふたりから同時に愛撫されて？」頬がさっと紅潮したのは、その記憶がよみがえったのか、ぼくの質問に対してなのか。もしかしたら、両方かもしれない。

「それも悪くなかったけど、あなたとふたりだけのほうが好き」

「いまと比べたら？　いまよりも、あのときのほうがよかった？」

「いいえ。いまのほうがいいわ」

「そう言ってもらえて嬉しいよ。きみの率直さに感謝する」ぼくははさみつけていた脚を離し、ベッドに歩みよった。「だったら、これは？　きみは、これも好きだった？」

あの週末に使った目隠しを手にとり、その生地の感触を確かめる。

アレクサの身体からはぐったりと力が抜け、開いた太股の間はぬめぬめと光っていた。その腕は、いまだ高々と頭上に掲げられている。

「教えてくれ」

「ええ、好きだったわ」

アレクサのもとへ歩みより、絹の生地を顔に当てて滑らせていく。あごから唇、そして目の上を通りすぎる。

「ああ、ジェレミー」

「きみにとって、この目隠しは？」

「すべての象徴よ。わたしたちがいっしょにいること……わたしたちの発見」

「続けてくれ、アレクサ。どうしても知りたいんだ」そう促しながら、ぼくは目隠しであいつの身体を撫でていった。どんな反応が、どんな感情が浮かびあがってくるのかを観察しながら。

「あなたはわたしの身体をめざめさせてくれた。いまもそうよね。わたしの心を開き、これまで味わったことのない感覚を教えてくれた」

脚の間を滑らせると、アレクサはあえぎ声をあげ、ぼくのペニスもたちまちその声に反応した。「視覚による刺激の重要さは、いまさらきみに説くまでもないからね」

肩の上に目隠しを掛けると、紐が背中と乳首の上に垂れる。ぼくはもう、アレクサからそうしたいと言われないかぎり、視覚を奪ったりするつもりはなかった。いまこの瞬間は、すべてをしっかりと見ていてほしい。

「じゃ、これは？」ぼくは先端に赤いフラップのついた黒い革の乗馬鞭を掲げてみせた。

「見るのは初めてだわ」アレクサの呼吸が浅く、速くなり、興奮の高まりを示すかのように、乳房が大きく上下した。すばらしい眺めだ。

「そう、きみは見てはいなかったね。だが、感触はよく憶えているはずだ」鞭の先端で腹部を撫で、乳房の下を滑らせ、乳首に触れ、尻の割れ目をなぞり、最後に脚の間をヴァイオリンの弓のように滑らせて、アレクサの身体を奏でる。

アレクサは目を閉じ、低いうめき声を漏らしていたが、鞭の先端がひとめぐりすると、室内にみなぎる欲望のエネルギーがふいに跳ねあがったのがわかった。続いて起きた反応は、あまりに突然で衝撃的だった。脚の間を乗馬鞭が撫でた瞬間、身体が激しく痙攣しはじめたのだ。身体のどこかを痛めてしまわないように、あいつをしっかりと抱きしめると、弾むような震動がぼくにも激しく伝わってくる。アレクサはあえぎ声やうめき声を漏らし、自分を襲ったこの感覚に、全身をよじらせて耐えていた。

なんてことだ！　こんな光景を目撃してしまったのは初めてだ。あまりに急なことだったので、手首の拘束を外してやることを思いつくのにしばらくかかった。ぼくは片腕でアレクサの身体を抱きあげたまま、もう片手で懸命にベルトの留め具をまさぐった。しばしの後、拘束を解かれたあいつの身体はぼくの腕の中に倒れこんだ。

「しっかりしてくれ、アレクサ、何があった？　だいじょうぶか？」いまだ痙攣を続ける身体を、あわててベッドに運ぶ。これは何かの発作なのだろうか。ぼくはアレクサのかたわらに横たわり、しっかりと抱きしめて、やがて痙攣がやみ、意識が戻るのを待った。顔から髪をかきあげ、必死にその目をのぞきこもうとしながら。「アレクサ、痛くないか？　いったい、どうしたんだ？」

やがて、アレクサは長いまつげを伏せたままにっこりし、ぼくの胸にキスをした。どうやら無事らしいと悟り、ぼくは天に感謝した。「アレクサ、お願いだ、聞かせてくれ。何があった？　いったい、どういうことなんだ？」

「うわあ、今回のは強烈だったわね。いままででいちばんだったかも」

「いったい、何の話なんだ？　ああ、まずは水を持ってこよう。どこも痛くない？」

「痛くなんかないわよ。でも、ちょっと恥ずかしいかな」

「前にもこんなことがあったのか？」

「あの週末以来、ときたま起きるんだけれど、こんなに激しかったのは初めて。たぶん、あれ以来こんなプレイは初めてだったからでしょうね、目隠しとか、鞭とか……そのふたつは、わたしにとってあの週末の象徴だから……記憶や感覚がどっと押しよせてきちゃって」アレクサは必死に呼吸を整えようとしながら言葉を絞り出し、身体を起こして水を一口飲むと、またベッドに崩れおちた。「もう、すごく興奮しちゃった」

ぼくはぼくで、必死に心と身体の闘いを続けていた――アレクサが無事だとわかったいま、ペニスがまた急激に息を吹きかえしつつあったのだ。あいつがせっかちにぼくのボクサーショーツを下ろし、裸体のまま抱きついてくると、ペニスはさらに勢いづいたが、心はいまだアレクサの身体が心配でたまらない。「だめだ、いまはそんな――」「もう話はたくさん、ジェレミー。わたしの中に入ってきて。いやだなんて言わせない」理性的な思考は吹き飛び、ぼくの肉体が、そしてアレクサが主導権を握った……

アレクサ

こんなにびっくりすることってあるかしら！　わたしに知らせないまま、どうやってこんな計画を実現できたのか、いまだに不思議で仕方がない。エリザベスとジョーダンをふたたびこの腕に抱きしめて、わたしはたっぷり一、二時間は泣きつづけ、子どもたちをすっかり途方に暮れさせたような気がする。せっかく会えたと思ったら、母さんはいったいどうしてしまったのだろうとけげんな顔のふたりに、これは嬉し涙なのよと、わたしは何度となくくりかえしていたものだ。

　そして、わたしたちはすでに最高に素敵な四日間をすごしたところだ。マジック・キングダム、アニマル・キングダムと遊んでまわり、きょうはエプコット。さんざん遊び、よく笑い、いろんなものを食べ歩いた。

　水遊びが主となるタイフーン・ラグーンは、どうにか後回しにしてもらうことにした。クルーザーでジェレミーとすごした最後の夜のせいで、水着姿になっても見苦しくない程度に青あざの痕が消えるまで、数日はかかりそうだったのだ。明日なら、きっともう問題はあるまい。みんな、すでに気持ちよく遊び疲れている。子どもたちと再会してからずっと、わたしは口もとがほころびっぱなしだった。

　毎夜、わたしは子どもたちが眠っている姿を何度となく確かめずにはいられなかった。上掛けを掛けなおしてやり、額にそっとキスをする。このふたりの母親となれた運命には、ただひたすらに感謝するばかりだ。部屋を出て、ふたりを起こしてしまわないように、できるだけそっとドアを閉める。わたしの口もとに浮かんだ笑みは、この新しい家族の組みあわせで休日をすごす、幸せと胸のときめきの表れだ。すべてがこんなに順調でいいのだろうかと、不安にさえなってしまう。

ジェレミーは、ジョーダンともエリザベスとも、すばらしくうまくやっている。いい友だちになりながらも、敬うべき相手としての威厳を失わないという、とうてい可能とは思えないほど絶妙なバランスのとりかただ。いまのところ、わたしのもっとも楽観的な予想をも上まわる順調さで、ふたりは自分たちの世界の一部としてジェレミーを受け入れはじめている。このままうまくいくように願うばかりだ。どうやら、わたしがロンドンに旅立つ前、ロバートと子どもたちふたりも交えて開いた家族会議のおかげで、ふたりはわたしが予想していたよりも早く、両親の人生がそれぞれ軌道を変えることを理解し、心の準備をしていてくれたらしい。子どもたちは、ときとして大人よりもそうした変化をすんなりと受け入れてくれる。両親のどちらもが、自分たちをこのうえなく愛しているとさえ知っていれば、子どもたちにとってはそれがいちばん大切なのだろう。

ジェレミーはいかにもくつろいだ様子で、居間のソファに腰をおろし、携帯に届いたメールをチェックしている。携帯からこちらに視線を移したジェレミーは、大きな笑みでわたしを迎える。こんなに幸せなのは、いつ以来のことだろう。自分の全身から、幸福がとめどなくにじみ出ているような気さえする。

「子どもたちはどう?」ジェレミーは片腕を伸ばし、温かい胸にわたしを抱きかかえた。

「もう、完璧よ。タスマニアからここまでの旅と、ディズニー・ワールドですごす毎日に、すっかりくたびれちゃったみたいね。当分は、ぐっすり眠ってくれると思うわ」

「きみも幸せそうだね」

「こんなに幸せでいいのかしらと思うくらい。あれだけのことがあった後で、これが現実だなんてとうてい信じられないわ。自分をつねってみたくなっちゃう」

「そんな必要はないさ、アレクサ。いつだって、ぼくが代わりにつねってあげよう」わたしはジェレミーに眉をあげてみせ、軽くつねってやってから、さらに身をすりよせた。

「ふたりとも、本当にいい子だな。きみとロバートがどんなにすばらしい親だったかがよくわかる。きみたちは誇りに思うべきだよ」

「ええ、誇りに思ってる」わたしはにっこりした。「それよりも、わたしとあなたがいっしょにいることを、あの子たちが受け入れてくれているのが嬉しいわ」

「だったら、ぼくも嬉しいよ。きみをふたたび失うようなことにでもなったら、ぼくはもうどうしたらいいか。考えるのもぞっとする」ジェレミーは眉間にしわを寄せ、わたしのうなじの後《おく》れ毛を指でもてあそびはじめた。

「どうしたの？　何か、新しい情報はあった？」わたしはジェレミーの携帯にちらりと視線を投げた。

「まだ何も。ヨーゼフはあれから行方不明だし、マドレーヌ・ド・ジュリリークも忽然と宙に消えてしまったかのようだ」ジェレミーの話に耳を傾けながら、わたしのためにあんな危険を冒してくれたヨーゼフが、どうか無事に妻のもとへ戻れるよう、心のうちで静かな祈りを捧げる。「ジュリリークの行方をつきとめ、もうわれわれの脅威ではないことさえ確認できれば、ぼくもだいぶ気が楽になるんだが。あの女の行方は、サリーナともうひとりが追っているんだが、いまのところは何も手がかりがないらしい。そうそう、サムからもメールが来ていて、きみによろしくとのことだったよ。向こうでほかの研究者たちとの情報交換を終え、オーストラリアに帰る途中らしい」

その話に、わたしははっとした。「そういえば、研究フォーラムはどうなっているの？これまで訊くのを忘れていたなんて、自分でも信じられないわ」

「きみはそんなことに気をもむ必要はないよ、アレクサ。あれは無期延期だ。あの件には、きみはもう二度とかかわってほしくない。あまりに危険だからね」

ジェレミーと言いあらそうつもりはなかった。黙ってうなずくと、ジェレミーの腕がわたしを抱きしめる。たしかに、国際研究フォーラムのような場へ出ていくなんて、わたしはまだ心の準備ができてはいない。いまはとりあえず、平穏な日常が戻ってきてほしいと願うばかりだ。まずはひと呼吸おいて、母親としての生活に戻り、この人の伴侶としての新たな責任に慣れなくては。ああ、胸がいまにも破裂しそうに高鳴る。ジェレミーの顔を見あげると、そこには怒りにも似た懸念の色が浮かんでいた。

「ローラン・ベルトランがこんなふうにぼくを、ぼくたちを裏切るなんて、いまだに信じられないよ。あの女がきみをこんな危険にさらしたとは……とうてい許せない所業だ。きみの居場所を教え、われわれの研究成果をマダム・ジュリリークとイクセイド製薬に流し、そこから得た金で買いものやら旅行やら、そんなくだらない贅沢に費やしていたとは……自分の行動の結果が他人にどんな影響をおよぼすかも考えず、ただ自分本位に生きる連中には、ぼくは本当に腹が立ってならないんだ。きみがたまたまシンガポールであの女に出くわしさえしなければ、こんなことにはなっていなかったかもしれないのに」

「あの金ぴかマダムの人となりを考えれば、ローランからの情報がなくても、どうにかしてわたしを探し出したはずよ。ローランは、あなたがそんなに口を極めてののしらなきゃいけないような相手じゃないわ」

「だが、きみがあんな目にあったのも、すべてはあの売女《ばいた》――」

「ジェレミー、お願い、そんな話はもうやめて。せっかく幸せな気分なのに」

「すまない、わかってはいるんだ。だが、どうしても腹が立つんだよ」

「もういいじゃない、わたしたちは幸せなんだもの。わたしとあなたは本来の運命どおり、こうしていっしょにいる。子どもたちも元気で、安全に守られているでしょ。ロバートはアダムと会っているし。あとは、これからの生活の基本的な細々したことを決めていくだけ。たとえば、わたしたちがこれからどこの国に住むかとか――」

「それはこれからゆっくり相談すればいいさ。いくら遊んでも遊びきれないこの遊園地で、ぼくたちはさらに三日間たっぷりと楽しむ予定じゃないか。それから、タスマニアに戻る前に、ぜひきみにもレオに会ってほしいと思っているんだ」

「『チャーリーズ・エンジェル』のチャーリーみたいな、あの謎めいたレオに？　長年ずっと噂だけを聞かされてきた人物に、ついに紹介してもらえるの？」

「きみだけじゃない、子どもたちもいっしょにね。アマゾンから帰ってきたら、ぼくたちみんなとしばらくいっしょにすごしたいと、モイラを通じて伝えてきたんだ」

「わあ、信じられない。あなたの人生でいちばん重要な人物にぜひ会いたいって、わたし、ずっと願っていたのよ。こんな特別待遇をしてもらえるなんて」胸を静かな感動が満たした。わたしとジェレミーを隔てていた最後の壁が、ついにやっと崩れ落ちる。これで、わたしたちは真の伴侶となれるのだ。

「きみときみの子どもたちこそが、ぼくの人生でもっとも重要な人物だよ、アレクサンドラ。ぼくは息絶えるその瞬間まで、きみたちを愛し、守りぬくつもりだ」

こんな完璧な言葉があるかしら？　これまでにも増した、想像もできなかったほどの愛情があふれてくる。ああ、人生って素敵！

エピローグ

ノックの音がして、ジェレミーはわたしとのおしゃべりを中断し、部屋を出ていった。おそらく、こっちの四人に何ごともないかどうか、マーティンがいつもの確認に来たのだろう。いなくなったジェレミーの代わりに、クッションをしっかりと抱きしめる。たしかに、これからどこに住んでどんな暮らしをするのか、お互いの仕事はどうするのか、相談しなくてはならないことはいろいろあった。もっとも、まずはロバートとアダムがどうなったのか、その結果を待たなくては。ロバートもわたしも、子どもたちと離ればなれになどなりたくはないのだから。いま考えても答えが出ないことは、まだ考えずにおこう。あとでゆっくり相談すればいい。

ジェレミーの話が長引いているようなので、わたしはキッチンへ行き、ワインのボトルを開けた。もしかしたら、マーティンもいっしょに一杯やりたいかもしれない。ディズニー・ワールドじゅう、わたしたちの後をひたすらついて歩いて、さぞかし退屈しているだろうから。

入口に様子を見にいくと、ジェレミーはマーティンとおそろしく真剣に何かを話しあっているところだった。

「何かあったの？　よかったら、中でいっしょに飲みましょうよ」わたしは手にしたボトルを掲げてみせた。ふたりはそわそわと視線を交わしてから、ようやくこちらに目を向ける。ジェレミーはマーティンを招き入れ、しっかりとドアの鍵をかけた。

わたしは手早くグラスをそろえ、ワインを注ぐと、ふたりに手わたした。「いったい、どうしたの？　ふたりそろって、そんな顔をしているなんて」

マーティンはA４判の分厚い封筒を、キッチンのテーブルに置いた。

「これは何？」わたしは手を伸ばし、封筒を引きよせようとした。

ジェレミーがようやく口を開いた。「アレクサ、だめだ、やめてくれ！」その顔が、苦痛にゆがむ。

「いったい、何があったというの？　あなたが教えてくれないのなら、わたしは自分で開けるしかないじゃない？」ジェレミーの苦悶はあまりに激しく、そのまま凍りついてしまったかのように動かない。

わたしはマーティンを見やり、それから封筒を開いた。マーティンも、のろのろとうなずく。

中身を取り出し、まずは送り状に目を落とす。

親愛なるブレイク博士

恋人と地中海でゆっくり休養をとられ、さらには可愛らしいお子さんがた、エリザベスとジョーダンとディズニー・ワールドを訪問されて、さぞかしすばらしい日々をおすごしのことと思います。

残念ながら、あなたは約束の七十二時間を全うすることなく、弊社の治験施設を立ち去りました。数多くの有益な情報を提供いただいたいま、弊社はあとひとつだけ、必要とするものがあります。

その必要を満たすためには、あなたをどうしてもふたたび弊社にお迎えしなくてはなりません。あなたの同意をいただくため、弊社がとりうる戦略のちょっとした一例として、新聞記事のサンプルを同封いたしました。あなたへの要求は、次の一点です。

あなたの血液を採取させていただきたい。

いかなる理由にせよ、十日以内にご協力いただけないようであれば、わが社は世界のメディアに『いま明かされるアレクサンドラ・ブレイク博士の裏の顔』という情報を積極的に発信していく予定です。申しあげるまでもありませんが、この情報の裏づけとして、わが社はすばらしい画像や動画のデータを保存しております。

さらに、もうひとつつけくわえるなら、もしあなたのご協力が得られなかった場合、弊社は次善の策をとらなくてはなりません――つまり、あなたのお子さんがたの血液の採取をめざすということです。
近日中にまたお目にかかれることを、心から楽しみにしております。

敬具
マダム・マドレーヌ・ド・ジュリリーク

そして、同封の書類をテーブルに広げる。それは、国際紙の記事に似せて作られたサンプルだった。

淫乱な母、自宅にわが子を残しセックス実験へ

ブレイク博士が自身のすべてを晒す――より抜きの写真はこちら

心理学者が変質者に変わるとき
――あなたなら、こんな母親に子どもをまかせられる？

不倫、そしてSM——母は子どもに何を教える？

ひと目見て、わたしはキッチンの流しに嘔吐した。

ジェレミーが後ろに立ち、吐きつづけるわたしの背中を撫でてくれた。頬をとめどなく涙が伝う。さっきまでの幸福が、一滴残らず体内から流れ出していくかのようだ。ジェレミーが差し出したタオルで顔を拭うと、わたしはその胸に顔を埋めてすすり泣いた。

「こんなこと、いったいいつまで続くの？」目の前に立つふたりに、わたしは絶望をこめて問いかけた。「わたし、もうこれ以上は無理」

ジェレミーとマーティンはたちまち戦闘態勢に切り替わり、キッチンのテーブルに広げられたおぞましい新聞記事をはさんで、あれこれと策を練りはじめた。今後とるべき戦略、考えられる展開、次に打つべき手。さらにはサリーナやモイラに電話をかけ、レオやエド、そのほか思いつくかぎりの相手に伝言を残す。

そんな作業に没頭していたふたりは、わたしが静かにキッチンを出て、冷たいタオルを目に載せながらベッドに横たわったことにも気づかずにいた。

わたしの人生は、どうしてこんなことになってしまったの？

平凡で退屈だと思ったとたん、あんなにも胸躍る出来事がやってくる。邪悪で怖ろしい運命に巻きこまれたと思ったら、あんなにも美しく完璧な幸福が待っている。

そして、今度はこれ！　よくもまあ、こんなことができたものね！　あんな記事が公に出てしまったら、わたしがこれまで懸命に築きあげてきたものが、一瞬のうちに下水溝の汚泥にまみれてしまう。

わたしは死ぬまで、あのとき撮られた写真につきまとわれることになるのだ。

どんな幸せを手にしていても……それをいつ奪われてしまうのかは誰も知らない。ほんの十分前まで、わたしもあんなに幸せだったのに。

過去……現在……未来。

わたしはまた、子どもたちの寝室に向かった。ふたりがすやすやと寝ていること、無事であることを確かめ、しばしその無垢な寝顔に見入る——わたしが永遠に失ってしまった純真さ。自分を浄化しようとでもいうように、わたしは深く息を吸いこんだ。

そして、ゆっくりとキッチンに戻る。ふたりはいまだ熱っぽい議論を戦わせていた。

「ねえ、ちょっといいかしら。話をやめてちょうだい」

ジェレミーが立ちあがり、両腕を広げてわたしを抱きしめようとする。そんなあの人を、わたしはそっとかたわらに押しやった。「お願い、ジェレミー。そこに坐って」

「どうしたんだ、愛しいアレクサ？　心配はいらないよ、ぼくたちがきっとどうにかする。きみにも、子どもたちにも、指一本触れさせはしないさ」

「わたし、心を決めたの」

訳者あとがき

大学時代の親友であり、かつての恋人でもあったジェレミーと、前作で再会したアレクサンドラ。ふたりの実験はすばらしい成功を収め、学者としての可能性もかぎりなく開けたばかりか、ジェレミーとの関係も大きく進展して、まさに幸せの絶頂と思われたそのとき、アレクサに魔の手が……！　ヒースロー空港で謎の男たちに拉致されてしまったアレクサと、その行方を必死に追うジェレミー。ふたりの行く手には、いったい何が待ちかまえているのでしょうか。

前作では、ふたりを隔てていたのは「時間」でした。別々の人生を歩いていた年月、お互いの知らない歴史――そんな時間の壁に視界をさえぎられ、ジェレミーが本当は何を考えているのか、自分のことをどう思っているのか、アレクサはどれほど思い悩んだことでしょう。

そして、本書ではこうして力ずくでジェレミーから引き離されてしまったアレクサ。ふたりを隔てるのは、物理的な「距離」です。目の前に突きつけられるのは、最愛のジェレミー、そしていっしょに成功させた画期的な実験の、これまでは視界に入ってくることのなかった側面。さまざまな疑念がどれほど心の中に渦巻いても、いまはジェレミーに真意を問いただすすべはありません。

アレクサが生まれ育った国、慣れ親しんだオーストラリアから、異国の地である中央ヨーロッパへ、物語の舞台も移ります。人と人との関係は、何もかもが順調なときではなく、心ならずも何かに隔てられてしまったときに、真の姿が見えてくるものなのかもしれません。自分を拉致した人々による、さらに奇想天外な実験の数々に身体も感情も翻弄されながら、アレクサは心の奥底をのぞき、ジェレミーへの思い、ふたりの関係について、真実の答えを見つけ出していくのでした。

さて、冒頭のエピグラフには、〝PLAY〟〝FEEL〟というふたつの単語が定義されていますが、これは、前作と本書のそれぞれのタイトルを指しています。前作『クイン博士の甘美な実験』の原題は〝Destined to Play〟直訳すると「プレイする運命」というところでしょうか。そして、本作は〝Destined to Feel〟「感じる運命」となりますね。そのタイトルのとおり、前作で思いもよらない大胆なプレイに踏みきったアレクサは、今回さらに五感を研ぎすませ、自分の身体に加えられるさまざまな刺激をひたすら「感じる」ことに徹します。

そして、アヴァロン三部作を締めくくる次作の原題は〝Destined to Fly〟そう、「飛翔する運命」です。本書の最後で、ひとりの人間として、母親として、このうえなく残酷な要求を突きつけられたアレクサ。はたしてどんな決断を下すつもりなのか、どんなふうに空高く羽ばたこうとしているのか、その高みから見えてくるアヴァロン三部作の全貌を、どうぞお楽しみに。

二〇一四年四月

山田　蘭

ベルベット文庫

クイン博士《はかせ》の危険《きけん》な追跡《ついせき》

2014年6月30日　第1刷

著　者　インディゴ・ブルーム
訳　者　山田《やまだ》　蘭《らん》
発行者　太田富雄
発行所　株式会社 集英社クリエイティブ
東京都千代田区神田神保町 2-23-1 〒101-0051
電話 03-3239-3811
発売所　株式会社 集英社
東京都千代田区一ツ橋 2-5-10 〒101-8050
電話 03-3230-6393（販売部）
03-3230-6080（読者係）
印　刷　大日本印刷株式会社
製　本　大日本印刷株式会社

ロゴマーク・フォーマットデザイン　大路浩実

ISBN978-4-420-32024-5 C0197